# 中国动物小说名家经典

# 百年牧道

许廷旺　著

浙江摄影出版社

# 目 录
## CONTENTS

# 上篇　茫茫牧道

　　说到转场仪式，德班痛苦地摇了摇头，事情并非像一些人想象的那么简单：转场仪式不只是为了祈求风调雨顺，牛羊成群，草地人平平安安……也不是简简单单的轮换草场，牧草得以生息。那是草地人对大自然的敬畏，对生命的尊重，对牲畜的爱护。

# 1. 转场仪式

院墙上搭着两张血淋淋的羊皮。

灼热的阳光令空气中弥漫着越来越浓重的血腥味。

这丝毫不影响院子里众人高涨的热情，觥筹交错。因喝了太多的酒，一张张原本绛紫色的面庞变成了紫黑色。每个人体内仿佛有一团火，炙烤着神经，致使面目有些走样：双眼猩红，眼珠惨白，额头青筋暴起，硕大的喉头频繁地上下滑动。

一个中年汉子站起来，边歌边舞。令人难以置信的是过于臃肿的身子竟然跳出如此优美的舞蹈。

一个小伙子拉起马头琴。琴声铿锵有力，悠远绵长。小伙子沉浸其中，全身颤动着，一头自然弯曲、漆黑如墨的头发随着音乐的节奏轻轻地摆动。

众人的热情再度被点燃了，洪亮的歌声、吼声响彻牧点。

院子的主人——嘎拉德，脸上并没有表现出过多的喜悦神情。他的目光扫过众人，随后转向院外长长的土路。土路上空空的。

这是嘎拉德举行的春天转场仪式：牲畜由牧点转场到夏季营地。在那里生活三到四个月的时间。到了秋季，人与牲畜再返回到牧点。

并非每个牧民都举办转场仪式，只有像嘎拉德般家境殷实，或是受人尊敬的牧民，才有能力举办转场仪式。

嘎拉德举办的转场仪式因少了德高望重的德班老人而黯然失色。

嘎拉德从记事起就清楚记得，每年定居点的春季转场仪式都是由德班举办的。

德班有着丰富的放牧经验，每年都能寻找到一片水草丰美的草场。经过一个夏季，牲畜膘肥体壮，牛羊成群。另外，德班还有一项特殊的本领，据说他的骨头缝之间都能感觉到牧草生长的声音。每次听到这声音，德班就带领着定居点的牧民开始转场了。

嘎拉德对这不屑一顾：在他看来，德班所谓的丰富的放牧经验，无非简单得不能再简单了。概括起来只有几句话：轮番转场，不能在一块草场重复放牧；牲畜数量控制在一定范围内，不能超过草场的承载量……至于他的特殊本领——骨头缝间能感觉到牧草生长的声音，纯属无稽之谈。人怎么能听到牧草生长的声音呢？牧草生长有声音吗？

嘎拉德对德班表现出轻蔑的同时，也对众人表现出懊恼，甚至愤慨。他脑子灵活，善于经营牲畜，拥有可观的牛群和羊群。没有一户牧民的牲畜数量超过他。另外，他还是贩卖牲畜的经纪人，很多牧民的牲畜都是通过他销售到草地外的。嘎拉德能从众人的眼神里看出别人对他的羡慕，甚至嫉妒，但他却没有得到应有的尊重，尤其像众人对德班老人那样的尊重。

嘎拉德在拥有了巨大的财富之后，渴望得到相应的尊重与爱戴。这种欲望随着持续的发酵而变得迫不及待。如果德班老人能参加他的转场仪式，就是对他的认可。从此以后，就由他嘎拉德主持转场仪式，他保证能寻到一片肥美的草场，保证每一只牲畜膘肥体壮，更能保证每一户牧民在最短的时间内拥有财富。

德班却迟迟没有出现。

嘎拉德有些心神不宁。

有人察觉到了嘎拉德的心思，暗中偷窥。他脸上挂不住了，迈开大步，第三次走出院子。

德班老人坐在毛毡上，头几乎垂到胸前，手里捏着一杆烟嘴，紫檀木的杆身，金灿灿的铜嘴。铜嘴里的烟灰一明一暗间，升起淡蓝色的烟雾，袅袅飘散到空中。烟嘴是从祖上传下来的，至少有百年历史了。烟嘴并没有因年代久远而破落，反倒越来越精美，因浸了太多的汗水与油渍，熠熠生辉。即使暗夜里，烟杆也能反射出紫檀木富有光泽与硬度的亮感。紫檀木特有的香味不是越来越淡，而是越来越浓。尤其是混合了烟叶的味道，烟嘴总散发出一股淡淡的、特殊的味道。铜嘴里挂着一层薄薄的烟灰，用手轻轻一蹭，铜嘴崭新如初，能照出光影来。没事时，德班老人喜欢侍弄烟嘴，用一块鹿皮轻轻擦拭，仿佛又与祖辈相见了，他们畅谈着，畅谈着草地变迁，末了，他总是长叹一声，好像有什么难言之隐，愧对祖辈。有时，他把空空的烟嘴含在嘴里，闻到了一股淡淡烟叶的味道，浑身舒服极了。

德班久久地坐在那里，身子一动不动。自从点燃烟叶，他一口也没有吸过。德班当然知道发生了什么，眼前老是晃动着两只浑身血淋淋的羊，它们抬着头，可怜巴巴地注视着他，眼神是那么绝望。

春天里怎么能宰杀牲畜呢？春天孕育着新的生命，也是所有生命体新的一年的开始。牲畜刚刚经历了漫长的冬季，严寒、狂风、暴雪、狼灾几乎剥夺了牲畜的生命。牲畜原本可以借这个生机盎然的春天恢复体力，补充营养，走向苦壮，可它们来不及享受，却走到了生命的尽头。

没有一个真正的草地人会在春季里宰杀牲畜！

说到转场仪式，德班痛苦地摇了摇头，事情并非像一些人想象的

那么简单：转场仪式不只是为了祈求风调雨顺，牛羊成群，草地人平平安安……也不是简简单单的轮换草场，牧草得以生息。那是草地人对大自然的敬畏，对生命的尊重，对牲畜的爱护。

老人依稀记得过去盛大、隆重的转场仪式：人们尊敬地请来喇嘛，由德高望重的喇嘛主持仪式。转场的前一天，草地人骑着马，赶着勒勒车，从四面八方汇集到一起。到了举行仪式这天，无论是大人还是孩子，都静静地坐在草地上，表情凝重，双目微闭，双手放在双膝上。此时，每个人的心里宁静极了，仿佛看到了湛蓝的天空，洁白的云朵，丰美的草地，成群的牛群，幸福和谐的草地人……四周静悄悄的，耳旁回荡着圣经般的诵读声和浑厚的法器声。

转场仪式无疑是庄严、肃穆的。这种氛围深深影响了牧羊犬、骏马、大牛……它们长时间伫立，目视前方，一脸思索。这是人与牲畜空前完美的融合。

现在呢？转场仪式已是大大走样，不再是天与地、人与牲畜的融合，只剩下简简单单的欲望：对财富的欲望，对渴求的欲望，对欢聚的欲望……也难怪，草地生活，尤其是游牧草地生活，寂寞单调，枯燥无味。一旦转场到夏季营地，牧民散落到草地的角角落落，很少再有欢聚的时候。趁着没有转场，他们完全可以有理由欢聚、放松，以饱满的热情迎接艰苦的劳作。

草地人在渐渐适应了现代化生活的同时，也逐渐淡忘了游牧民族的古老习俗。每当德班老人提起这些时，大多数人表现得无动于衷，一些人甚至嗤之以鼻。这并不可怕，可怕的是，现在的年轻人对游牧民族的历史知之甚少，甚至都不知道游牧生活有着悠久的历史与丰富的文化。

德班老人坐累了，活动了一下身子，这才想起还没有吸一口烟。不知什么时候，铜嘴的烟叶变成了一小撮灰白的烟灰。老人轻轻磕掉烟灰，把烟嘴伸进烟口袋里。

烟口袋是马皮制的，上面绣着一匹骏马的头像。烟口袋的边缘上缀着红绳，还有一颗洁白如玉的狼牙。红绳失去了原本鲜亮的色彩，变得暗黑。烟口袋的马皮柔软、发光，上面残留着淡淡的油渍。它见证了岁月的沧桑。

老人盛了满满一烟嘴烟叶，燃着，狠狠地吸了一口，随着空气流动，铜嘴上冒出一团火花，随即熄灭了。淡蓝色的烟雾在德班老人的身体里游走后，又从口里、鼻孔里缓缓地喷了出来。随着一口烟雾散去，淤积在老人胸中多时的郁闷也终于散去了。

恰在这时，嘎拉德走了进来。嘎拉德吓了一跳，挥手扇去烟雾，又看了看隐身在烟雾中的德班，脸上露出一丝不易察觉的微笑：看来，他今天的举动确实触动了老人。嘎拉德没有想到，老人是如此在乎他。嘎拉德心里一阵窃喜，但又不敢表现出来，一脸毕恭毕敬。

"老人家，该您出场了！"嘎拉德的语气充满了尊敬。

"人老了，喜欢清静。"德班抬起头，瞥了一眼嘎拉德，"你们年轻人去热闹吧。"

嘎拉德好好的心情一下子没了，他万万没有想到德班又一次拒绝了他！既然德班如此绝情，就别怪他撕破脸皮了。

"我抢了你的风头，你没有心情参加这场仪式吧！"嘎拉德挑衅地看着德班。

"年轻人，还没有到转场的时刻呢。"德班没有抬头，"我的骨头缝还没有听到牧草生长的声音呢！"

"那是骗人！"嘎拉德猛地提高了声音，"无非是用来蒙骗众人，维护你的权威！"

"年轻人，辽阔的天空任雄鹰翱翔，广袤的草地任骏马驰骋。"德班说了句意味深长的话。

嘎拉德本以为德班会言辞激烈地指责他，却没有想到，德班再也不说话了，头垂到胸前。嘎拉德向前走了几步，想看一看德班老人的表情，是麻木，还是难过，抑或是痛苦？遗憾的是，他只看到一头灰白相间的短发。

德班老人长时间坐在毛毡上，仿佛眼前根本就没有嘎拉德这个大活人。

德班第三次拒绝了嘎拉德的邀请。

嘎拉德愤愤地走出房间。

嘎拉德早有向德班发出挑战之意了，他一直在寻找机会。最好的机会莫过于每年举行的转场仪式。嘎拉德不声不响地做好准备，今天早晨突然向定居点里的人宣布他要举行转场仪式。他这样做，无非是想抢在德班之前，搞得德班措手不及。德班参加他的转场仪式无疑是个有力的证明，今年由他嘎拉德主持转场仪式，定居点的牧民跟在他后面陆陆续续转场。这样一来，他就取代了德班，接下来，明年的转场仪式就顺理成章地由他主持了。从此以后，他嘎拉德就是转场的权威，理应受到众人的尊敬。

每年转场，无论对牧民来说，还是对牲畜来说，都是一次不胜体力与精力的长途跋涉，徒步走到夏季营地，时间长达一个月之久，行程近千里，其间会遭遇各种各样的困难，甚至意想不到的灾难。嘎拉德决定走一条不同于德班，不同于往年的转场路线：他已经雇好了一辆大货车，拉上全部牲畜，用不了一天的时间，就能顺利到达目的地。

嘎拉德想得十分周密，可千算万算，他没有算到德班会不参加他的转场仪式。德班不来，他的美好愿望就化成了泡影。嘎拉德没有想到德班的心胸如此狭窄，连分庭抗礼的机会都不给他！都说德班老人虚怀若谷，与人为善，善待草地，善待生命……狗屁！嘎拉德狠狠地踢起一块石子，紧接着传来一声惨叫。石子击中了一只羊羔的眼睛，羊羔顿时血流如注。

嘎拉德看见沥着鲜血的羊羔，终于出了胸中的一口恶气。

天公不作美。黄昏，天空飘来一片乌云，随后下起了雨，雨中夹杂着雪花。入夜了，雨淅淅沥沥地下着。连绵的阴雨持续了整整一个星期。

嘎拉德的转场被迫取消。

# 2. 祭祀

皎洁的月光笼罩了大地。定居点里静悄悄的。

德班老人的房间里依然亮着，两根巨大的红蜡烛把屋子照得亮如白昼。桌子上摆着牛头和羊头，牛角上和羊角上缠着红绸。在烛光的照射下，还有红绸的映衬下，牛头和羊头油汪汪的。无法想象，平凡的牛头、羊头在有了多次非凡经历后，似乎一夜之间就有了生命，两双大眼聚精会神地注视着暗影里瘦小的身影。

牛和羊是去年冬季里宰杀的。德班特意挑选了一头大牛和一只大羊，就是为了留作春季转场用。牛头、羊头用油布裹好，贮藏在厚厚的积雪下面。随着积雪融化，德班又把它们移入地下，转场的前一天才拿出来。打开油布，牛头、羊头新鲜如初。

木其从小河里取来了水，他的额吉（妈妈）点燃了灶火。德班把牛头、羊头放入锅中，没有放任何作料。不一会儿，水沸腾了，翻滚着巨大的水花。水花翻开两次，木其的额吉就抽走了锅底下的柴火。其间，锅是敞开的，没有加盖。

8

用这种办法煮成的牛羊肉只有七八分熟，也最富有营养。

德班喜欢用这种方式做牛羊肉，无论是在定居点，还是在夏季营地，煮肉的水都来自河里，而且从来不加作料。每次吃肉时，德班感觉自己仿佛变成了一头牛，一只羊，慢慢地吞吃着牧草。

德班忙完这一切，坐在毛毡上，面对着牛头和羊头，双手放在膝盖上，微微闭上双眼，转场仪式算是开始了。

盛大的春季转场仪式不可能再现了，可德班老人仍要举办属于自己的转场仪式，说"仪式"勉为其难了，说"祭祀"更为恰当。转场仪式虽简单，可程序一样都不能少，按部就班地进行着。

德班感觉有春风拂过身旁，飘向远处。阳光一览无余地洒在草地上。小河金灿灿的，折射出耀眼的光线。牛羊静静地吃着牧草，牧羊犬将后肢当座椅，一脸尽职尽责的表情。一阵疾风吹过，德班睁开双眼，天地间只有他孤身一人，可他并没有感觉到孤独与寂寞。

此时，德班与月夜静静地融合到一起，心情沉寂了。

德班听到有人走了进来，不用睁眼也知道，进来的是木其。木其身材匀称，一头自然弯曲的卷发，古铜色的面庞上镶着一双明亮的大眼，高高的鼻梁，有棱有角的双唇，嘴角倔强地向里凹，嘴唇上生出一层浓浓的短髭。

德班恍惚间看到了木其的阿爸。可惜，木其的阿爸永远留在草地上了。

那年冬季，天气异常寒冷，家里贮存的牧草有限。木其的阿爸为了节省牧草，不管天气多么严寒，都坚持去野外放牧。一天，他遭遇了极恶劣的天气——白毛风。瞬间，天地被狂风暴雪吞噬了。遇到这种鬼天气，就连一向温顺的羊也变得狂躁起来——那往往是对死亡的恐惧，是发自内心的绝望。羊群不再听从主人与牧羊犬的指挥，顺风而逃。这样一来非常危险。风大雪疾，极易形成雪窝。一旦误入雪窝，就有被厚厚积雪吞没的危险。威胁人与羊群的不仅有雪窝，还有狼群。暴风雪中，狼群的嗅觉异常灵敏，一旦捕捉到食物的气息，就会变得异常凶猛。幸运的是，木其的阿爸与羊群没有遇到危险，但人与羊群长时间暴露在暴风雪中，极度的严寒渐渐剥走了他们的体温。虽然他们找到了一块土丘，暂时暖和了身子，可没有想到的是，这一停下来，无论是人，还是羊群，都再也没有站起来。

有人嘲讽木其阿爸宁可舍命也不舍财。殊不知，草地人把牲畜看成自己的孩子，在危难关头，他们像照顾亲人似的照顾着牲畜。事实也正是如此，德班找到木其阿爸时，他怀里抱着一只春季出生的羊羔。羊羔已早于他没有了生命体征。他原来是用自己尚有余温的身体暖和一只身子已冰冷的羊羔。

"额不格（爷爷）。"木其打断德班的思绪，"您睡会吧，我来守着。"

转场仪式虽简单，但德班的态度却极其虔诚，整整守上一夜不合眼。其间，红烛不能熄灭，香也不能熄灭。冥冥之中，上天对德班格外地照顾，每年他都能带领全体牧民寻找到一片最好的草场。

"回去睡吧！"德班欣慰地看着木其，"明天就要转场了，有很多事情等着你去做。"

木其学着德班的样子，静静地坐在毛毡上。

祖孙两人表情平静，目光明亮，注视着慢慢燃烧的红蜡烛，但他们内心一点儿也不平静，随后的转场将充满艰难，必须有充分的思想准备才能从容面对到来的困难，哪怕是灾难。

夜色渐渐褪去，天空出现一抹橘红色。

德班郑重地收起牛头、羊头，将它们装进箱子里。对它们来说，仪式并没有结束，而是刚刚开始，它们将伴随着一家人到达夏季营地。

院子里停着三辆勒勒车。勒勒车上装满了各种各样的物品，生活

必需品和工具是绝对少不了的。这些东西都是提前准备好的。

德班再一次检查了勒勒车，确保没有落下东西，随后缓步走向老牛阿古拉。

这是一头身材高大、浑身被毛漆黑如墨的老牛。每年转场老牛阿古拉都充当主角。从这几天的忙碌中，老牛阿古拉隐约感觉到要转场了。每当有人从身边经过时，它总是微微抬起头，伸出宽宽的嘴巴，喷出一股热浪，目光炯炯有神，追随着人们的身影，好像在问什么时候转场，它已经做好了充足的准备，保证在最短时间内到达夏季营地。

老牛阿古拉看见德班走了过来，心领神会，竟然主动迈动四蹄向德班走去。老牛阿古拉一边迈动大蹄，一边发出若有若无的声音，仿佛告诉德班，它终于等来了这一刻。

德班的眼睛有些发湿。他面对的不是单纯的老牛阿古拉，而是心有灵犀的朋友、伙伴。老牛阿古拉虽然不会说话，可它的眼睛能捕捉到人的一言一行，能明白人的心思。德班轻轻拍打着老牛阿古拉粗壮的脖子。老牛阿古拉一个漂亮的转身，后尻对准了勒勒车。德班轻轻抬起勒勒车的车辕。老牛阿古拉仿佛背后也长了一双眼睛，倒退进车辕里，最终稳稳地停住。

一切是如此顺利。

额木格（奶奶）身体虚弱，即使短时间的站立，也气喘吁吁。她一直注视着忙碌的木其的额吉，一脸愧疚，因无法替木其的额吉分担家务而感到惴惴不安。

额吉看见了，急忙跑了过来，搀扶起额木格。额木格连连摆着手。

乌妮跑了过来："额木格，你就别添乱了！"

虽然是责怪，可在额木格听来，无疑是一种关心，爬满皱纹的脸上绽放出孩子般的笑容。

额木格被额吉和乌妮扶上了第一辆勒勒车，近一个月的行程，她将与德班共用这辆勒勒车。

第二辆勒勒车是额吉的。装了整整一车的东西，根本没有额吉的位置，好像她要徒步走完千里之遥，根本不需要坐下来休息。额吉是一位勤劳、细心的家庭主妇，此时，她除了放心不下两位老人和两个孩子外，还放心不下家里。此去，一走就是多月，谁能保证家里不遭盗窃呢？那可是她与木其阿爸生活了大半辈子积攒下来的，不，还有两位老人大半生的积蓄。她身上肩负着重任，不能因为她一时疏忽而使家里遭受损失。额吉看了又看，望了又望，仍放心不下。

第三辆勒勒车属于木其、乌妮兄妹两人。毕竟是女孩子，乌妮对美充满了无限的向往，不知什么时候采来了野花，把勒勒车打扮得像花车一样漂亮。

羊群、牛群聚集在勒勒车后面，如同雕塑，一动不动地注视着人们忙碌的身影。此时，它们的目光都集中到勒勒车身上，似乎知道只要勒勒车一动，它们就可以行动了。对它们来说，夏季营地才是它们最喜欢的地方。

德班最后看了一眼即将启程的大军，忽然发现队伍里少了家庭的重要一员——牧羊犬乌和尔。

"乌和尔，乌和尔……"兄妹两人大声喊着。

晨曦中，一头高大的牧羊犬如一团疾风从土丘上奔下来，风驰电掣般向定居点跑来。

这是一头威风凛凛的大犬。它骨骼高大，壮如牛犊。两只铜铃般的大眼射出咄咄逼人的凶光，即使草地上最凶猛的狼看见它，都远远地跑开。它有个恰如其分的名字——乌和尔。

"乌和尔"在蒙古语里是"牛"的意思。

# 3. 虔诚

老牛阿古拉平伸着大头，目光炯炯有神，注视着没有尽头的土路，仿佛在宣誓，它即将踏上百年牧道，虽然行走缓慢，但它有着极好的耐力与韧性。不管遇到多大的困难，哪怕是灾难，它都有能力、有信心带领着德班一家到达夏季营地。老牛阿古拉收回目光，与德班四目相对，好像读懂了德班的目光。德班仿佛也领会了老牛阿古拉的用意，稳稳地坐上了勒勒车。老牛阿古拉迈开硕大的蹄子，勒勒车发出响亮的"吱嘎"声，巨大的车轮转动起来。

老牛阿古拉的行动就是命令。其他两头大牛"扑踏扑踏"地迈开大蹄，勒勒车缓缓而行。

定居点里的牧民都来为德班一家送行，不久以后，他们将陆陆续续踏上这条古老的牧道，开始长达数月的游牧生活。

中年牧民努日木有很多话要对德班说，跟着勒勒车走出了很远。多年来，两人形成了默契，德班一家第一个离开定居点，努日木一家最后离开定居点，他要照顾那些掉队的羊羔和走失的牲畜。

嘎拉德夹杂在人群中，阴郁地打量着远去的勒勒车，今年他又输了。不过，没有关系，他已经想好了如何弥补的对策，抢在德班前面到达夏季营地是轻而易举的事。到时，就不是他德班承认不承

认的问题，他能给所有的牧民寻到一片最好的草地。到时，不怕他们不尊敬自己。

嘎拉德嘴角挂着一丝嘲笑。

定居点消失了，熟悉的土丘消失了，熟悉的草地消失了，天地间，一支孤独的队伍随着土路蜿蜒而行。

额木格斜靠在勒勒车上，清晨的一番折腾已令她的身体有些吃不消，浑身像散了架似的疼，连呼吸也变得困难了。她在牧道上来来回回走了几十年了，这点困难怎么能吓倒她呢？这是刚刚开始，等待他们的不仅仅是寂寞、单调的徒步行走，还有意想不到的困难，甚至灾难。她已做好充分的心理准备，不管发生什么，都不会向家里人提起。她已经影响了他们，他们为她付出了太多。

额木格表情平静，双目微闭，嘴角微张，脸颊微红。不知道的误以为老人随着勒勒车的节奏酣然入睡了。殊不知，隔上一段时间，她就急促地喘息一阵，那发青的嘴角，说明老人以超常人的毅力坚持着，不发出任何不适的声音。

德班早就察觉到了额木格的异常，长达几十年的相濡以沫，他深知额木格的脾气，她绝不会发出半点儿痛苦声，更不容许德班照顾她。

额木格渐渐睡着了，好像适应了，脸色渐渐恢复了常态，微微打起鼾声。德班笑了，不再关注额木格，从身上抽出蒙古弯刀。蒙古弯刀跟随他多年了，是从他阿爸那里传下来的。因浸了太多油泥与汗渍，

刀把乌黑油亮。刀刃形如月牙，薄如蝉翼，阳光一照发出令人头晕目眩的光晕。

德班打开箱子，轻轻一挥手，蒙古弯刀切进牛头，刀把轻轻一旋，完整的肉条从牛头上分离出来。他随后盖好箱子，聚精会神地切起肉条，不一会儿，将肉条切成了方方整整的肉块。德班用两根短粗的手指捏起肉块，翕动嘴角，声音若有若无，像诵读，又像祈祷，态度极其虔诚。随后，德班把肉块抛向天空。肉块翻滚着，淹没在滚滚尘土和草丛中。

德班抛肉块很有规律，这样才能使一颗牛头和一颗羊头陪伴他们走完千里路程，到达夏季营地，完成使命。

额吉迟迟不肯坐上勒勒车，心里仍惦记着定居点的家。即使定居点消失在土丘后面，她仍不时回头观望，一脸的不安与焦虑。

一路上，最高兴的当然是乌妮了，她好奇地打量着四周，远处的野花，天空飞过的鸟影，都能引起她浓厚的兴趣。有时看到一朵艳丽的野花，乌妮就会跳下勒勒车，一边跑向野花，一边发出"格格"的笑声，好像捡到宝贝一般，把花放在鼻子下面长时间地闻着。

"哥，给你！"乌妮把野花伸到木其的鼻子下面。

木其象征性地闻了闻，很快转移了视线。乌妮噘着嘴，认为木其大有敷衍了事的意思。木其哪有心思欣赏野花，他要配合着德班，照顾羊群和牛群。

羊群和牛群紧紧跟在勒勒车后面。春季里初生的牛犊和羊羔对此次远征充满了无限的好奇，第一次远离定居点，第一次看到如此广阔的草地，看什么都是新鲜的。好奇与兴奋激发出惊人的力量与速度，它们大有嫌老牛阿古拉行走缓慢的意思，竟然跑到老牛阿古拉前面去了。

老牛阿古拉抬起大头，轻轻瞥了一眼牛犊和羊羔，仰头发出一声哞叫，好像告诉它们：不要那么心急，路远着呢，有你们走累的时候……老牛阿古拉收回目光，一心一意地赶路。

倒是那些大牛和壮羊显得不慌不忙。它们已经在百年牧道走了多个来回，深知路程遥远，更深知疲惫。当初，它们也像牛犊与羊羔一样，充满了好奇，可走出没有几天，它们就疲乏了，厌倦了，余下来的路程对它们来说无疑是一场磨难。此时，它们要做的，就是做好充足的准备，填饱肚子，有了足够的体力与耐心才能走完茫茫牧道。

大牛和壮羊悠闲地啃吃着牧草。它们的行为已大大影响了队伍的行动，被勒勒车远远地甩在后面。不过没有关系，有牧羊犬乌和尔督促它们。乌和尔怒吼一声，那些领教过乌和尔厉害的大牛和壮羊，就会乖乖地向前跑去。一些不谙世事，尚没有领教乌和尔凶猛的大牛和壮羊，逞一时之勇，根本没有把它放在眼里，甚至还发出挑战。它们怎么会是牧羊犬乌和尔的对手呢？几个回合下来，它们就切实领会到了牧羊犬乌和尔的凶猛与凶狠。接下来的日子，它们变得乖巧极了，只要乌和尔走过来，它们就远远地躲开，不，而是紧紧跟上勒勒车。

最忙碌的当然是牧羊犬乌和尔，它不仅要驱赶掉队的大牛与壮羊，沿途还要留下尿液。这是给那些危险分子留下的警戒，也是给紧随其后的伙伴留下的路标。很快，它的伙伴会沿着路标跟上来。

无意中，乌妮发现一个细节：只见牧羊犬乌和尔叼起肉块，吞吃着。乌妮一惊："哥，快看！"

木其早就注意到了。

"哥，额不格不是说用肉块敬天、敬地的吗？"乌妮一脸不解，"乌和尔怎么偷吃了？"

"那不是偷吃，它是替天与地吃掉这些肉块。"木其看着乌和尔。

乌和尔听出兄妹两人在议论它，抬起头，目光一会儿落在木其身上，一会落在乌妮身上。知道乌妮对它产生了误会，乌和尔亮晶晶的目光一直注视着乌妮，仿佛在告诉乌妮：它没有错，乌妮误会它了。

"它怎么能代替天与地呢？"乌妮疑惑地看着乌和尔。

"我们家里谁最忙碌？"木其自问自答，"当然是牧羊犬乌和尔。它在大地上待的时间最长，深知天与地的脾气。当然能代替天与地了，所以才得到这份厚爱。"

乌妮一脸半信半疑。

"我明白了，额不格敬天敬地，实际是敬牧羊犬乌和尔。"乌妮欣喜地打量着乌和尔，"它的功劳最大！"

第一天的行程大大超出了预期。

黄昏临近，余晖给草地镀上了一层金色，土丘变得金灿灿的。

德班选了一块理想之地，准备宿营。

木其帮德班卸掉勒勒车。一路上最辛苦的还有老牛阿古拉。此时，老牛阿古拉可以根据自己的意愿做自己喜欢的事了。老牛阿古拉张开宽宽的嘴巴，喷出浓浓的气息，向附近的草地走去。它一边走，一边甩动着长长的尾巴，大头始终垂在地面，吞吃着牧草。这是它最惬意的时候。

额吉在草地上铺上毛毡，与乌妮搀扶着额木格坐下。

额木格摆动着手，示意她们去忙，她认为自己已经很添乱了，这个时候怎么还能麻烦她们呢？

"额木格，就别推让了。"乌妮说，"我要照顾你一路呢，照顾不好，额吉会埋怨我的。"

额木格疼爱地用手拍了拍乌妮的脸颊。

额木格坐在毛毡上，幸福地看着几个人忙碌。

德班与木其在搭建临时帐篷。

乌妮去附近找来干牛粪和枯枝，又从附近的小河里打来河水。

额吉正忙着煮奶茶。奶茶混合了乌日莫（从牛奶里提取的黏稠状物质）、水、盐、砖茶。这些原本是互不相干的物质，可一旦混合到一起，却别有一番滋味。

空气中袅袅升起一缕乳白色的青烟。青烟徐徐上升，最终与暮色融为一体。不一会儿，奶茶开了，从铜壶里传来富有节奏的水花翻滚声。暗红色的水花在铜壶里肆意地漾开。很快，空气中弥漫着一股甜甜的醇香。

晚餐很简单，也是草地人最普通的饮食：乌日莫、炒米、糖混合到一起。木其还在里面加入了奶豆腐，他喜欢这种吃法。

夜色茫茫。

一座土丘的向阳面传来均匀的鼾声。牛羊倒卧在草地上，合上双眼，轻轻反刍。只有牧羊犬乌和尔还在工作，对它来说，夜色降临意味着工作刚刚开始。

这是一个月明星稀的夜晚，星星好奇地眨动着眼睛，打量着草地。

# 4. 百里瀚海

几天以后，德班一行进入了一片陌生之地：一眼望不到边的连绵起伏的沙丘。大片土地裸露，零星的植被散落其间。沙丘显得更荒凉了。

这是百年牧道上著名的百里瀚海。如果遇到风调雨顺的年景，沙坨上遍布着稀疏的植被，一两条时断时续的小河流经此处。但很多年景，这里植被稀少，几乎很难寻找到水源。更可怕的是，这里人迹罕

至，称得上是"生命禁区"。

几十年前，这里并非如此，那时环境优美，植被茂盛，河流众多，牛羊成群。可是由于人们的过度放牧，再加上土质贫瘠，土地渐渐沙化。人们不懂得保护生态，也没有认识到问题的严重性，继续放牧，甚至还有人大肆开垦，种植庄稼。只有几年的工夫，土地失去了原本脆弱的植被，严重沙化。每年春季，大风肆虐，形成流沙。流沙以每年几米的速度吞噬着草地。人们无法生存，不得不搬迁，最终形成了没有人烟的百里瀚海。

百里瀚海是百年牧道上无法绕开的地带。

老牛阿古拉茫然地打量着白花花的沙土，不知不觉放慢了脚步，回头望望德班。德班双眉紧锁，手搭在眼前，放眼望去，近处升腾起耀眼的白光；远处雾蒙蒙的，那是刺眼阳光作用的结果。德班打量着这片沙地，沙地上只有一些零星植被。

如果换作往年，德班不忙着进入百里瀚海，而是等着转场大军，一起进入瀚海，彼此间有个照应。今年，他们的行程异常顺利，没一两天时间，后面的转场大军是无法赶到的。现在草地环境越来越差，沙化的草地随处可见。即使转场大军集结到一起，同样束手无策。

德班准备进入瀚海，在百里瀚海里寻找到一条崭新的牧道，让后面的转场队伍尽量减少困难。他还有更大的担心，担心找不到水源，担心有人无法承受困难，尤其是身子虚弱的额木格。

"额不格……"

德班知道木其要说什么，木其的确长大了，很多事情能与他想到一起，心中暖暖的，这个时候木其能替他分担，他已经很欣慰了。

"我们去附近寻找水源。"德班安慰木其。

　　队伍暂时休息，德班与木其去寻找水源。乌妮要跟着去，被木其劝住，让她留下来照顾额木格。

　　大牛和壮羊打量着四野，四周是光秃秃的沙丘。它们似乎意识到此去困难重重，纷纷回头遥望着来路。牛犊与羊羔还没有察觉到，兴奋地跑来跑去。一头胆大的牛犊向沙丘上跑去，大概是沙丘上的几簇植被吸引了它。它的小伙伴们争先恐后地跑向沙丘，就连一向谨小慎微的羊羔也跟了上去。

　　从沙丘上传来牲畜的惊人的咀嚼声。

　　德班依稀记得附近有一个水泡，如果幸运的话，应该有清澈的河水流过，那样的话，牲畜和人都能及时补充水分。让他万万没有想到的是，水泡消失了，眼前是大片龟裂的黑色泥土。水泡急剧萎缩，水面上覆盖着一层令人恶心的绿色。

　　木其继续扩大寻找范围，可这注定是徒劳的。

　　不一会儿，沙丘上只剩下光秃秃的茎秆。牛群与羊群举着大头，目光齐刷刷地集中到德班身上，好像是在询问，为什么植被这么少——它们的胃囊依然是空的。

　　德班长叹一声，不得不驱动老牛阿古拉，进入了百里瀚海。

　　老牛阿古拉以一成不变的速度，缓慢行走着。它似乎知道，前面不远处就有一片绿洲等待着它们。它们没有理由焦急，更没有理由惊

慌，到时候，每一个伙伴都能吃得肚子滚瓜溜圆。此时此刻，它所要做的就是不急不躁不慌不忙地引导伙伴向前。这种行走，能暂时消除伙伴的欲望，也能保存体力。

老牛阿古拉就像一位饱经风霜、经验丰富、见多识广的智者，迈着轻松、悠闲的步子，缓缓进入了百里瀚海。

"额不格，让它快点吧！"木其指指身后的牲畜群，对德班说。

无论是牛群，还是羊群，都行色匆匆，就是为了抢夺沿途少得可怜的植被。牧羊犬乌和尔却一反常态，不再督促那些掉队分子。

德班默不作声，心里却不平静，困难刚刚开始。随之而来的困难，甚至难以想象的灾难，将一直伴随他们。只有走出百里瀚海，困难才算暂告一段落。此时，他们能做到的就是做好充足准备，迎接随时到来的困难。

阳光火辣辣的，天气越来越炎热，空气中一丝风也没有。强烈的阳光晃得人睁不开眼睛。

乌妮兴趣十足，不时打量着四周，寻找野花。放眼望去，到处是耀眼的白沙，不要说有野花了，就连绿色植被也少得可怜。渐渐地，乌妮失去了兴趣，学着额不格闭目养神。其实，是灼热的阳光令她的双眼非常不适，她不得不闭上眼睛。

阳光炙烤着人与牲畜。

牧羊犬乌和尔耷拉着长长的舌头，仍无法释放体内灼人的热量，恨不得把整个舌头伸出来。它不会知道，体外的温度与体内没有什么区别了，就是把整个身子打开，也无法排除滚滚热浪。

老牛阿古拉张开宽大的嘴巴，它的行走已失去原有的灵活与轻盈，硕大的蹄子变得有些沉重。

无论是牛，还是羊，都张开着嘴巴，没精打采，步伐凌乱。一些体力稍好的大牛与壮羊，还能匆匆行走，无非是寻找植被。但漫无目的地行走，不仅消耗了它们更多的体力，又大大夺走了体内原本并不多的水分。没过多久，大牛与壮羊就像受到了莫大的打击，突然间变得萎靡不振了。

额木格昏昏欲睡，嘴角干裂，因体内缺少水分，爬满皱纹的面庞更显粗糙了。

乌妮摇醒额木格，递过皮囊。额木格睁开蒙眬的双眼，推开乌妮的手，示意她不渴。

"您要是不喝，我也不喝！"乌妮甩了一下头，两根小辫飞舞着。

额木格象征性地张了嘴，大意是乌妮太倔强了。额木格架不住乌妮的劝，喝了一大口水。似乎因体内多了这一口水，额木格的目光变得亮晶晶的，久久注视着乌妮。乌妮知道额木格的意思，喝了一小口水。额木格开心地笑了，指了指另一辆勒勒车上的额吉。乌妮心领神会，跳下车，向额吉跑去。

整个世界静悄悄的，唯有老牛阿古拉"扑踏扑踏"的蹄声异常清晰，显得四周更寂静了，不，寂静得有些可怕。

茫茫天地间，一支老弱病残的队伍缓慢向前行走着。

"咕咚"，传来一声含糊的响声，一只羊羔倒在尘土中。这是一只体形消瘦、被毛稀疏的羊羔。原本水灵灵、富有光泽的细嫩皮毛变得

粗糙而苍老。极度的缺水夺走了它的性命。它来不及看一眼夏季营地，就早早结束了生命。

德班、木其、乌妮低头不语，面对此情此景，却无计可施，只能眼睁睁地看着悲剧发生。更可怕的是，随着第一只羊羔倒下去，还会有更多的羊羔倒下去。额木格、额吉无声祈祷着，悲剧不要再发生了。

牧羊犬乌和尔走了过来。

德班看看乌和尔，又看看倒地的羊羔，用目光示意乌和尔：吞吃掉羊羔。牧羊犬乌和尔应该懂得德班的意思，夸张地舔了一下嘴角。因失去水分，舌头显得苍白。它犹豫着，抬起头，注视着德班，像质问德班，就没有别的办法了吗？

德班不敢看牧羊犬乌和尔的双眼，茫然地看着远处。他是老了，还是糊涂了？怎么能做出如此下策？乌和尔是一头优秀的牧羊犬，危难时刻，它用生命保护牲畜。此时，它的利齿怎么能对准倒地的羊羔呢？德班不是急糊涂了，也不是忽视了乌和尔，而是形势所逼，迫不得已才这样做的。天气极度炎热，如果持续发展下去，不要说牛羊受不了，就是人也受不了。他们不能失去牧羊犬乌和尔，每时每刻都需要它，需要它照顾牛羊，甚至照顾人。这个时候，只要保护了乌和尔，才能保护好整支队伍。凭他多年与牧羊犬乌和尔的相处，不管发生什么，不管情况多么艰难，乌和尔锋利的牙齿都不会对准牛羊。

牧羊犬乌和尔就像一位洁身自好、品质优秀的伙伴。

果然，牧羊犬乌和尔再次用舌头舔了舔嘴角，转身走开了。它走得是那么果断。

木其把羊羔掩埋了。

羊羔裸露在野外，将滋生大量细菌，这对原本环境就差的沙丘来说将是雪上加霜。

老牛阿古拉又迈动起硕大的蹄子。

不断有羊羔倒下去，甚至包括身体强壮的牛犊，无一例外，它们都是因体内缺少水分，干渴而亡。

队伍行走得异常缓慢。

照这样下去，用不了多久，将有大牛和壮羊倒下去。

每个人的心情都沉重极了。德班更清楚等待着他们的将是什么，但他没有能力改变，只能眼睁睁地看着悲剧发生。

德班打量着四野，眼前一亮，猛地想起附近有一条小溪。想到小溪，德班身子一震，仿佛身上有了神奇的力量，大声指挥着老牛阿古拉离开了原有的牧道。

老牛阿古拉似乎知道德班的心思，发现附近有一条清澈的小溪，潺潺的溪水声轻轻敲打着它的神经，像一首乐曲，呼唤着它。老牛阿古拉迈开大步，"踏踏踏"地向前跑去，一条崭新的牧道从滚滚巨轮下诞生了。

草地平坦、开阔，牧道大都随意而行。正是在这曲曲折折、蜿蜒而行的牧道上，上演了一个个精彩的故事。也正是因为有了这些，无论是人的生命，还是动物的生命，都充满了活力与张力。

德班看到眼前空旷的沙地，再次失望了——小溪消失了。

"湿地！"木其兴奋地喊了出来。

果然，不远处有一块并不大的湿地。有湿地就意味着有水源，就能解决干渴的问题。

老牛阿古拉跑向湿地。牛群和羊群似乎嗅到了什么，轰隆隆地跑向湿地。

茂盛植被下面隐藏着一条小溪。这是怎样的一条小溪呢？似乎一阵风就能把它吹得无影无踪。如果不是有植被为它遮阴挡阳，溪水早就在火辣辣的阳光下蒸发了。

无论人，还是牲畜，看到小溪，都神采奕奕，目光熠熠生辉。牛群和羊群争先恐后地奔向小溪。眨眼间，牛群和羊群随着小溪蜿蜒而行，把头清一色地插进溪水里。

德班沿着小溪匆匆而行，坚信溪水将越来越丰沛。哪知道，走了大半天，溪水仍时断时续。远远地望见一堵水泥墙横跨在小溪上。溪

水是从水泥墙上溢出来的。

放眼望去，附近有一个工地。工地上异常繁忙，机器轰鸣，工人往来穿梭。这是正在修建的旅游点。

如今，草地上的旅游点随处可见。

很多人，为了一己私利，把草地上仅有的资源占为己有。就好比眼下这条并不大的溪水，维系着草地上的所有生命，但却人为地被拦截了，成了某个人的发财工具。

牛羊齐刷刷地站在岸边，嘴巴放在水面上，轻轻啜饮着。

看到溪水的那一刻，额木格皲裂得如同榆树皮的面庞上绽放出惊喜的微笑，似乎不敢相信自己的双眼，以为做了一场梦，颤巍巍地走了过去。她缓缓弯下身子，伸出一根粗糙的手指，小心翼翼地探进溪水里，手指接触到溪水的那一刻，让她彻底清醒这不是在做梦，他们终于盼到了日思夜想的水源。额木格双手捧起溪水，欣喜地打量着，仿佛手心里捧着的不是溪水，而是一个刚刚出生的生命，那满脸、满眼的微笑毫不掩饰对小生命诞生的惊喜。额木额欣赏够了，终于把双

手举了起来，低下头，舒畅地喝了一口。老人微微仰起脸，轻轻闭上双眼，体验清凉溪水在口腔与身体里流淌的感觉。

"额木格……"乌妮眼里含着泪花。

德班捧起溪水，大口大口喝着，身子从没有这样舒适过，感觉骨头缝都开了，从那里传来牧草生长的声音。"太好了，太好了……"德班一边叽咕着。

木其趴在岸边，头扎进溪水里，任溪水流过。溪水流进身体的那一刻，一身的疲惫与倦怠立即烟消云散，身子里仿佛充满了神奇的力量。

牧羊犬乌和尔完全忘了自己的身份，竟然从两头大牛之间的缝隙钻了进去，用舌头夸张地卷起水花，爽爽快快地痛饮着。就连一向稳重的老牛阿古拉，也失去了沉稳的性格，来不及卸掉身后的勒勒车，奔跑了过去。硕大的蹄子下卷起一股尘土，令老牛打出几个喷嚏，但仍无法阻止它急切的脚步，直到老牛把宽大的嘴巴放到水面上，目光才寻找着德班，仿佛为刚才的有失稳重而感到不好意思。

# 5. 暴雨

不知什么时候，天空落下了豆大的雨点。

德班他们宿营了。

经历了几天的干渴与燥热，尤其是刚才的一番经历，老人、孩子都身心疲惫，早早睡下了。

雨淅淅沥沥地下了一夜。清晨，雨势不仅没有减弱，而且大有增强之意。

德班抬头看看天空，又望望西北方向，不由得皱紧了眉头。木其察觉到了，学着德班，仰望着天空，发现天空一角聚满了阴云，翻滚着涌了过来。

阴云越聚越多，黑压压地聚拢在一起，覆盖了半个天空，似乎一

伸手就能触摸到。空气中的风显然少了温柔和热度，多了硬度与凉爽。

德班双眉紧锁，凭多年经验判断，将有一场不期而至的大雨。

众人一番手忙脚乱，总算抢在暴雨到来之前，搭好了蒙古包。乌妮搀扶着额木格刚进入蒙古包，瓢泼大雨就接踵而来了。

暴雨来得是如此仓促，豆大的雨点落入尘土中，来不及被尘土吸收，铺天盖地的雨点就落了下来。地面上生起奇异景色，雨水混合着尘烟，尘烟带起雨点，纷纷升上天空，结果又遭遇雨珠的强势拍打，最终分不清是上升，还是下落。地面上跳动着水花。

大牛和壮羊伫立在雨中，平伸着大头，身子放松，享受难得的春雨。渐渐地，它们也感觉到一时半会儿雨不会结束。此时，它们最迫切的任务，就是做好充足的心理准备，接受长达一周左右大雨的考验。大牛和壮羊都缩着脖子，身子缩成一团，躲避暴雨的侵袭。

牛犊与羊羔完全表现出有别于大牛和壮羊的行为。它们在雨中奔跑着，蹦跳着，其热情与兴趣不仅超出了人的想象，也惹得大牛和壮羊频频回眸观望，一脸怀疑与惊奇。牛犊与羊羔的兴趣浓着呢，时而仰脸观望，一脸思索：整个天空仿佛漏了，雨水哗哗地流下来；时而与伙伴肩并肩，一路狂奔；时而甩动后蹄，来一个并不漂亮，但威力十足的后踢……它们用特殊的方式庆祝雨的到来。可时间不长，暴雨就夺走了它们的兴趣，最终它们像大牛和壮羊一样收紧身子，表情僵硬地站在雨中，茫然地打量着四周——寻找避雨之处。有聪明的牛犊与羊羔，一头钻到大牛、壮羊的腹下，这应该是最好的避雨之处了。

牧羊犬乌和尔喉咙里发出碎小的吟叫，表达对雨的讨厌。雨越来越大，乌和尔没心情发出怨言了，它弓着身子，低着大头，同样寻找避雨之处。

乌妮心疼极了，冲乌和尔挥着手。乌和尔似乎没有看到，乌妮一头钻进雨雾，拉起乌和尔，匆匆回到蒙古包。

牧羊犬乌和尔表现得乖巧极了，跟着乌妮回到蒙古包，可还没等乌妮站稳，它转身就跑出了蒙古包。它担心乌妮，所以才匆匆回到蒙古包。乌妮进入蒙古包了，它的任务也就完成了，该离开了。

"回来，回来！"乌妮大声喊着。

牧羊犬乌和尔不看乌妮，视线转向德班，目光明亮，它仿佛告诉乌妮，还有众人，只有德班能理解它。

"让它去吧！"木其亲昵地拍了拍乌和尔的大头，"它不会赖在蒙古包里的！"

风助雨势，雨助风威，暴雨吞噬了天与地。

一支孤独的转场队伍暴露在大雨中。

暴雨持续了整整一天，临近黄昏，雨势才有所减弱。

借这个难得的机会，木其和乌妮走出蒙古包，寻找燃料。因为缺少燃料，从昨天黄昏起，他们就没有喝到奶茶。奶茶就像他们身子里流淌的血液，即使少了一点点儿，也会感到全身不适。奶茶除了能解渴，还有助消化的作用。这对主要以肉类、牛奶为食物的草地牧人来说，尤为重要。

在沙丘里寻找燃料是一件很困难的事情。

暮色笼罩了大地，木其和乌妮才捡回一些枯柴。

枯柴被雨水淋透了，点燃它们是一件很困难的事。额吉用了很多

办法，总算燃着了枯柴。额吉像呵护婴儿般小心翼翼地守护着火苗。风助燃了火苗。不一会儿，旺盛的火苗夸张有力地舔着铜壶。蒙古包上空升起一缕缕乳白色的烟雾，很快与暮色、雨水融为一体。

炊烟给荒无人烟的沙丘增添了几分暖色与生气。

雨时断时续，又持续了一夜。

清晨，德班走出蒙古包，打量着天空，长叹一声，他想到了这是一场暴雨，却没有想到雨势迟迟没有结束的意思。德班的目光转向牲畜，一天两夜过去了，牛群、羊群几乎没有进食。牛群还算沉稳，一直轻轻反刍，仿佛胃囊里储存了足够多的食物，十天半个月不进食草料，也无大碍。羊群表现得就没有牛群那么沉稳了，它们就像多日没有进食一般，不时用叫声表达着不满。羊群的叫声此起彼伏，简直就是噪音，令人心烦意乱。羊群看到德班出现了，尖叫着，纷纷围拢过来，目光渴望而又迫切。

德班无奈极了，目光转向四野。这里是光秃秃的沙丘，仅有的绿色植被已经被它们吃掉了，即使那些坚硬、毫无水分的茎秆，最终也在羊群一次一次的啃咬中消失殆尽。

现实远比德班看到的还要残酷，附近的枯柴也进入了牛羊的胃囊。

雨虽然停了，但空中仍布满了阴云，在侵入肌肤的风的吹动下，迅速地向前翻滚着——一场更大的暴雨将会悄然而至。

现在，牛羊需要食物，人需要燃料。燃料不仅能保证他们及时喝到奶茶，还能保证蒙古包里有足够的温度。额木格咳嗽不止，即使穿上了全部衣服，仍感觉到一丝寒意。

除了额木格行动不便，四个人走出蒙古包，去沙丘里寻找燃料。

牛群、羊群看到他们，眼前一亮，似乎知道将要发生什么，紧紧跟上他们的步伐，就连老牛阿古拉都显得急不可待，频频迈开四蹄，跟在德班身后。那原本饱满的腹部隐隐下垂，随着走动，可怕地甩过来甩过去。

牧羊犬乌和尔有些茫然无措，不知道是该把羊群聚拢到一起，还是该让它们留在原地。还有那些行动迟缓的老牛，此时，它们表现得异常兴奋，硕大的身躯几乎跑出草地骄子——马的速度。看着乱纷纷的场面，乌和尔很快有主意了，它匆匆地跑到附近最高的土丘上，半蹲下身子，警惕地注视着四野，无论人，还是牲畜，都在它的视野范围内，一旦发生险情，它能在第一时间内赶到。

"木其，木其……"乌妮兴奋地跳起来。

乌妮发现了一根很大的枯木。

在寸草不生的沙丘里，竟然有近一人粗的枯木，不能不说是一个奇迹。这也佐证了此前沙丘是一片水草丰美的草地，只不过是严重沙

化，人与牲畜无法生存，迫不得已才迁移了。枯木仿佛是一位草地兴衰的见证者。看到它，总能令人发出唏嘘感叹，陡生无限慷慨。

木其和乌妮竟然没有拖动枯木。

木其看看枯木，又看看老牛阿古拉，眼前一亮，丢下一句含糊的话，向蒙古包跑去。乌妮望着远去的木其，嘴里嘟囔着，大概嫌木其把她留在沙丘里，又埋怨木其没有把话说明白。木其去得快，回来得也快，手里拿着绳子。木其把绳子的一端拴到枯木上，把绳子的另一端拴在老牛阿古拉的脖子上。

老牛阿古拉把枯木拖回蒙古包。

大雨断断续续下了一星期。

德班他们趁雨停歇时，去沙丘里寻找燃料。牛群、羊群表现得令人难以置信，仿佛被严格训练过，他们去往哪里，它们就跟到哪里。人在沙丘里待多久，它们就在沙丘里待多久。置身蛮荒沙丘里，无论牛群，还是羊群，对人都充满了极度的信任，夜里一旦看不到人影，它们就会表现得既胆战心惊，又茫然无措。

方圆十几平方公里内少得可怜的植被，都被牛群、羊群吞吃了。方圆十几平方公里内的枯柴，也都被木其捡尽了。

这支孤独而行的转场队伍终于度过了最艰难的时期。对三位老人来说，这些根本算不了什么，在他们生命的长河中，这些只不过是一朵很小的浪花，很快淹没在岁月长河中。偶尔，老人也会谈起，他们总是怀着激动的心情，满脸微笑，像讲故事一样娓娓道来，仿佛这一切都发生在他人身上。

这对木其和乌妮来说却是刻骨铭心的。不过，三位老人开朗、乐观的性格深深感染了两人，几分好奇，几分新鲜。从小在草地上长大的孩子，除了秉承了父辈坚毅、勇敢的品质外，还继承了父辈开朗、乐观的性格。也正是拥有了这些难能可贵的品质，他们才能在艰辛的环境中茁壮成长，才能从容沉着地面对各式各样的困难。也正因为有了这些，他们的生命才绽放出如花般的绚烂，如河水般源远流长，如草地般博大，如天空般湛蓝……

让三位老人感到欣慰的是，后面的转场大军不会遭遇眼下的困境了。两三天后，沙丘里将遍布嫩绿植被，随处可见的水源，保证转场大军能顺利穿过百里瀚海。

一周后，德班一家又踏上了百年牧道。

# 6. 王者

五天后，德班一家成功穿越了有"生命禁区"之称的百里瀚海。

眼前是地势开阔、一马平川的草地，绿茸茸的青草随风摇摆。天空湛蓝如洗，空气清新。

牛群、羊群吼叫着，急匆匆地奔向草地。多日以来，终于又看到了熟悉而又新鲜的草地，这意味着，它们不用为草料、水源犯愁了。

木其、乌妮兴奋地跑向草地，在草地上滚来滚去。就连额木格也走下勒勒车，蹲下身子，用粗糙的大手轻轻抚弄着牧草。

牧羊犬乌和尔不解地看着额木格，随后转向木其、乌妮，看见两人在草地上滚来滚去，似乎这场游戏少了它就索然无味了。乌和尔喉咙里发出小犬般细小的吟叫，颠着碎步跑了过去。木其搂住乌和尔粗壮的脖子，乌和尔顺势卧倒，一人一犬在草地上滚动着。

德班、额吉却没有那么高兴，虽然走出了百里瀚海，可等待他们的将是险象环生的狼谷——那里经常有狼出没。一旦被狼群纠缠上，麻烦就大了。

"狼可怕吗？"乌妮漆黑的目光注视着德班。

木其、乌妮虽然出生在草地上，但长这么大了，还没有看见过狼的尊容。这对草地上长大的孩子来说，不能不说是个遗憾。

"狼是王者！"德班答非所问。

德班为寻找一只走失的壮羊，误入一片荒草丛中。荒草丛没腰。荒草丛后面是野山杏林。他犹豫了，收住脚步，打量着四野。四周静谧极了，只有夏虫疯狂鸣叫。他的到来似乎打扰了夏虫的合唱，合唱戛然而止。四野静得有些可怕，都能听到心脏跳动的声音。

德班一激灵打了一个冷战，迎面扑来蛮荒和危险的气息。他不安地看了一眼身后，身后是一望无际的荒草。在夏风的吹拂下，草浪翻滚着涌向天边。他后悔进入荒草中，匆匆向来路走去。

危险的气息把德班团团包围了，不管他走向哪里，不管他走得多么快，危险的气息都包围着他，甩也甩不掉。他感到眼前老是晃动着模糊的身影，猛地收住脚步，这时，从荒草丛中里传来轻微的响声。德班紧张地看了一眼，没有发现身影，不过，那剧烈晃动的荒草丛说明有东西正远去。

身影是谁呢？

  自从响声出现后，一种无法说清的恐惧感就像一双强有力的大手死死箍住了德班的喉咙，几乎令他窒息。以致他连看都不敢看传来响声的那个方向。

  德班一抬头，心里就像被什么咬了一下，身子战栗不止——一头威风凛凛的大狼出现在附近草丛中。从大狼下垂的腹部，还有清晰可见的乳头不难看出，这正是处在哺乳期的雌狼。这说明附近有狼洞。德班误入雌狼领地，才引起雌狼的警觉。

  处在哺乳期的雌狼既凶狠又残忍。

  雌狼做出匪夷所思的行为：它看了德班一眼，向远处跑去。雌狼完全可以驱赶走德班，毕竟是他误入了狼的领地。但雌狼没有驱赶德班，而是害怕了，逃之夭夭。德班与狼打过数次交道，雌狼绝不是胆小怕事。这是一头聪明机智的雌狼，为了狼崽的安危，有意引开他。

  草地人有捕获狼崽的习惯。他们往往结伴而行，趁雌狼离开洞穴之际，捕获狼崽。当然，捕获狼崽的最佳时机，是狼崽眼睛上的一层膜还没有褪去，还没有长出牙齿。否则，抓狼崽不成，弄不好就有可能被狼崽制服。有一次，一个牧民不顾他人劝阻，执意进入狼洞穴。洞穴里的狼崽已长出锐利的牙齿。他本以为能顺利地抓到狼崽。当他伸出手的刹那间，一条狼崽甩头叼住他的手腕，钻心的

疼痛，让他忘掉了必要的防备。另外两只狼崽勇猛地扑了上来，尖尖的利牙很快扎破了衣服，它们死死咬住他不放。难以想象，身材魁梧、脾气暴躁的他，竟然发出婴儿般的哭泣声，似乎用哭泣乞求狼崽放过他。多亏众人事先有准备，听到他的哭声，迅速把他拖出洞穴，才保留了一个完整之身。

事后，就连他本人也难以置信，竟然会做出有损自己形象的行为。不过，当时的砭骨之痛，确实让他有万念俱灰的想法。

捉来的狼崽要不卖给草地外的人，要不草地人自己饲养。草地人有意把狼崽培养成牧羊犬。在这狼灾肆虐的草地上，用狼对付狼，是最有效的办法。可无一例外，少则十天半个月，多则两到三个月，狼崽夭折，无疾而终。

德班知道，狼崽是抑郁而亡。

捕捉狼崽，必将受到雌狼的报复。凡是偷过狼崽的草地人，都有着切身体会。雌狼无孔不入，就像从地上冒出来似的，野外放牧时，雌狼会突然从身后蹿出来，随后疯狂地扑咬，令被偷袭者有啮噬之痛。即使待在牧点里，也无法保证安全，很有可能夜里外出方便时，暗影里跳出一条大狼，那明亮的目光令人魂飞魄散。即使大白天里看到明晃晃的阳光，都会自然联想到狼的凶狠目光，令人如芒在背。至于狼咬死、咬伤牲畜，那是常有的事。可怕的不仅仅是这些，还有更可怕的，自始至终，牧点外彻夜响起狼如泣如诉的嗥叫声，令人难以入睡。惨痛的教训告诉草地人，千万不能打狼崽的主意，更不能打处在哺乳期雌狼的主意，那将十恶不赦。

但总有人出于好奇，出于勇敢（这样说勉为其难，确切地说应该是粗鲁、鲁莽），亲身一试，导致每年由于人为因素夭折的狼崽数不胜数。人与狼之间的报复与反报复行为也持续了多年，直到狼即将成为灭绝的物种之一，一些痴迷的人才会有所醒悟。

教训总是沉重的！

德班并没有捕捉狼崽之意，只不过是误入了狼的领地。

意想不到的是，德班离开时，雌狼竟然尾随上来。德班注意到，他与雌狼的距离始终保持着最初的距离，也就是说，他与雌狼相遇时的距离。雌狼就像认真计算过似的，不管德班行走得快与慢，它与德班的距离一步不多，一步不少。

　　这是一条冰雪聪明的狼！

　　德班离开了荒野之地。狼仰望着土丘上的德班。德班不再恐惧，雌狼原本就没有袭击他的意思，如果袭击，他绝不可能安安全全地回到草地上。雌狼为了狼崽的安全，只不过是想把他引开。至于雌狼为什么一直要跟踪他，是出于警惕？还是另有企图呢？

　　德班打量着雌狼，与雌狼四目相对。雌狼目光中少了凶狠与凌厉，倒多了几分温和与信任。雌狼目光明亮，久久注视着德班，仿佛遇到了一位多年不见的伙伴，它是多么想接近德班，有许多话想说，可毕竟它面对的不是伙伴，而是能致狼于死地的人。但雌狼又坚信，只要有足够多的时间，眼前这个人能抛弃各种欲望，成为至亲的伙伴。

　　雌狼就这样深情地凝视着德班。

　　德班深受感染，竟然忘了走失的壮羊，也忘了面对的是人人喊打的狼。德班仿佛觉得站在他面前的不是狼，而是一位至交，他们很久没有交流了，心里有许多话要说，但他们太激动了，太兴奋了，一时不知从何说起，应该说些什么。没关系，所有想说的话都包含在目光中，只要安安静静地凝视就足够了。

　　直到余晖给草地镀上了一层金色，德班才恋恋不离地离开了土丘。雌狼深情地注视着远去的德班，直到德班消失在夜色苍茫中的草地上，也久久不愿离去。

　　有件事情发生在半个世纪之前。那时候是草地环境最优美的年代，既有天苍苍，野茫茫，风吹草低见牛羊的美景；也有动物种类繁多，随处可见动物的身影。

　　可惜，那时的美景一去不复返。草地人想再看到狼，已经成了一种奢望。

那一年，德班正好二十岁。

德班曾目睹了令他震惊的一幕。

草地上隐藏着一条倒下的"草带"，上面隐约有鲜红的血迹。显然，这是拖拽留下的痕迹。

德班循着"草带"走去，头"嗡"的一下，附近站着一头高大威猛的狼。德班仔细一看，惊得差点儿魂飞魄散，这是一头浑身血淋淋的大狼，不断有血水从身上流出来，四肢因浸了太多的鲜血而显得刺眼。奇怪的是，大狼既没有跑开，也没有冲他张开大嘴，却如同雕塑似的站在那里。

大狼死了！这是德班的第一想法，但他很快否定了这个不切实际的想法。大狼微微喘息的腹部，说明大狼还活着。不过，大狼已是奄奄一息了，身上淌了大量鲜血，有的鲜血已经凝固发黑。看来，大狼受伤多时了，身体里的血已经流得差不多了。

大狼应该倒卧下来，用舌头舔舐伤口。大狼的唾液有杀菌止血的功能，可它却这样伫立着。大狼的行为让人难以理解，既没有倒卧下来，舔舐伤口；也没有远远地逃遁，就那样傻乎乎地站着。难道大狼受到意外重创，大脑糊涂了吗？可大狼的目光又告诉德班，事实远非他想象的那么简单。

大狼目光凌厉、顽强，一脸坚毅神情，警惕地注视着眼前的德班。也就是说，在第一时间内，大狼就发现了德班，但出于某种原因，大狼既没有远遁，也没有向德班发起攻击。不过，大狼的表情又告诉德班，它并没有放松警惕，只要德班胆敢再向前走一步，它就会风驰电掣般地扑上来，非得把德班撕成碎片不可！

大狼一脸果决的表情，还有严重的伤势引起了德班的好奇。

大狼似乎明白德班的用意，猜出德班大有乘它之危，发起攻击的意图。大狼冷静极了，活动了一下后肢，大概是因为站的时间太久了，身子僵硬，这一动不要紧，后身突兀地倒了下去。大狼反应迅速，腰身一挺，稳稳地站立起来。在长达十分钟的对峙里，大狼再也没有挪动过一寸地方。大狼的突兀倒地，使原本刚刚愈合的伤口又迸裂了，鲜血缓缓流了出来，很快掩盖了已经结了血块的被毛。

发生这些意外，丝毫没有影响大狼的精神。与刚才相比，大狼更是精神矍铄，勇气可嘉，尽管它的生命即将走到尽头。

德班与狼对峙着。

德班百思不得其解，是什么样的力量，什么样的意念，令这头生命垂危的大狼像丰碑一样矗立着呢？

德班向大狼走去。

大狼喉咙里发出一声含糊的吼叫。的确，这与平时听惯的狼异常洪亮、清晰的嗥叫相差甚远。再看大狼，微微抬着大头，张开大嘴，锋利的狼牙在阳光下泛着咄咄逼人的寒光。大狼视死如归，眼睛一眨不眨地注视着越来越近的德班。

大狼为什么不进攻？为什么坚强地站着？殊不知，这种站立，尤其是长时间站立，会消耗更多的体力，会给大狼带来更大的痛苦，让大狼的生命更加岌岌可危。大狼完全有充足的时间，充足的理由，逃进荒草丛，蝇营狗苟地活着。或者在看到德班的那一刻，也可以委曲求全，请德班高抬贵手，饶它一命，苟延残喘地活下去。抑或突然发出凌厉攻势，彻底解决掉眼前这个人，尽管大狼受伤了，但它完全有能力解决掉这个人……但这一切都没有发生，大狼以完全出人意料的姿势与态度告诉德班，它早已把生死置之度外了。

大狼视死如归的精神震惊了德班，令他收住脚步。

大狼临危不惧，聚精会神地与德班对峙着。德班目光迷离，不敢看大狼。他感觉自己是一个小人，为了满足一时的兴趣与好奇，竟然忽视了生命岌岌可危的大狼，于情于理都说不过去。此时，他应该远远地走开，让大狼放松警惕，一心一意地疗伤！

德班为鲁莽的行为而后悔。

德班打量了一眼大狼，准备离开。但他看到了出乎意料的一幕：大狼一脸倦怠，双眼正慢慢地合上了。大狼要睡着了。德班心里一惊，

一旦大狼睡着了就永远醒不过来了。此时，大狼应该想方设法自救，或是他给大狼治疗。只有这样，大狼的生命才能得以延续。

不能让大狼睡着，它必须活下来！

想到这儿，德班大踏步地向大狼走去。

德班的脚步声惊动了大狼。大狼猛地睁开眼睛，看到近在咫尺的德班，浑身激发出难以想象的力量，抬头、甩脖、张嘴……这些微妙的变化，令大狼显得更威猛、更高大。这给德班的感觉是，刚才大狼是假寐，是故意而为之，是引诱他上钩。

再看大狼的目光，凶狠而顽强，里面跳动着两团火。这两团火是因为没有及时消灭掉德班而生。只要给大狼一分钟时间，大狼就会凶猛地跳起，利爪、大嘴齐刷刷地落在德班身上……

德班非常清楚，大狼伤势严重，不可能再发动攻击了，只不过是摆摆姿势，做做样子罢了。德班感到好笑，大狼都这样了，还死撑着，纯是死要面子活受罪。还是那句话，大狼应该积极自救，只要能保住性命，它完全可以向德班摇尾乞怜，活下来。不是有那句话嘛，好死不如赖活着。再有，这么长时间过去了，大狼应该清楚，德班并没有伤害它的意思。

该发生的事情没有发生，不该发生的事情却一直延续。

大狼岿立不动，表情刚毅，目光凶狠，全身绷得紧紧的，随时随地准备投入战斗。

德班心里一翻个儿，大狼不需要同情，更不需要怜悯，它宁可站着死，也不趴下活。大狼值得敬畏！

德班深情地注视着大狼。

风吹过草浪，远处传来飒飒的风声。

一只苍鹰从天边飞来，伸展着宽大的双翼，悠闲地翱翔着。苍鹰的身影越来越清晰，甚至能看清那混合了黑、灰两色的双翅。双翅边缘闪动着余晖的光晕。苍鹰突然降低高度，盘旋在大狼上空多时，久久不愿离去。

突然，从天边传来异样的响动，那应该是苍鹰双翅滑过空气发出的富有质感的响声。苍鹰飞走了。

德班收回目光，转向大狼。大狼依然保持着原有的姿势。德班发现大狼的伤口不再流血了，惊喜万分。德班不由得迈开大步，向大狼走去。大狼竟然没有任何反应。德班猛地收住脚步，呆呆地注视着大狼，发现原本微微喘息的腹部僵硬地垂了下来。大狼身上已经没有了任何生命体征。

大狼是在站着中离去的。直到生命的最后时刻，大狼都是战斗的。

德班终于看清了大狼身上的伤势，倒吸了一口凉气。大狼左侧身子遍布着深深的洞口，右侧身子带着铁叉，铁叉一直插在大狼身子里。铁叉是牧民用来堆草垛用的。大狼受到多人攻击，伤势严重，但它凭着超常的意志和坚强，逃出了众人的围攻。直到死，大狼都没有屈服，都是勇敢的。

德班掩埋了大狼。这是对狼的最高礼遇。

德班回到牧点，两个中年人正兴奋地讲述着：他们袭击了一条前来偷袭牲畜的大狼。大狼虽然逃跑了，但受伤严重，身上还拖着铁叉，必死无疑。中年人富有煽情的演讲，立刻激起众人浓厚的兴趣。中年人保证，循着血迹最终能找到大狼。众人叫着，飞身上马，带着牧羊犬，一阵风似的出了牧点。

德班非常细心，掩埋大狼后，抹去了草地上的血迹。

猎人曾给德班讲过一条雄狼的故事。确切地说，不应该是故事，而是实实在在发生在猎人身上的事情。

猎人远近闻名，经验丰富，每年捕获的猎物不计其数。他几乎从未失过手。当然，最初打猎时另当别论。刚学打猎的时候，猎人血气方刚，勇气虽可嘉，经验却一片空白，失手是情理之中的事。而且，那个时候，他还听不进其他猎人的好意劝说。一次，他竟然不顾劝说，执意要去打一头处在求偶期的野猪。野猪没有被打死，他自己险些葬送在野猪嘴里。多亏心地善良的同行一直跟着他，关键时刻挺身而出，救下了猎人。那次意外失手，对猎人来说是刻骨铭心的，再打猎时，他小心又小心，谨慎又谨慎，没有百分之百的把握决不轻易出手。"打猎是在刀尖上跳舞。"没有多少文化知识的猎人竟然总结出一句文绉绉的话，不得不让人刮目相看。

猎人险些失去生命，总结出的经验当然是别具一格。

"那野猪……"猎人摇着头，一脸肃穆。众人本以为猎人能完完整整地讲述事情经过，哪知道他摇了半天头，却说出一句索然无味的话："厉害着呢！"众人面面相觑。猎人知道自己的讲述大大影响了众人的兴趣。

"咳，我给你们讲一条雄狼的故事吧。"猎人话题一转，"雄狼可比野猪顽强多了。它简直……简直就像人一样……"

猎人的话不完整，听起来更令人费解。不过，他的故事却深深地吸引了众人。

猎人注意到一支狼群多时了，他对狼群里有多少条狼，有什么活动规律，都了如指掌。牧民不堪忍受狼群的侵扰，迫不得已请来了猎人，帮着消灭狼。

猎人做了很好的伪装，隐藏在野杏林中——狼群必经之处。猎人之所以选择这里，还因为如果狼群偷袭成功，这里势必是它们放松警惕之处。他要在这里搞突然袭击。

猎人远远地看到狼群跑了过来，他做好了充分准备，将黑洞洞的枪口对准了跑在前面的一条大狼。突然，猎人惊呆了，他从来没看见过如此威武、英俊的雄狼。雄狼身材高大魁梧，身上的被毛如缎子般光滑。两只狼眼如铜铃，熠熠生辉，仿佛能看透人的心思。狼嘴宽大，漆黑的鼻头与粉红的大嘴形成强烈的反差。猎人有一种错觉，雄狼发现了他，正张开血盆大嘴，雄赳赳、气昂昂地走了过来。

猎人无缘由地打了个冷战。

猎人怀疑自己看花了眼，眼前这支狼群不是他要袭击的狼群，可事实又告诉他，这的确是他要袭击的狼群。有关这支狼群的所有信息，猎人已烂熟于胸，不可能弄错。难道是他一时疏忽，没有注意到这头雄狼？不可能！绝对不可能！

猎人似乎向众人发誓，频频摇头。

那就只有另一种情况了，雄狼原本就属于这支狼群。此前，它之所以没有出现，是不屑那种小偷小摸的行为。今天，它出现了，是因为有猎人在狼群必经之处布下了天罗地网，需要它拯救狼群。临到后来，猎人这样安慰自己。

猎人思绪纷乱，忘了越来越近的狼群。猎人的目光再次扫向雄狼时，雄狼已置身眼前。关键时刻，他失去了一个优秀猎人应该具有的冷静与沉着，他被突如其来的雄狼弄得惊慌失措。一句话，看到雄狼的那一刻，他有了畏惧。猎人一阵手忙脚乱，总算冷静下来，但却引起了雄狼的警惕。

雄狼收住脚步，抬起大头，张开大嘴，频繁抽动着鼻翼，大眼机

42

警地注视着四周。猎人看得一清二楚，甚至能看清雄狼粉白红嫩的口腔。猎人把黑洞洞的枪口对准了雄狼的致命之处，只要手指轻轻一动，雄狼就会像一堵墙般轰然倒地。不管此前它是多么勇猛，多么聪明机智，都难逃一死。

雄狼嗅出了危险的气息，微微侧头，视线落在身后的狼群身上。狼群就像接到命令，身子一闪，纷纷逃进野杏林中。

猎人大吃一惊，从雄狼察觉到危险，到狼群迅速消失，还不到一分钟。起着关键作用的，毋庸置疑是雄狼。他不能让雄狼跑掉，一旦失手，将有损他"优秀猎人"的名誉。要知道，他在众人面前夸下了海口。

此时此刻，他再次失去了一个猎人应有的冷静，"忽"，他站了起来。其实，猎人本应该沉着地趴在那里，伺机而动。毕竟雄狼还没有从眼前消失。他可以抓住这个千载难逢的机会，把枪口对准雄狼。猎到雄狼，其实就等于捕获了狼群，仍然能赢得众人的尊敬。原本水到渠成的事被猎人自己打乱了。

后来，猎人回想当初一而再，再而三地犯错误，觉得还是内心的恐惧在作怪：对雄狼发怵。自从看到雄狼的第一眼，猎人就被这头外表既漂亮，又威猛；既凶狠，又顽强的不可战胜的雄狼打败了。

雄狼一个漂亮的甩身，凶狠的目光对准了猎人。

猎人身体战栗，明显感到令人作呕的阵阵腥味扑鼻而来。更可怕的是，雄狼扑了上来，血盆大嘴已快要置于头顶，锋利的獠牙已快要切进身子。匆忙间，猎人扣响了枪栓，传来一声闷响。从枪声判断，雄狼被击中了。猎人长长舒了口气。他太大意了，怎么完全相信了枪声？他忘了，这是一头令他都畏惧三分的雄狼。雄狼怎么会轻易被击毙呢？

猎人来不及看上一眼，只感觉眼前闪过一团模糊的身影，身边生起一团劲风，吹得衣服呼啦啦地响。猛地，感觉猎枪受到意外一击，险些脱手。他心里一沉，双手牢牢抓住枪把。

雄狼一口叼住了枪筒。

雄狼受伤了，鲜红的血浸湿了被毛。其实，雄狼受伤并不严重，完全没有必要咬住枪筒，与猎人拼个鱼死网破。但它似乎知道，猎人不肯轻易放过它，还会开第二枪、第三枪……这样一来，它就危险了。与其被猎人击毙，不如与猎人进行一番搏斗，即使是死，也是悲壮的！

伤势没有影响到雄狼。雄狼目露凶光，仿佛两团火，几乎要把猎人烤化了。雄狼全身被毛竖立，锋利的獠牙狠狠咬住枪筒，发出可怕的"嘎嘎嘎"声，喉咙里发出震人心魄的咆哮声。雄狼嘴里叼着枪筒，有意接近猎人。

当时，冷汗顺着猎人的脸颊流了下来。

猎人往回夺枪。枪就像与雄狼融为一体，纹丝不动。猎人使出吃奶的力气，也没有夺回枪。突然，枪明显地松动了，一股令人作呕的气味紧紧包围了猎人。猎人一看不好，紧退几步。好险，雄狼借猎人往回夺枪之际，再一次拉近了与猎人的距离。猎人后背嗖嗖地冒冷汗，情急之下，险些把自己主动送到狼嘴里。他不敢再胡来了，身子尽量

离枪身远远的。

雄狼凶狠地盯着猎人，身子有意向他靠近。雄狼的用意很明显，逐步缩小与猎人的距离，达到一定距离后，立刻吐掉嘴里的枪筒，直奔猎人而去，不把猎人撕成血葫芦才怪呢！

猎人的心怦怦跳得厉害，似乎一张口就有跳出来的可能。

猎人与雄狼僵持着。渐渐地，猎人冷静下来，思索着如何摆脱眼前的困境，最好的办法就是及时再给雄狼一枪。可惜，这是单发猎枪，每次只能装一颗子弹。猎人的心顿时凉了半截，无法制服雄狼，就有可能被雄狼制服。猎人后悔不已，后悔见到雄狼的那一刻心慌意乱，更后悔这么长时间里，虽然占据着主动权，可由于惊慌失措，他始终是被动的。这一刻，猎人心里暗暗祈求：雄狼给他保留一个全尸。

猎人幡然醒悟，这个时刻怎么能想入非非呢？应该积极思考对策，打败雄狼。

这时，雄狼再一次拉近了与猎人的距离。

猎人身子后坠，双手控制着枪把。雄狼四肢蹬地，仰头伸脖，大嘴牢牢控制着枪筒。雄狼猛地抬起前肢。猎人猛地感觉双手一抖，由于身子与双手是一股向下的力量，奇迹出现了，"咔"的一声，猎枪露出了黑洞洞的枪膛。猎人使用的是一种叫"撅把"式的猎枪。猎人眼疾手快，把一颗子弹塞进枪膛里。由于特殊力量的作用，雄狼嘴里的枪筒竟然滑动了。猎人看得一清二楚，双臂用力，猛地抽枪，枪筒像蛇一样在雄狼嘴里滑动着。他不愧是猎人，枪筒只游走了一半，顺势用力往前一推，不偏不倚，枪口伸进了雄狼的嘴巴里。一声轰然炸响，就像掀起一团巨浪，推得雄狼身子向后仰去，倒地，荡起漫天尘土。

猎人瘫软在地上，身子就像从水里捞出来似的湿淋淋的。

猎人用了整整一个月的时间，把雄狼制成标本，一头活灵活现、英勇无畏的大狼赫然站立在眼前。猎人把雄狼挂在蒙古包正北方的毡壁上。那是被游牧民族视为最为神圣的地方。

从此以后，猎人再也没有打过猎。

木其、乌妮一脸神往，仿佛看到一头高大、威猛、智慧的狼向他们奔来。现在，他们迫切渴望到达狼谷，幸运的话能一睹狼的芳容。

# 7. 狼谷

一条宽阔而又平坦的大沟呈现在众人眼前。大沟在前面甩了一个弯，消失在土丘后面。大沟两侧是起起伏伏的土丘。土丘上覆盖着丛林。一条土路隐藏在牧草中，蜿蜒进深处。

这就是百年牧道上闻名遐迩的狼谷。

狼谷长三四十里。如果顺利的话，一天就能通过。

木其和乌妮一脸的好奇与兴奋，打量着土丘上的丛林，似乎那里隐藏着大狼，当看到德班一脸肃穆时，才感到没有那么好玩。

老牛阿古拉似乎感觉到了什么，以少有的庄严表情注视着狼谷。原来温和的大眼变得异常明亮，宽宽的大嘴微微张口，喷出一股股热浪。老牛阿古拉的表现都是因为紧张。再看牛群、羊群，都少了以往的嬉戏与随意，紧紧跟在勒勒车后，严肃地注视着狼谷。它们似乎嗅闻到了空气中若有若无的危险气息。

德班重重拍了一下老牛阿古拉。老牛甩开四蹄，晃动着身躯，发出一声沉闷有力的吼叫，巨大的车轮轰隆隆滚动起来。老牛阿古拉的吼叫就是命令，牛群、羊群不敢怠慢，争先恐后地向前跑去。

德班稳稳地坐在勒勒车上，随着勒勒车的摆动进入了梦乡。额木格微睁双眼，双耳捕捉着一切可疑的信息。都说眼睛花了，就导致耳聋。可对额木格来说，眼睛昏花的同时，耳朵却异常灵敏，甚至能捕捉到十几米外细微的声音。上天总是眷顾一些人，当他们的某项能力减弱的同时，其他能力却变得异常突出，比如额木格。

额木格有一双特殊的"眼睛"，严密注视着两翼土丘。

额吉表现得总是那么迫切，手里早就握好了马棒。马棒是专门用来对付狼的。

木其和乌妮矛盾极了，既盼望着狼出现，又担心狼一旦出现，将会带来无尽无休的麻烦。兄妹两人看看德班，心放进肚里，当看到额木格、额吉一脸紧张表情时，心又悬了起来。两人不知所措地对看了一眼，情绪从来没有这么复杂过，甚至在心里谴责自己，似乎是他们把狼招来了，让三位至亲的人陡生一番不安。

勒勒车猛地晃动一下，德班醒了。德班好像没有进入梦乡，一直假寐，醒来第一眼扫向右翼的土丘，一条模糊的身影从土丘上飘然而下。与此同时，老牛阿古拉发出一声闷叫，抢先一步迈出大蹄，一个漂亮的甩头，一对硕大的犄角划过，空气中传来异样、细微的响声。

模糊身影十分机灵，深知不是庞然大物的对手，与老牛阿古拉保持着足够远的距离。再说，它的出现，并不是真刀实枪地与老牛阿古拉格斗，而是有着极为缜密的计划。

"狼！"木其和乌妮不约而同地喊道。

德班轻轻瞥了一眼，这是怎样的一条狼呢！少了以往狼高大、威猛的身躯，被毛也尽失光泽，腹部下垂。狼目光虽明亮，但不够凌厉；表情虽狰狞，但缺少威严。

从土丘上跑下来的是一条雄狼。

雄狼与老牛阿古拉保持着四五米的距离，站在土路上，注视着老牛阿古拉。老牛阿古拉挥动了几次犄角，雄狼连连后退。老牛阿古拉不再理雄狼，垂下头，啃吃牧草。雄狼似乎很在意老牛阿古拉的不屑一顾，见老牛阿古拉不理它了，视线转向德班，似乎因老牛阿古拉而起的怨气一下转移到德班身上。明亮的目光被凶狠取代了，雄狼一动不动地注视着德班。德班一副熟视无睹的表情更让雄狼大为恼火，它发出了低沉、暗哑的嗥叫。

德班表现得越来越随意，甚至低下头，抽起烟嘴，悠闲地喷出一团团烟雾。再看额木格，一脸轻松，轻轻瞄了一眼狼，缓缓闭上眼睛。

额吉呢，把马棒放到一旁，开始整理头上的围巾。

木其和乌妮一脸深深疑惑，一会儿看看这个，一会儿瞧瞧那个，狼虽然拦住了他们的去路，但仅凭一条瘦弱的狼怎么能拦住他们呢？更何况三个大人根本没有把狼放在眼里。

"额不格，"木其大声提醒，"快走！"

德班冲兄妹两人眨眨眼："这是一条前来侦察的狼，它的伙伴会很快赶来。"

木其和乌妮半信半疑。

德班的一袋烟还没有抽完，传来牧羊犬乌和尔有力的吼叫声。木其和乌妮将目光转向乌和尔。乌和尔冲着右翼土丘发出咆哮般的吼叫声。以乌和尔的性格，很少发出空洞的吼叫，它更热衷于刀光剑影般的厮杀。兄妹两人还没有弄明白怎么回事，从土丘上飘下来四个模糊的身影。乌和尔主动出击了，昂着大头，四肢滑过草地，如一团乌云飘向土丘。

从土丘冲下来四条狼。为首的是一条雌狼，身后跟着三条即将成年的狼。它们与雄狼来自同一支狼群。

狼群眼里只有羊群，忽视了牧羊犬乌和尔。雌狼发现了乌和尔，急转身，可身处下坡，短时间内无法改变路线，径直撞向乌和尔。乌和尔张开血盆大嘴，准确无误地砸向雌狼。

"乌！"谁也没有听清这句含糊不清的话来自何处，但乌和尔却听清了，那是主人德班对它特有的称呼。它能从近似含糊不清的声音中辨别出各种各样的命令，随后做出相应的动作。今天，当它面对突然而至的狼群时，误以为听错了，但它又十分清楚，毋庸置疑，威严的声音是不容更改的命令：停止进攻。它犹豫了。

雌狼裹挟着一团强风来到近前，乌和尔只是象征性地甩出了大嘴。即使这虚晃一枪，雌狼也招架不住，身子失去平衡，一头滚落在地。

木其和乌妮眼睛瞪得大大的，正暗暗高兴，可万万没有想到，关键时刻，乌和尔却愣在那里，没有进攻。乌妮误以为看花眼了，使劲揉了揉眼睛，的确，乌和尔仍站在原地，冷冷地注视着雌狼。乌妮将目光转向木其，木其也一脸不解。他的不解更多来自于那个奇怪的命令，他非常熟悉这个"乌"声，更敬佩乌和尔执行起来不折不扣，那不是人与犬的交流，而是人与人的交流，德班和乌和尔是朋友，是伙伴，才有这样心灵的相通。但木其又奇怪了，此时，他们面对的是狼，德班不应该对乌和尔发出这样的命令。

德班有这样做的道理！

兄妹两人的疑惑一闪而过。

木其和乌妮的视线再次落到牧羊犬乌和尔身上。

如果之前牧羊犬乌和尔没有进攻雌狼，是失误的话，此时，它完全可以趁机扑向倒地的雌狼。以乌和尔的速度和能力完全能稳操胜券。但它好像无暇顾及倒地的雌狼，转身扑向三条小狼。三条小狼向土丘上逃去。雌狼也退回到土丘上。

雌狼没有凭借有利地形冲破牧羊犬乌和尔这道防线。

雄狼加入狼群。

木其眼前一亮，大声驱赶老牛阿古拉。老牛阿古拉没有动。木其大声招呼德班，德班冲他摆摆手，又指了指聚集在一起的狼群。狼群已置身身后的土路上。木其恍然大悟，他们一旦行动，反倒中了狼群的圈套，狼群将一路追杀。即使牧羊犬乌和尔再骁勇善战，也会顾此失彼。

羊群紧紧挤靠在一起，恐惧极了，不敢看狼群。就连那些大牛也不安极了，目光飘忽不定。

狼群聚集在雄狼身后，展开了新一轮进攻。

这次，牧羊犬乌和尔没有主动进攻，它守护着羊群，以逸待劳。

雄狼怒嗥一声，抢先一步冲了上来。雌狼和小狼紧随其后，铺天盖般地涌了上来。牧羊犬乌和尔甩动大头，被毛乱舞，如一头雄狮，扑向雄狼。雄狼畏惧了，一个急转身，撤走。乌和尔似乎知道雄狼的攻势中看不中用，只是摆摆花架子。它的目标就是及时识破雄狼的花招。雄狼撤退了，它的任务也就完成了，一心一意地对付雌狼与小狼。

雄狼跳开，等于为牧羊犬乌和尔敞开了一扇门，将雌狼和小狼暴露在了乌和尔面前。雌狼和小狼似乎不记得乌和尔此前的网开一面，竟然不管不顾地冲了上来。乌和尔已经饶过它们一次了，不可能再饶一次，利爪和大嘴如同流星锤迎了上去。雌狼只感觉眼前一片模糊，乌和尔锋利的獠牙已从它身上划过。乌和尔不与雌狼纠缠，大嘴滑向一条小狼。小狼翻倒在地。雌狼抓住这千载难逢的机会，一个甩头，尖嘴插向乌和尔的腹部。

雄狼趁机也加入进来。

一时间，深沟里相撞声、惨叫声此起彼伏，被毛乱飞，鲜血四溅，既有狼的，也有牧羊犬乌和尔的。

乌妮脸色苍白，痛苦地闭上了眼睛。

木其眼睛瞪得像铜铃，手心里全是汗，有心助乌和尔一臂之力，可又不知如何相助，只是哇啦哇啦怪叫着，至于喊了什么，连他自己都不清楚。

德班走了过来，挥起布鲁砸向狼群。

木其舞动着布鲁冲向狼群。

人与牧羊犬配合，驱散了狼群。

狼群跑到一旁，蹲在地上，舔舐着伤口。

牧羊犬乌和尔蹲坐在地上，同样舔舐着伤口。

木其同情地看着乌和尔，心里生起小小的怨气，如果不是德班发出错误的命令，乌和尔不可能对雌狼嘴下留情，也不可能遭受群狼的袭击。

德班知道木其心里在想什么，疼爱地看着牧羊犬乌和尔："乌和尔一口咬下去，草地就会白白少了一条狼！"

狼群并没有离去，目光贪婪地盯着羊群。

牧羊犬乌和尔怒视着狼群。

德班似乎猜出了狼群下一步的行动，把羊群聚集在勒勒车周围，外面是清一色的大牛。羊群乖巧极了，老老实实地站在里面。羊羔扎在大羊腹下，身子紧紧贴靠在大羊身上，似乎这样才安全。

雄狼一眼识破了德班的做法，仰头冲狼群吼叫——狼群一改刚才的做法，分头进攻。

木其暗暗一惊，如果狼群集体进攻，乌和尔还能对付得了，可狼群一旦分散进攻，牲畜将不堪一击。

德班和额吉早就做好了准备，他们分别居于队伍一角，手里握着马棒。就连额木格也下了勒勒车，加入战斗中。

木其紧握马棒，屏息凝视，盯紧了一条小狼。

乌妮也要加入战斗，被木其制止，让她照顾额木格。

雄狼牵制着牧羊犬乌和尔，它纵身扑来，乌和尔挺身而出，哪知这招是假的，雄狼佯装败走。乌和尔追了上来，雌狼趁机进攻，乌和尔与雌狼战到一处。雄狼乘虚而入，乌和尔不得不转身应战雄狼。乌和尔忽东忽西，忽左忽右，虽然击退了两条大狼，可时间一长，体力渐渐不支，行动迟缓，进攻乏力。

在两条大狼与牧羊犬乌和尔周旋时，三条小狼也没有闲着，扑向羊群，但终究不是人的对手，数次进攻都无功而返。

狼群有着异乎寻常的耐力与韧性，屡战屡败，屡败屡战。天已过晌午，狼群仍没有停息的意思。德班他们却人困马乏，疲于应付。

羊群渐渐适应了酣战，少了最初的恐慌表情，饶有兴趣地观看起来，似乎眼前发生的一切与它们没有任何关系。更有心不在焉的，低下头，匆匆掠起一缕牧草，一边津津有味地吃着，一边欣赏。

这帮愚蠢而又胆小的家伙！

羊群的行动传染给了牛群。牛群难以再保持如临大敌的样子，纷纷低下头，匆匆啃吃牧草。

狼群也是疲惫不堪，偃旗息鼓，三三两两分散开，倒卧在地上，闭上双眼，沉沉入睡。

牧羊犬乌和尔并没有被狼群的假象迷惑，仍威风凛凛地注视着狼群。

一只羊羔游离了人与牧羊犬的视线。它注定要为这次冒险的行动付出沉重代价。

雌狼微微睁开双眼，瞥了一眼附近的羊羔，这个距离，还不能保证它在凌空跃起后，顺利地捕到羊羔。雌狼又闭上了眼睛，假寐。雌狼多次微睁双目，终于等来了千载难逢的机会，身子跃起，谁也没有看清是怎么回事，羊羔惨叫一声，倒地了。

牧羊犬乌和尔纵身蹿起，扑向雌狼。雌狼害怕了，撇下羊羔，远遁了。乌和尔追向雌狼，雄狼终于等来了机会，扑向羊群。雄狼万万没有想到，迎头遇到了德班。德班早已做了准备，挥舞着布鲁，驱赶走雄狼。

羊羔虽然被抢回来了，但已是奄奄一息。

德班看看羊羔，又看看几条狼，竟然做出了出乎众人意料的举动——把羊羔抛向狼群。

两条大狼一脸惊诧，目光在德班与羊羔之间游离，随后，目光又转向其他人，表情紧张而又谨慎。倒是三条小狼少了大狼的城府，小

52

心翼翼地接近羊羔，可它们还是不放心，一边走，一边偷窥附近的人与牧羊犬。这个出乎意料的举动确实打乱了小狼的正常思维，没敢疯狂地扑向羊羔。

时间仿佛静止了。从土丘上传来风吹过丛林的飒飒声。夏虫配合着风声，发出一阵紧似一阵聒噪的鸣叫。

两条大狼的视线长时间落在德班身上，确信这不是诡计，放心了，走向羊尸。三条小狼一看两条大狼走了过来，抢先一步扑向羊尸。眨眼间，狼群团团围住羊尸，狼吞虎咽起来。不一会儿，只剩下一副羊皮和骨骸。三条小狼把骨骸拖到一旁，仍津津有味咀嚼着，嘴巴里发出可怕的响声。

狼群虽然吃到了羊羔，但仍没有离去的意思，贪婪的目光又落到了羊群上。

# 8. 夜晚

牛群和羊群长时间被困在有限的空间里，很快啃光了牧草。因饥饿、干渴，几头大牛、壮羊陡生无限的勇气与胆量，竟然离群而去。它们的行动似乎提醒了伙伴，原本密不透风的队伍随时有崩溃的危险。而这恰恰中了狼群的诡计。

果然，大牛刚离开，"忽"，假寐中的狼纷纷站起，以惊人的速度扑向大牛。多亏大牛凭着一对硕大的犄角，左右开弓，狼一时不敢接近。大牛抓住难得的机会，伸出肥大的舌头，匆匆把牧草卷进宽宽的嘴巴里。

羊就没有大牛的优势，不过，它们却有着极强的嫉妒心，见大牛安然无恙，误以为自己就安全了。一只壮羊抢先一步冲了出去，结果嘴巴还没有落地，一条小狼旋风般地扑过来，顿时，羊脸上留下了鲜红的爪印。壮羊惨叫一声，狼狈地退回到羊群中。

大牛和壮羊的行为大大刺激了狼群。虽然它们分食了一只羊羔，但不仅没有填饱肚子，反倒勾起更大的食欲。狼夸张地伸着猩红的舌头，一脸狰狞加贪婪的表情，凶狠地盯着每一个目标，频繁地走来走去。

一方要离开原有的空间，寻找草料；一方则随时准备乘虚而入。双方都因饥饿而失去了正常的思维。

大半天过去了，不仅牛羊和羊群受不了了，人也受不了了，紧张、奔波、疲惫……几乎把每个人都击倒了。

德班一筹莫展，看看狼群，又看看牲畜，弯腰抱起一只体弱多病的羊羔，向狼群走去。羊羔预感将要永远离开伙伴，再也见不到草地，发出一连串凄惨的尖叫。

木其很快明白要发生什么。他不明白德班的意思，为什么一而再，再而三地迁就狼群，为什么不痛痛快快地来一场鏖战，彻底赶走狼群呢？

55

额木格轻轻说道："给吧，给吧，狼群吃饱了就不再为难我们了！"

德班把羊羔抛向狼群。

狼群少了不安与多疑，多了果敢与迅速，羊羔还没有落地，雄狼仰身甩头，一记漂亮的锁喉，羊羔的身体立刻软了。雄狼把羊羔拖到一边，慢慢享用。雌狼目光充满了极度的食欲与渴望，呆呆地注视着德班，确信德班不会再抛出羊羔，就迫不及待地扑向雄狼，抢得一杯残羹。

狼群围着羊尸饕餮大餐。

空空的胃囊渐渐地鼓胀起来。胃囊里有了食物，狼群无论表情，还是动作，都与之前大相径庭，尽显温柔。三条小狼互相嗅闻着，就连一向机警的两条大狼也卿卿我我。难以想象，刚才它们还是剑拔弩张，虎视眈眈，仅仅两只羊羔就满足了它们的愿望，平息了一场你死我活的战斗。虽然如此，但狼群并没有远离的意思，似乎等待着夜色来临，进行一场酣畅淋漓的厮杀，最终填饱肚子。

三条小狼寻了一阴凉之处，倒卧下来，舒展身子，放松四肢，沉浸在梦乡中。腹部富有节奏、微微地起伏。

雌狼深情地看了一眼雄狼，大头枕在前肢上，缓缓闭上了眼睛，不一会儿，呼吸均匀而流畅。

雄狼承担着警戒的重任，即使酒足饭饱，也不敢疏忽大意，那偶尔睁开的眼睛，总是闪动着机警与果决。身子虽成懒散状，可一旦险情发生，它能保证在第一时间内跳起，冲向目标。

趁这个机会，牲畜补充草料，人员休息。

木其再一次糊涂了，借这个机会，他们可以离开是非之地。

"没有那么简单。"德班只说了半句话，指了指附近的大狼。

木其的目光与大狼四目相对。大狼毫无倦意，仍是假寐，不过，有关他们的一举一动它全看在眼里。木其算是领教了狼的厉害。不过，这只是开始，虽然经历了一天一夜，但他仍没有像德班那样了解狼的品质。

太阳已经西斜，狼群迟迟没有离开的意思。

夜晚是属于狼的。夜色似乎能激发出狼身上超常的勇气与力量，令它们的进攻势如破竹，凶残而又凶猛。

额吉招呼一声乌妮，向土丘上的丛林走去。额木格也跟在身后。

木其看看德班，德班并没有制止她们冒险的行为。

三人的行动惊醒了酣睡的狼群，三条小狼翻身跳起，紧张而又不安地注视着她们，直到她们消失在丛林里，仍呆呆地痴望着，一脸思索的神情，似乎要弄清楚她们此行的目的。

雄狼早就注意到额吉的行动了。额吉招呼乌妮时，雌狼也醒了。雌狼瞟了一眼额吉，迅速与雄狼交换了一下眼神。雄狼疑惑的眼神令雌狼感到不安，紧张地注视着越来越远的她们。她们远远绕过狼群，两条大狼脸上的疑惑不是越来越少，而是越来越多。雌狼有着雌性应有的警惕、细心，悄悄尾随了上去。其间，三人没有回头，而是径直进入了丛林，这多多少少让雌狼放松了紧绷的神经。但它还是没有十足的把握，目光一次又一次扫向队伍，随后又转向身后的丛林，驻足观望。

此时，雌狼感觉大有腹背受敌之意，不得不分出一半精力注意身后的丛林。

雄狼有些不安，既舍不得放弃即将到嘴的食物，又没有足够的勇气进入丛林。随着三人的身影消失在丛林里，它的眼神彻底暴露了内心的不安与恐慌，目光一会儿落在德班身上，一会儿转向身后的丛林。雄狼早就察觉到了，德班是这支队伍的灵魂人物，既令它头痛，又令它无奈，尽管德班没有攻击狼群的倾向，也没有攻击过它。可它切身感受到眼前的德班就是莫大的危险。此时，德班表现得一如既往，这让雄狼感觉到三人的离去是一场阴谋，对狼群来说甚至是一场灾难。雄狼就像炭火上烤的一条鱼，身心备受煎熬。直到三人出现，雄狼情绪才恢复平静，思维才回归理性。

木其心里像揣了只兔子般忐忑不安，目光扫向牧羊犬乌和尔。牧羊犬乌和尔应该跟上三人，或是表现出威猛的样子，一旦有狼进入丛林，以电光石火般的速度冲上去。但一切都没有发生。牧羊犬乌和尔表现出少有的平静，放松身子，迈着方步，胜似闲庭信步。其间，乌和尔看都没看狼群一眼，似乎胸有成竹，三人是安全的，狼群不敢胡来。

德班表情似水，低头颔首，似乎睡着了，传来轻微均匀的呼吸声。

狼群凶狠也好，勇敢也罢，都因饥饿而起。现在，狼的胃囊已经鼓胀起来，凶狠势必有所减弱。三人的行动虽然惊动了狼群，但狼不可能跟上她们，或是进入丛林，她们是安全的。但她们的行动确实打乱了狼群的正常思维，让它们局促不安，既没有胆量进入丛林，也没有勇气趁机发起攻击。如果狼群真有什么行动，那也得等到三人出现后，它们可不喜欢腹背受敌。

德班小憩一会儿，醒了，瞟了一眼狼群，从腰间抽出烟嘴，伸进烟袋里，装了满满青丝般的烟叶，点燃，美美地吐出一个烟圈。

狼群一直注视着德班。德班的一番举动好像抹去了狼群的焦躁不安，它们又恢复了之前的状态。

德班像熟悉自己的手指一样熟悉狼的品性，所以才有了这份从容与大胆。

不一会儿，三人回来了，每人背了一大捆枯柴。

狼群好奇地望着她们，当认出枯柴的那一刻，神情黯然失色，仿佛满怀着浓浓兴趣等待着一场精彩大戏上演，哪知道，对方却罢演了。说有多扫兴就有多扫兴。

夜色笼罩了丛林。深沟里一片漆黑。

夜色仿佛激活了狼体内原始的力量与性格，它们的胆量与勇气变得无比强大。

德班不慌不忙地点燃了篝火。熊熊燃烧的篝火照亮了半个沟底。

篝火令狼群感到极度恐惧，退得足够远，直到身子隐藏到暗影里，似乎才感到安全。狼群表情各异，可无一例外，都打量着远处明亮的篝火。

明亮、温暖的篝火不仅令狼群退避三舍，也使它们大大忘掉了趁着夜色进行一场酣畅淋漓的厮杀。它们的目光久久落在篝火上，一脸思索的神情，仿佛在思虑这是什么样的武器，对方用它做什么……有一点，无论眼下发生了什么，狼都缺少足够的勇气与胆量走过去，更不敢靠近转场队伍。

火象征着温暖与文明。火不仅把人与动物分开，也把牲畜从野生动物中分离出来。

置身荒野，有人与牧羊犬相伴，有篝火相伴，牛群、羊群都安静极了，倒卧在草地上，悠闲地反刍着。

狼群悄悄离开了。

德班和木其点燃了数堆篝火。篝火就像一道天然屏障，把羊群、牛群团团保护起来，也把狼群远远地挡在外面。

狼群并没有离去，只不过一时畏惧篝火，转移到其他地方了。

篝火圈里是安然入睡的牛群、羊群。篝火圈外是心急如焚、垂涎三尺的狼群。

渐渐地，狼群感到火焰不再可怕，甚至有几分亲切，分明是在召唤着它们。尤其是食物的香味混合了篝火的气息，更有诱人的味道。时间和欲望，让狼群忘掉了对火的恐惧，但它们表现得依然谨慎，慢慢向两堆篝火的空隙间走去。

德班看得一清二楚，火候掌握得恰到好处，等狼群靠近了，猛地抛起一团火苗，砸向雄狼。"噗"，极速的风让火苗燃出少有的亮度，带着刺耳的响声飞向雄狼。雄狼反应慢了些，火花落到雄狼身上，空气中立即弥漫着被毛烧焦的气味。

雄狼惨嗥一声，倒在地上。它反应特别快，四脚猛地一挺，站了起来，疯狂逃窜，直到逃入丛林才收住脚步。它居高临下，一脸恐慌地打量着沟底。

篝火固若金汤，把狼群死死地挡在外面。

天亮了，篝火燃尽了。

狼群的耐性也到了极点。

人整整一夜没有合眼，滴水未进，随时都有倒地的可能。

没有了篝火，狼群又恢复了常态。而一夜苦苦的煎熬让狼群变得凶狠而又顽强。雄狼仰天怒嗥，狼群疯狂地扑了上来。

形势危如累卵！

突然，从远处传来排山倒海般的咆哮声，三条威猛的牧羊犬风驰电掣地向这里奔来。它们身后跟着三匹坐骑。坐骑挟风裹电，铿锵有力的马蹄磕打着草地，发出沉闷、有力的响声。坐骑上的人挥舞着马棒，啾啾叫着，如一团旋风冲进深沟。

突如其来的一支队伍驱散了狼群。

前来解围的是陆续转场的队伍。牧羊犬嗅到狼群的气味，众人前来援助。

# 9. 百年牧道

转场队伍行走了近半个月了，人困马乏，急需休整。

德班选了一片开阔地，建起蒙古包。他们要在这里住上一段时间。

额木格和额吉忙着捡燃料，他们已有很长时间没有好好喝奶茶了。

木其、乌妮与牧羊犬乌和尔照顾着牛群、羊群。乌妮还不忘寻找野菜，她认识很多野菜。今天晚上，餐桌将因她的特殊贡献而变得丰富。

全家人安静地坐在蒙古包里，每人面前摆着一碗奶茶。奶茶的醇香随着热气弥漫开来，连空气都变得香浓起来。

"额不格，给我们讲百年牧道上的故事吧。"木其提议。

德班端起奶茶，轻轻喝了一口，思绪回到过去，眼前浮现出曾祖父查日干一家人转场时的情景。

牧丁耀武扬威地端坐在高大骏马上，眼角的余光扫过面前：一座破烂不堪的蒙古包，主人与主妇毕恭毕敬地站在他面前，一脸紧张和不失尊重的复杂表情。牧丁看到这里，虚荣心得到极大的满足，口气略显温和："查日干，供奉的牲畜有眉目了吗？"

牧丁是牧主豢养的一支私人武装中的一员。平时，牧丁仗着地位特殊，在牧民面前颐指气使，吹胡子瞪眼，说一不二。

主人查日干低着头，不敢看牧丁，嘴角嗫嚅："再等几天……"

方圆几百平方公里内的草地都是牧主的。牧民没有草地，即使有草地，也少得可怜，在万般无奈的情况下，只好租用牧主的草地，每年交一定数量的牛羊做租金。牧主巧取豪夺，想方设法盘剥牧民的财富，即使平时牧主府举办一些活动，也要借机强征牧民的牛羊。

查日干只有一些少得可怜的母羊和羊羔，大羊早已经被赶进牧主的羊群里了。

"几天？"牧丁厉声地打断查日干的话。

牧丁似乎察觉到不应该对这个原本就胆小怕事的人发脾气，心头掠过一丝不安，紧张地瞟了一眼查日干身旁。其实，自从牧丁接近蒙古包，就毫无缘由地一身紧张，目光睃来睃去，确信自己是安全的，才开始审问查日干。这也是他为什么一直端坐在马背上，不下来的原因。

　　查日干身旁站着一头大犬。它骨架高大，被毛漆黑、柔长。脖颈的被毛因浓密而显得过长，几乎盖住了整张脸。大犬四肢内侧，从上至下的被毛金灿灿的。这是草地上难得一见的大犬，被牧民称为"铁包金"。

　　牧丁曾吃过大犬的亏，那凶狠扑咬的场景令他历历在目，即使多年以后回忆起来，仍心有余悸。牧丁从小在草地上长大，深知这类大犬对主人绝对忠诚，它们不允许任何人侵犯主人，哪怕仅有的一个手势，一次嘲笑。牧丁原本要狠狠教训查日干，他常常采用这种简单粗暴的办法横征暴敛，深得牧主赏识。因为突然冒出一头大犬，他才收敛起嚣张气焰。

　　接下来发生的一件事，让牧丁不得不对这头大犬产生敬畏心理。

　　牧主喜欢豢养大犬，认为大犬比人还要忠诚。牧主树敌太多，对

下人苛刻严酷，深感罪孽深重，夜里从来不让外人接近他。不过，他却充分信任大犬，允许大犬自由出入卧室，甚至可以与他共处一室。

牧主听说查日干有一头难得的大犬，前来观看，一眼就相中了，提出用大犬顶替三年内供奉的牛羊。牧主喜欢大犬是真话，但其他的话却不可信。牧主要求查日干亲自把大犬送到牧主府。牧主深知大犬的品性，决不会跟一个陌生人离开主人。如果强行索要，将会有一场刀光剑影般的厮杀，即使大犬倒在血泊中，也不能随了他的愿。

查日干架不住牧丁天天前来催要，一狠心把大犬送进了牧主府。大犬表现得很乖巧，主动走进铁笼里。大犬被关进铁笼后，既不吼不叫，又不吃不喝。五天后，大犬已是奄奄一息。牧主心疼大犬，放掉了大犬。大犬又回到了主人身边。

大犬身上具有威武不能屈、富贵不能淫的高贵品质，深受草地人的喜欢与尊重，就连铁石心肠的牧丁都对这头大犬刮目相看。

查日干始终低着头。

大犬喉咙里发出一串闷雷般的低吼，怒视着牧丁，嘴角轻轻抽动，露出两排齐刷刷的雪白牙齿。

牧丁一看大犬要发怒，连忙说道："三天后，我来取。如果再没有，哼哼哼……"牧丁扔下一句没有说完的话，打马而去。

查日干一筹莫展，他深知牧丁说到做到。虽有大犬相伴，但仍避免不了麻烦，甚至牵扯出人命。不管出现什么情况，有什么样的后果，最终受到殃及的都是身份卑微的他。妻子呆呆地看着远处的草地，她精神不好，遇到事情总是一副麻木神情。

"我们离开这里！"一个少年果断地说道。

说话的是查日干的长子。

沉重的租金，如狼似虎的牧丁，心狠手辣的牧主……每想起这些，查日干噤若寒蝉。查日干决定离开这里，可去哪儿呢？草地之大，却难有他们的藏身之地，到处都是牧主的人，到处都是牧主的势力。有关他逃跑的消息将很快传到牧主府里，等待他们的将是酷刑。

"去没有人烟的地方，蛮荒之地！"少年语气异常坚定。

借着夜色掩护，查日干匆匆逃离了住地，怕被发现了，只能昼伏夜出。

一天黄昏，从远处驶来一支马队。全家人心惊胆战，以为牧丁追上来了。

这是一支打扮怪异的队伍，装束七拼八凑，头发杂乱而纷长，表情狰狞，目露凶光，腰间挂着长长的马刀。

查日干认出来了，这是草地人深恶痛绝的马匪。当时，查日干心凉了半截，刚刚摆脱牧丁的纠缠，又遇上了难缠的马匪。

一个满脸络腮胡子的马匪跳下马。查日干刚要开口，被马匪强行推到一边。马匪走到勒勒车旁，翻找着值钱的东西。与牧丁的行为相比，马匪的行为更猖獗，称"匪"不无道理。

马匪明显感到身后生起一团强风，但他并没有往心里去。随后，他感觉越来越不对劲，紧随着强风，还有一股既熟悉又陌生的气息。马匪回身，已经晚了，感觉有坚硬的东西一下刺穿了皮裤，有冰冷的东西扎进肌肤里，如电流般的疼痛令他发出一声惨叫，随后被一股巨大的力量扑倒在地。

袭击马匪的是大犬。

马匪忽略了大犬。马匪从小在草地上长大，理应十分了解草地上的牧羊犬的性格，也理应深知牧羊犬的厉害。事实也如此，他们的每一次抢劫往往因无法制服凶猛的牧羊犬而大打折扣。尽管他们手里握着闪着寒光的马刀，尽管他们出手残忍，尽管他们仗着人多势众，但终究无法抵挡牧羊犬的殊死搏斗，最终不得不放弃。牧羊犬身上有着对主人绝对的忠诚，即使倒在血泊里，明亮的目光也会如利刃般直扎马匪的心脏。

马匪根本就没有把这辆孤独而行的勒勒车放在眼里。他们深知，这是流离失所的牧民，早已被气势汹汹的牧丁吓破了胆，如同待宰的羔羊。

大胡子马匪一看是大犬，立即双手抱头，向其他马匪发出求助声。

马匪徒有其表，尽管他们手里握着明晃晃的马刀，却没有神出鬼没的刀法，只能用来吓唬吓唬善良的草地人。更糟糕的是，关键时刻他们缺少冷静的思维，想的不是出手相救，而是如何保命，尤其是面对眼前血腥的一幕，脑海里只剩下一个简单的字：逃。谁逃得最快、最远，就是最大的本领。

他们无愧"匪"这个称呼。

查日干及时制止了大犬。

大犬很不情愿地跳到一旁，嘴角上挂着染了血的布条。

大胡子马匪翻身爬起，一改刚才哭爹喊娘的狼狈样，怒目圆睁，骂骂咧咧。不过，他的形象实在不敢恭维，一瘸一拐走来走去，一手捂着屁股，另一只手随着可笑的走动甩过来甩过去，简直就是一个十足的小丑。他终于找到了武器——丢在一旁的马刀。他一手紧紧捂着屁股，一手挥动着马刀，向大犬逼近。毕竟是马匪，身上有着马匪的彪悍，马刀裹挟着一股寒风劈了下来。

大犬雷霆万钧，躲过马刀，直扑马匪胸口。马匪大吃一惊，大犬体形虽庞大，但跳出了难以想象的高度。而随后的进攻，更让马匪瞪目结舌，深刻体会到，虽然他手里握有马刀，但与大犬的搏斗，不仅占不到任何便宜，还很有可能倒在大犬爪下，想象着那锋利的獠牙像切西瓜似的切穿他的喉咙，马匪身子一哆嗦，险些摔倒。

其他马匪及时驱赶走了大犬。

大胡子翻身上马，重新振作精神，欣赏地打量着大犬，虽然受到袭击，屁股下隐隐作痛，但打心眼里喜欢上了这头大犬，甚至产生了拥有它的想法。从此以后，他就有狐假虎威的资本了。马匪冲同伙示意。同伙也有此意，驱动坐骑，团团包围了大犬。

大犬临危不惧，昂着大头，怒视着众马匪，喉咙里发出低沉、有力的吼声。

大胡子催动坐骑，挥动马刀冲了过来。其他马匪兴奋地嗷嗷叫着，马刀齐刷刷地落下来。大犬因为查日干的紧紧相抱躲避不及,身上立刻呈现出一道深深的刀痕,顿时血流如注。

查日干多日沉浸在内疚中,因为他的胆小怕事,差点断送了一头可敬的大犬。

查日干顿足捶胸。妻子当场发作,口吐白沫倒在地上。懂事的少年却一言不发,紧紧攥着双拳,死死盯着马匪,因愤怒而脸部变形、充血,如同熊熊燃烧的一团火。

大犬浑身的被毛被血染红了。

大犬气势如虹,如一头猛狮,长长的被毛如群魔乱舞。马匪犹如看到了一头魔鬼,心中一阵战栗。大胡子的坐骑反应慢了些,大犬的獠牙深深插进坐骑后胯。大犬深知坐骑的厉害,立刻跳开。坐骑无法承受突如其来的砭骨之痛,一个漂亮的后踢,大胡子没有防备,被掀落马下。

众马匪一惊,一旦大胡子落到大犬嘴下,想要救他就只能是一种奢望了。众马匪紧紧护住大胡子。大胡子虽被摔得头晕目眩,可他更清楚倒地带来的后果,忍着剧痛,狼狈地爬起来,艰难地爬上同伙的坐骑,落荒而逃。

大犬追出数里,怒吼声响彻天边。

查日干不仅得罪了牧主,而且得罪了马匪,惶惶不可终日,只能远离人烟,一路上,看不到蒙古包,看不到牛羊。经过长达三个月的逃亡生涯,一家人终于来到人迹罕至的蛮荒之地。

转场自古就有,追溯起来,有着上千年的历史。那时候,草地人就懂得休养生息、轮回放牧的道理。但这不是转场的主要理由,在那个时代,尤其是战乱年代,灭绝人性的马匪,飞扬跋扈的兵匪,还有令草地人深恶痛绝的牧主,像一座座大山压在草地人身上,压得草地人喘不过气来。草地人不停地转场,就是远离这一切,寻找一片可以安安静静生活的草地。

草地人的愿望降到极低。即便如此,仍难以实现。

德班深情地讲述了祖父图桑转场的经历。

一个军官模样的兵匪走进牧点。

兵匪身材消瘦，刀条脸，大眼睛。因为身子过于瘦，猛看上去，过大的眼睛总显得贼溜溜的。兵匪嘴唇上有两撇精美的小胡子，仿佛是羊羔头上刚刚长出的一对犄角。

草地人称兵匪为"犄角"。

犄角不知是第几次走进了牧点，催要草地人捐赠的牛羊，结果每次都空手而归。犄角大为恼火，今天特意带了一支荷枪实弹的队伍，轰隆隆地冲进牧点，随后团团包围了图桑的蒙古包。

图桑清晰地记得第一次与犄角相见的情景。犄角提出草地人捐赠牛羊，用来扩充队伍，消灭可恶的牧主。图桑想都没有想就爽快答应了，仿佛看到了一缕阳光正穿破厚厚的乌云，照耀着辽阔的草地。可结果呢？那只不过是犄角给草地人许下的一张空头支票，是他们扩大地盘，提高与其他兵匪战斗的实力，积累财富冠冕堂皇的措辞。

兵匪是有着光鲜外表的马匪！

正当草地人憧憬着犄角许下的美好愿望时，一支更大的队伍驶进了牧点，他们说出了与犄角一模一样的话。草地人一脸诧异，不知道应该相信哪一支队伍。让草地人难以置信的是，有着一身统一服装，保一方平安的队伍，怎么有如此之多？有人告诉草地人，他们上当了，前面那一支队伍原本就是马匪。

真是如此吗？

草地人还没有完全领悟对方的话，两支队伍已开始兵戎相见，他们忘了自己的许诺，竟然在手无寸铁的草地人家门口展开了激战。一支队伍溃败，成了另一支队伍向草地人邀功请赏的最好理由。这样的兵匪都不如马匪，马匪还讲个义字，而他们呢？却恩将仇报。草地人收养了受伤的兵匪，兵匪养好伤后，盗取主人的财产，趁着夜色溜之大吉。

越是漂亮的话，越意味着谎言。

没有人再相信兵匪的话。

犄角笑呵呵地走进图桑的蒙古包，关心地询问主人的情况，牧点里的情况。图桑面无表情，腰杆挺得直直的，心里久久不能平静：当初，他轻易相信了犄角的话。又是他，在草地人面前用自己的人格作担保，满怀激情，信誓旦旦：相信犄角。结果他却成了犄角的帮凶，欺骗了善良、朴实的草地人。他无法饶恕自己的行为，深深地自责。家人劝说他，亲朋好友也劝说他，即使当时他不站出来，草地人也会相信犄角的话：毕竟草地人遭受了太多的磨难；毕竟犄角的话天衣无缝；毕竟草地人是那么渴望幸福安宁的生活。可他不能原谅自己。

图桑一直没有开口，犄角脸上挂不住了，有心发火，但又怕把事情闹到不可收拾的地步，暂且把火压了下去。他清醒地认识到，草地人不再那么好骗，即使他说得天花乱坠，也没有人相信他了。现在，唯一的办法，就是说服图桑。犄角不是良心发现，而是形势所逼，草地上的武装如雨后春笋，他们需要草地人的支持，一旦离开草地人的支持，他们将无法生存。

犄角威逼加诱惑，郑重承诺可以免去图桑一家的牛羊。

图桑怎么会答应他呢？那等于出卖自己的灵魂。此前的错误，他已经受到良心的谴责。他决不会再做有悖于意愿的傻事了！可不答应他们，将生灵涂炭，犄角已露出了杀机。

"好吧！"图桑终于开口了，"三天后，你们再来吧。"

犄角诧异地打量着图桑，总感觉他的轻易允诺，背后一定隐藏着什么。以他对图桑的了解，图桑根本不会答应他。犄角试图从图桑的表情上、眼神里发现某些破绽。可惜，图桑说完，再也不理他了，睡着了。

犄角一走，草地人拥进图桑的蒙古包。

"转场，立刻转场！"图桑逐一看着每个人，语气坚决。

草地人从图桑严肃而又无奈的表情中看出，这是他经过了深思熟虑，迫不得已才做出的选择。众人匆匆回到各自的蒙古包，连夜转场。

图桑艰难地爬上了勒勒车，深情地看了一眼夜色中的牧点。他大

半生颠沛流离，好不容易才寻到一个安身之处，但只过了几年安静的生活，又不得不再次转场。至于去往哪里，目标非常明确：人迹罕至的蛮荒之地。

感谢博大的草地！每次遭难，草地都能给他们提供一处安静之地。

转场队伍匆匆而行，两天三夜过去了，远离了是非之处，再走一天，就能找到一块水草丰美的草地。虽是蛮荒之地，但只要没有战乱，不被奴役，凭着一双勤劳的双手，仍能创造幸福的生活。

哪知道，草地人连这样的愿望都无法实现。

远处尘土飞扬，一支马队狂飙猛进，眨眼之间出现在转场队伍面前，为首的正是犄角。犄角怒不可遏，蒙古弯刀抵到图桑胸口上："好啊，你敢骗老子！不想活了！"犄角的语气和行为，无疑就是赤裸裸的马匪。

原来，那天犄角对图桑的话半信半疑，第二天来到牧点，没有想到牧点已人去屋空。犄角胸膛里猛地蹿起一团火，几乎整个人都要烧起来了，他生要见人，死要见尸。草地上隐约可见的车辙暴露了转场的踪迹，犄角没费吹灰之力就追上来了。

图桑表情平静，缓缓闭上眼睛。他不怕死亡，甚至数次跨进了鬼门关，摸到了死神的鼻子，但他的生命极其顽强，每次历尽劫难又活了下来。最惨痛的一次莫过于被吊了整整三天三夜。他因交不起草地租金，被如狼似虎的牧丁拖到牧主府。牧主又以他抗租为由，把他吊在木桩上。虽是春季，料峭的春风仍带着一股寒意，尤其是夜里，浸透肌肤，深入骨髓。三天三夜，图桑滴水未进。三天后，图桑气若游丝，很多人扬言，他活不过来了。

图桑竟然奇迹般地活了下来，他放不下家人，放不下少得可怜的牲畜，那是一家人赖以生存的希望。一旦他离去了，这个家将不再完整，不再幸福，所以他必须活下来，陪伴着他们，哪怕是让他们少受一分惊吓，多一分笑容。能做到这一点，他就已经满足了。另外，他还坚信，草地人不会永远地受苦受难，一定有幸福的生活，他盼望着那一天的到来。

强烈的责任感和对美好生活的向往，把图桑从鬼门关里拉了回来。

想到这些，图桑心里一沉，他不能死了！他死了，家人怎么办？跟随他而来的人怎么办？是他把他们带来的，他必须对他们负责，直到他们稳定下来，他的任务才算完成。他不能死，他必须活下来！

图桑猛地睁开眼睛。

"怎么，怕死了？"犄角一脸讥讽。

图桑笑了，指了指家人，又指了指饱经风霜的转场队伍："我要对他们负责！"

"负责？"犄角一脸怪异。

"对，负责！"图桑的话掷地有声，"我把他们带出来了，就要为他们的安危负责。这是我的责任！"

兵匪表情各异，有一脸疑惑的，有一脸半信半疑的，有一脸麻木的……当然，也有一脸感动的。的确，在这个道德沦丧、烽烟四起、一切规律被打破的年代，谈责任，谈信任，谈希望……无异于天方夜谭。不过，人的内心总还有一些良知和人性没有泯灭，对美好事物，包括对高尚品质还有一丝敬畏与尊重。

犄角被勇于担当、大义凛然的图桑感动了，一脸若有所思地走了。

图桑他们终于顺利来到大栏山之北，远离了是非之地。

可惜，祖父图桑没有等到他憧憬的草地生活，遗憾地走了。不过，他的子孙终于等来了这一天，战乱终于结束，草地又回到草地人手中。草地人过上了安定、幸福的生活。不过，草地人仍然喜欢转场。转场仿佛是草地人身体里的血液，成了他们生命中重要的一部分。

草地人自古以来就注重草地生态平衡。虽然有时是被迫的，但多数时候，转场是为了让草地休养生息，永久保持水草丰美。转场路上既发生了回肠荡气的悲壮故事，也发生了催人泪下的感人故事。但更多的是草地人寂寞、单调生活的延续，一路辗转奔波，有难以预测的困难，甚至灾难。不过，只有经历数次转场，草地人才变得异常坚强，

从容面对各种困难。

几千年过去了，转场已经是古老游牧生活中的一部分，有着悠久的历史和丰富的文化。

# 10. 高速路

三天后，德班与几户牧民启程了。一路上，很少能看到蒙古包，也很少看到牲畜。有时走上一天，也见不到一个人影。

转场队伍进入了新的环境，绿油油的草地尽头是连绵起伏的群山——大栏山。绵延百里的大栏山只有唯一一条通往大栏山外的山路。几百年来，草地人都是沿着这条山路进入夏季营地的。过了大栏山，再有四五天的时间，就到夏季营地了。那里有一马平川、肥沃的草地。

大栏山环境优美，山上覆盖着丛林。丛林里遍布着泉水。山间还有平坦的草地。接近大栏山，转场胜利在望。

一条宽阔的山路像一把利剑把大栏山一分为二。山路两侧是陡峭的悬崖。

老牛阿古拉自从踏上山路，浑身充满了力量，晃动着庞大的身躯，它硕大、坚硬的蹄子异常灵敏，踏出一串清脆响亮的"踏踏踏"声。勒勒车似乎很懂得配合，快速滚动着，织出一片耀眼的光晕。

额木格倚靠在勒勒车上，欣喜地打量着两侧的景色，脸上露出难

得的笑容。

山峰兀立，直插云天，木其、乌妮一路欣赏着这令人叹为观止的景色，迎面的山峰上巨石突起，直扑眼帘，似乎一不小心，就有掉下来的危险。群峰在蓝天、白云间徜徉。满山翠色欲流。

牛群、羊群一脸神往，仿佛第一次看到如此美景，思索着不知用什么样的词来形容为好，就怕因一时的冒失，随便找个词形容就有大大抹杀了美景的嫌疑。美景一生气，就有从眼前消失的可能。羊群终于按捺不住了，要身临其境体验一番。

头羊身先士卒，迈开细巧、伶仃的四肢，向山上攀爬。让人难以置信的是，头羊四蹄光滑、圆润，竟然能稳稳地抓住山体，稳稳地站在陡坡上。头羊一边向上攀登，一路上发出清脆的叫声，似乎有意在同伴面前炫耀良好的攀爬功夫；又好像对山上的美景唏嘘不已，如果不这样兴奋地吼叫，就不能表达自己的心情；更像是在呼朋引伴，期待大家来一起享受这山上的美景。

头羊的行动得到伙伴的纷纷响应，它们匆匆向山上攀爬，或许它们骨子里就喜欢攀爬，无论大羊，还是小羊，身子都能稳稳地站在陡峭的山体上。

奇怪的是，牧羊犬乌和尔竟然没有阻止羊群。一路上，乌和尔的任务就是催促羊群，时刻跟上勒勒车。此时此刻，它似乎忘了身上的重任，任凭羊群胡来。不过，从它略显轻松的表情和羡慕的眼神里，不难看出，它没有忘记身上的重任。只是因为行程已过半，马上就要到达目的地了。到达营地以后，无论是它，还是羊群，都难有如此的雅兴，不如趁今天心情好，放纵一番。还有，一路的转场生活是单调、枯燥的，除了匆匆赶路，还是匆匆赶路，无论是体力上，还是精神上，都难以承受。如今，羊群有着极好的兴趣，不如让它们放松放松，然后一心一意地赶路，一鼓作气，到达目的地。

牧羊犬乌和尔就像一位善解人意的老人，很多时候，会从对方的角度考虑问题。

牛群仰视着与大栏山融为一体的羊群，目光里陡生几分不可思议和赞赏。随后，不管山体上发生什么，羊群展示出如何惊人的攀爬功夫，再也引不起它们的兴趣了。它们匆匆埋下大头，用宽而肥大的舌头，卷起植被，送入宽嘴巴里。

牛群总是脚踏实地，很少有非分之想。

牧羊犬乌和尔看看山体上的羊群，又看看路旁的牛群，目光里充满了鼓励，大有让牛群与羊群一争高低的意思。

羊群有意展示攀爬功夫，为寂寞、单调的转场生活增添了几分喜悦与精彩。木其、乌妮呆呆地仰望着渐入云端的羊群，心始终悬着。尤其是乌妮，不时发出几声尖叫，给默默前行的转场队伍增添了活力。

头羊一马当先，始终展现着一身过硬的攀爬功夫。一块突起的岩石挡住了它的去路，这丝毫难不倒它，只见它两个前蹄牢牢抓住岩石，后身轻轻一甩，后蹄稳稳地踩在岩石上了。不可思议，太不可思议了！头羊站在岩石上，孤芳自赏，冲着伙伴兴奋地尖叫着。

一只壮羊紧紧尾随在头羊身后，总是差那么几步，关键时候总是被头羊甩在后面。壮羊眼巴巴地看着头羊，急切的目光里有着无法掩饰的妒忌。随着无法超越头羊，壮羊的妒忌越来越强烈。一时间，壮羊竟忘了自己是身处崎岖不平的山体上，还以为是平坦的草地，做出了不可思议的举动：四蹄强有力地磕打着山石，健步如飞。顿时，碎石纷纷滚落，传来惊人的响声。

乌妮一下捂住了胸口，不敢看壮羊。

壮羊眼看着就要超越头羊了，可头羊一个身轻如燕的动作，一下子就跳到岩石上，再一次把壮羊甩在身后。壮羊怒火中烧，一心一意要攀到岩石上，把头羊比下去。情急之下，壮羊忽略了蹄下的情况，身子失去了平衡，如皮球一样迅速滚落。

羊群惊呆了，驻足观望。

壮羊勇敢极了，滚落过程中，数次要站起来，可惜，或因体力不支，或因技不如人，总是在关键时刻功亏一篑，最终随着碎石一路翻

滚。"嗵"，身子与大地来了个重量级的碰撞，才宣告这次冒失之旅以失败告终。

壮羊半天没有爬起来。

一头大牛匆匆走过来，伸过大头，一番嗅闻，好似一番慰问，又好似一番鼓励。壮羊没有理会大牛的热情，竟然懒洋洋地趴在地上。

说句实话，壮羊骨头架子几乎都摔散了，浑身疼痛难忍，哪有心情理会大牛呢！

还是牧羊犬乌和尔理解朝夕相处的伙伴，不急不躁地走过来，这儿看看，那儿闻闻，壮羊无事。随后，大头凑到壮羊面前，一个轻轻甩头，四两拨千斤，壮羊竟然神奇地站了起来。

一是壮羊缓过神来了，二是它熟知牧羊犬乌和尔的这个动作，如果再赖在那里，乌和尔就不是这种态度了。

壮羊站起，长时间仰望着山体，目光里充满了疑惑，仿佛怀疑自己怎么能从如此之高的山体上滚落下来，且安然无恙。教训总是惨痛的。壮羊不敢再冒险了，爬到半山腰，再也不想往上爬了。

说羊群是登山爱好者一点儿也不为过，不管多么陡峭的山峰，多么艰险的山体，它们都如履平地，很少有失手的时候。让人不可理解的是，羊是草地上最胆小的牲畜，可它们一旦攀爬起来，却有着令人难以想象的胆量，即使是在令人头晕目眩的险峻之地仍能从容来去。

就连羊羔也明显表现出优于牧羊犬的攀爬功夫和胆量。

上天总是平等地对待每一个物种。人们在看惯了羊的懦弱、胆小、谨慎的同时，完全不会想到，它们在这一方面有着如此高强的本领。它们生来就会攀爬。如果给它们一个广阔的空间，终日练习攀爬，或许有一天，我们能在珠穆朗玛峰上看到它们的身影。

或许攀爬还不能展示它们良好的功夫，两只壮羊有意在伙伴面前展示，竟然为了一块岩石刀兵相见了。

一只壮羊，头部、脖子的被毛漆黑如墨，身子的被毛洁白如雪。两种强烈的色彩反差竟然出自同一只羊身上。黑头抢先一步攀上岩石。

另一只少了一个犄角的壮羊大为不满。独角慢了一拍，未能如愿登上山石。独角原本就不高兴，黑头却趁机火上浇油，挥动犄角狠狠顶了过来。独角没有防备，被顶得滚落下去。

独角大有忍辱负重之意，一边慢慢向山上爬，一边偷窥黑头。趁黑头不注意，挥动独角顶上黑头。山石光滑，黑头站立不稳，掉了下去。独角乘胜追击，痛打落水狗，大头、独角一起抵了过来。黑头招架不住了，滚下山体。

一时间，这块不起眼的岩石似乎成了验证壮羊格斗技巧与能力的试金石。所有的大羊、壮羊以最终稳稳地站到岩石上为荣。顿时，围绕着这块岩石的战斗风起云涌……你上我下，你败我荣……

牧羊犬乌和尔恼怒地叫了一声，因为它的一时疏忽，羊群才表现得为所欲为。牧羊犬乌和尔冲山上怒吼了几声，大羊、壮羊之间的战斗偃旗息鼓。

羊群知道牧羊犬乌和尔为什么生气，乖乖地回到山下。

因为这个小小的插曲，一路上的沉闷气氛随之而去。

走出没有多远，山路消失了，一条高速公路如一条彩虹横跨在两边的山峰上。高速路下钢筋、水泥柱、脚手架如林，占据了整个路面。

千里牧道被高速路拦腰斩断了。

德班一筹莫展，去年就听说这里要修高速路。本以为是以讹传讹，没有想到，只是一年的时间，就有一条天堑横亘在眼前。

牛羊、羊群少了刚才的兴奋，呆望着，它们似乎也感到麻烦来了。

"没有别的路了吗？"木其问。

德班摇了摇头，他说百年牧道出名就出在大栏山这里，这里只有唯一的一条山路通往夏季营地，没了这条路，去往夏季营地只是一句空话。

德班沿着山体爬上高速路。木其、乌妮也跟了上去。放眼望去，高速路就像一条巨龙，一端搭在高高的山峰上，另一端消失在漆黑的山洞里。高速路正在修建中，还没有通车。高速路上连个人影也没有，静得可怕。

就在这时，从大栏山脚下驶来一辆大货车，车身后荡起漫天烟尘，久久不散。


# 11. 嘎拉德

定居点的人陆陆续续转场。

嘎拉德笑脸相送："你们先走吧。过几天我就走，到时候，我给你们寻找一块最好的草地。"最后，他意味深长地说。

半个月后，定居点人去屋空。

嘎拉德仍不慌不忙。他从小就跟着阿爸转场，牧道上已经发生了什么和即将发生什么，他都了如指掌。虽然他的转场仪式失败了，虽然他是最后转场的，但他坚信，他将是第一个到达夏季营地的人，一定能寻到一片最美的草地。嘎拉德去了一趟苏木，雇好两辆大货车，与司机约好了启程时间。

两辆大货车如约来到定居点。两个司机的身材和性格迥然不同。司机福子身材魁梧，大大咧咧，说话却慢吞吞的。另一个司机身材精瘦，目光里透着精明，说话又急又快。瘦子司机自我介绍，咕噜一声，

滚出一句话，好像是"镜子"。

司机镜子冲嘎拉德竖起大拇指："定居点里只有你用车转场，你的腰包鼓鼓的。"

嘎拉德喜欢听恭维的话，脸上笑成了一朵花。

羊群看到货车这个庞然大物时，总能与某种死亡联系到一起。嘎拉德手忙脚乱，也没能把羊群弄到车上，气得他一直骂骂咧咧，仿佛不是转场，而是有人抢了羊群。

两个司机好奇地打量着嘎拉德，难以想象魁梧黧黑的嘎拉德却有着泼妇的性格。司机们只是刚刚接触他，过不了多久，他们就大大见识了嘎拉德还是个吝啬鬼。司机常年来往于草地，车上拉的大多是牲畜，在这方面有着丰富的经验，他们很快把羊群赶上了车厢。羊群已经习惯了广阔的草地，突然置身于狭窄的空间，似乎嗅出了死亡的气息，再度不安起来，尖叫着，用蹄子磕打车体，用犄角顶撞车厢……嘎拉德又开始诅咒羊，甚至把羊的八辈祖宗诅咒了一番，才算出了口恶气。

走什么样的路线，嘎拉德与司机镜子发生了第一次争执。

"沿着定居点的这条土路走下去，"嘎拉德指着远处，语气坚定，仿佛司机已经决定不走这条路似的，"绕过大栏山，轻轻松松就能到达夏季营地。"

"走这样的路，你的羊群受不了的，它们会死的。"镜子打断嘎拉德的话，撇撇嘴，"我们去苏木，绕过苏木，有一条便捷的公路。虽然远了点儿，但路光溜溜的，羊很舒服的！"

"我的羊坚强得很！"嘎拉德头摇得如同拨浪鼓，"走那样的路反而不舒服！"

镜子像看怪物似的看着嘎拉德。

嘎拉德和镜子再一次陈述走不同路线的好处。两人似乎事先做了充足的准备，他们用充分的证据驳倒对方观点的同时，又说出绝对令人信服的理由，就像辩论大赛一样。一时间，他们忘了身上的任务，仿佛一心一意比口才。

嘎拉德和镜子争执时，司机福子笑呵呵地看着他们，猜透了他们各自的心思：嘎拉德坚持走这样的路，无非是节省些运费；镜子走远一些的路，当然运费也要翻一番。

"我是主人，我说了算！"嘎拉德两眼喷火。

镜子一愣，拧身跳上车，轰隆隆地启动车子。嘎拉德一看不好，赶紧吩咐妻子、孩子上了福子的车。随后，他爬上镜子的车。

镜子明显生气了，脸色铁青。

嘎拉德心里一阵窃笑，大大体会到了胜利的喜悦。嘎拉德明白高兴归高兴，但决不能让镜子看出来，镜子生气对他一点儿好处都没有，应该让镜子高兴。嘎拉德在心里打开了小九九，他看了一眼镜子，开始讲述自己走南闯北的故事。嘎拉德一边讲，一边观察着镜子。镜子两眼死死盯着前方，对嘎拉德的话充耳不闻。

嘎拉德立刻改变思路，开始提苏木的张三、李四、王二麻子……每讲到一个人，嘎拉德都能讲出一段渊源，如果再把后面发生的故事加起来，足足能写一本厚厚的书。嘎拉德把苏木的张五、李六、王七……统统提了一遍后，镜子还是无动于衷，好像他根本就不认识这些人；又好像明明认识这些人，也装作不认识。嘎拉德糊涂了，这些人可都是苏木上的重要人物，妇孺皆知。镜子不可能不知道！嘎拉德猛地拍了一下头，忽然明白镜子为什么一声不吭，他还在生自己的气呢！

"兄弟，往后再来草地收牲畜，找我，保证你赚得最多。"嘎拉德突然压低声音，"如果你需要狍子、黄羊之类的野物，也有！"

"真的？"镜子脱口而出，吃惊地看着嘎拉德，仿佛他就是一只大

狍子。

嘎拉德郑重地点了一下头。

镜子眉开眼笑。这次轮到他喋喋不休，问真能弄到狍子、黄羊吗？如果弄到了，首先联系他，他不会让嘎拉德白忙乎的……镜子说得嘴角起白沫子了，嘎拉德却没有反应。镜子一看，差点儿把鼻子气歪了。只见嘎拉德表情似水，双目微闭，轻轻打起鼾。镜子总感觉嘎拉德的行为怪怪的，之所以一路上滔滔不绝，无非是想把他的兴趣与胃口吊起来。现在，他的胃口被吊起来了，兴趣空前高涨，嘎拉德却不理他了。想到这里，镜子气不打一处来，故意轻轻一转方向盘，车体猛地一晃，嘎拉德醒了。嘎拉德似乎知道发生了什么，没头没脑地来了一句："瞎子在草地上开车，都能把车开得好好的。"

嘎拉德当然没有睡着，他讲了一路，口干舌燥，理应休息一会儿。

镜子胸中的怒气还没有散尽，又添了一口恶气，无处发泄的怒火全都撒在了手中的方向盘上，车子跑得疯狂，摇来晃去。车厢里的羊群受不了了，发出阵阵尖叫。

嘎拉德提醒镜子，不要把车开得太快，等一等后面的车。

"瞎子都能开车！"镜子没好气地说。

嘎拉德被弄得一愣一愣的，一直琢磨镜子的话，琢磨来琢磨去，自己与瞎子也联系不上。

车子走不了了，一条正在修建的高速路拦住了他们的去路。

嘎拉德傻眼了，万万没有想到会突然冒出一条高速路。嘎拉德又要张口诅咒，镜子怒吼道："你说怎么走？难道从这上面飞过去吗？"嘎拉德确实有些发懵，一语不发，长时间打量着高速路，好像在思考如何飞过去。

嘎拉德研究了半天，确信飞不过去，用手一指："大栏山里有一条山路……"

镜子厌恶地看了嘎拉德一眼，说道："回苏木！"

"回苏木可以。"嘎拉德回答得出奇痛快，"运费没有！"

镜子气得差点儿晕倒，他遇到过脸皮厚的，但从来还没有遇到过脸皮如此厚的，嘎拉德的脸皮比鞋底还厚。

镜子自以为抓到了嘎拉德的小辫子了："如果走山路，就按公里数收费。"

嘎拉德似乎懒得与镜子纠缠："没问题。"

镜子说完就后悔，越想越不对劲，他从没有去过夏季营地，又怎么知道走山路与原来的路程是一样的呢？镜子顿时有上当受骗的感觉，可他是个男人，吐口唾沫都是一根钉，怎么能说改就改呢？镜子憋气又窝火，怒火几乎要把他烧着了。

一路上，镜子恨不得把车当飞机开。嘎拉德劝镜子慢点儿，等一等后面那辆车。嘎拉德不说话还好，一说话，镜子把车开得更快了。

镜子开的是新车，跑起来又快又稳。福子的车又破又旧，跑起来比勒勒车快不了多少。福子急于跟上镜子，操作不慎，偏离了土路，一声猛响，车轮深深地陷进淤泥里。福子呆呆地望着远处，镜子的车已经没了踪影。

镜子的车很快来到山路上。

嘎拉德看到德班时，刚才小小的打击立刻抛到九霄云外了，轻巧地跳下车，乐呵呵地向德班走去。他已经想好说些什么，比如：您老人家辛苦了，一路上累不累，遇到麻烦了吧。现在我来了，有什么问题跟我说。如果额木格身体不适，就坐上我的车，到时候我把额木格送到您的蒙古包……

嘎拉德没有感到与众人久别重逢的喜悦，似乎他的贸然出现大大影响了众人的情绪，大家毫不掩饰对他的不欢迎态度。嘎拉德预感不好，匆匆望了一眼远处，直到现在，他还没有弄清楚发生了什么。

"发生了什么？"嘎拉德几步来到德班面前。

"路被堵了。"德班轻声说道。

"什么？"嘎拉德仿佛背后被人咬了一口，一蹦三尺高。他半信半疑，当他看清山路上林立的脚手架时，一下蔫了，他不仅无法第一

个到达夏季营地，而且还将为此付出一笔不菲的运费。想到这儿，嘎拉德一阵眩晕，差点儿晕过去。从春天开始，他就处心积虑，第一个转场，第一个到达夏季营地……看来，他的转场最终要以失败告终了。嘎拉德无法接受这个现实，又开始诅天咒地，诅咒谁修了这条破路，耽误了他的行程。

嘎拉德失去了一个草地人最基本的品质。

嘎拉德变得越来越不可理喻，两眼喷怒火，因怒火使得脸部大大扭曲而显得有些可怕。

镜子笑呵呵地看着怒火中烧的嘎拉德，仿佛出了口恶气。

嘎拉德一看镜子的表情，怒火有增无减，酣畅淋漓地诅咒起来，一边诅咒，一边目光不离镜子，用意不言而喻。

"嘎拉德，是把羊群卸到这里呢？还是回定居点？"镜子不急不躁，一脸温和，"但有一样，不管去哪儿，一分钱都不能少。"

嘎拉德心里一沉，这才感到问题的严重性，一脸赔笑："再等等，或许能过去。"

"等一天，"镜子冲嘎拉德竖起一根手指，"就加一成的价钱。等两

天，就加两成的价钱……"

嘎拉德再也没有力气跳起来了，他感觉身上的肉眨眼间被剥了个精光，现在只剩下一副光秃秃的骨架了。

"一分钱你都别想得到！"嘎拉德摆出一副死猪不怕开水烫的架势。

镜子难得大度，一句话也没有说，转身上车，启动车子。

嘎拉德彻底傻眼了，羊群还在车上，一旦镜子启动车子，就由不得他了。嘎拉德无比悲壮，紧跑几步，仰面躺在车前。

"有种的，"嘎拉德用手指着自己，"你就从上面轧过去。"

镜子没有想到嘎拉德是个无赖、吝啬鬼，宁可舍命也不舍财。他本以为嘎拉德说说就算了，没有想到嘎拉德真就仰面朝天倒在地上，吓了一跳，急打方向盘。紧接着一声闷响，车子像老牛阿古拉似的重重一声喘息，熄火了。

油箱撞在路边的一块巨石上，下面被撞出了一个大大的洞。

暮色渐渐笼罩了群山。

# 12. 相助

嘎拉德与镜子就谁该为这次转场失败负责，开始了无休无止的争执。嘎拉德再也不用担心镜子开车跑掉了，车变成了一堆废铁。想到这儿，嘎拉德无比慷慨与悲壮，嘴角上堆了一层沫子。无法通过语言解决的问题，就要通过武力解决，手指几乎碰到镜子鼻子了。

镜子瘦弱的身躯里竟然有着惊人的力量与勇气，他声称自己走南闯北，什么样的人没有见过，不要说一个嘎拉德，就是十个嘎拉德也不是他的对手。镜子有意做给嘎拉德看，众人来不及看清是怎么回事，嘎拉德就开始原地打转儿。

嘎拉德感到身上一阵钻心刺骨般疼，这才感觉到，镜子果然身手

不凡。嘎拉德意识到不是镜子的对手，立即改变用拳脚解决问题的办法，改用他最擅长的功夫——诅咒。

德班一直关注着两人，他有种错觉，站在面前的不是两个大人，而是两个孩子。而事实又告诉他，站在面前的就是两个活生生的大人，但他们却做出了孩子也做不出来的行为。这还是草地人吗？草地人身上怎么会有这种品质呢？

"草地人的脸都让你们丢尽了！"德班的声音异常清晰。

嘎拉德、镜子先是一愣，随后又开始了新一轮暴风雨似的指责与谩骂。暴风雨过后，战斗停止了，两人身心疲惫，各自寻了一块安身之地，各自去休息。嘎拉德忘记了被抛在路上的妻子与孩子，更忘了饿了一天的羊群。

嘎拉德身上的某些品质坏掉了。

嘎拉德看到饿红眼的羊群，猛然想起了迟迟没有跟上来的另一辆车。他隐约感到另一辆车也出事了，刚要诅咒，但马上像泄了气的皮球，蹲在路边，双手抱头。现在，诅咒的心情也没了。

德班招呼众人，套上勒勒车，离开了山路。

嘎拉德一脸惊诧，急忙询问。

"还能做什么？"有人没好气地白了嘎拉德一眼。

嘎拉德如梦方醒，匆匆爬上勒勒车。

福子的车陷入烂泥中比想象的还可怕。福子急于冲出烂泥，一番折腾，车子不仅没有驶出烂泥，而且越陷越深。正当福子一筹莫展时，德班他们来了。大家一阵手忙脚乱，卸掉了车上的东西。车子喘息着，似乎舍不得离开烂泥，哼叫几声，最终又不动了。

福子摊着两手："这样是出不来的，应该把它拉出来。"

嘎拉德一脸茫然，实在想象不出来，又有哪个大力士能把这个懒家伙弄出烂泥。

德班指挥着众人，把绳子的一端拴在车体上，另一端拴在几头大牛身上，总算把车子弄出了烂泥。

"我说，这下可以扯平了。"嘎拉德对福子说。

福子半天才反应过来："你说的什么意思，难道是不给运费了吗？"

"我还能有什么意思？"嘎拉德反问福子，"你在这里耽误了一天一夜，大大误了我的行程。"

福子摇了摇头，随后像一头发怒的豹子扑向嘎拉德。

德班拦住福子："年轻人，你的钱一分都不能少。快走吧，你的伙伴还等着你呢！"

嘎拉德的一双手成了多余的，在空中挥过来，挥过去："哎，这里谁说了算？难道不是我吗？"

没有人理睬嘎拉德。

妻子狠狠瞪了嘎拉德一眼，坐上了德班的勒勒车。

镜子双眉紧锁，一张脸阴得快要下雨了。他的车确实不能动了，当然是油箱出了问题。只有补好油箱，加满油，车子才能启动。可身处野外，连个人影都没有，去什么地方补好油箱呢？

镜子只好卸掉油箱，与福子一起回到了苏木。

又有转场队伍陆续来到山路上。

　　德班一脸焦虑，转场队伍越聚越多，大家挤在一条山路上，总不是办法。还有，一直联系不到高速路的人，什么时候能通过高速路，还是个未知数。

　　德班把众人组织到一起，女人与儿童去山上捡枯柴，其他人放牧。

　　"怎么，我们要在这里长住？"嘎拉德吃惊地问道。

　　德班低头不语，嘎拉德不是第一次转场，他应该明白眼下发生了什么，应该做好面对困难的准备。此时此刻，嘎拉德却表现得像白痴一样，难道他不是在草地上出生，不是在草地上长大的吗？德班抬起头，打量着山上的羊群，这才是他最担心的。山上牧草少，羊群又善于攀爬，为寻找草料，羊群很有可能走失。一旦遭遇豹子、狼，牧民的损失就大了。眼下最迫切的任务，就是组织大家去大栏山脚下放牧。虽然远了些，但那里有牧草，相对安全。

　　德班一边组织大家放牧，一边派人联系高速路的人。可惜，几天过去了，始终没有看到高速路的人。

　　三天后，镜子回来了，油箱修好了，车子很快发动起来。

　　镜子熄了车，跳下车，手往嘎拉德面前一伸。

"干什么？"嘎拉德装糊涂。

"运费加损失。"

"多少？"嘎拉德一边问，一边紧张地看着镜子，似乎只要镜子狮子口一开，他就死翘翘了。

镜子不说话，伸出一双手，张开十根手指，在嘎拉德面前晃来晃去。嘎拉德立即感到心虚气短，仿佛那不是十根手指，而是十张血盆大嘴，顷刻间喝光了他身上的血，啃光了他身上的肉。他再也没有力气跳起来了，也没有力气争辩了。

"是不是超出了你的想象？"镜子幸灾乐祸地看着嘎拉德，"我可是合理收费，一分不多，一分不少……"

嘎拉德什么也没有听进去，自从看到那十根手指，连呼吸都困难了。半天后，嘎拉德终于清醒过来，额头上青筋暴起，脸色铁青，眼睛里喷着两团火。刚才他之所以没有发作，是一时还没有反应过来，还在积攒体力。此时，他已经恢复过来了，攒足了力气，他要与镜子拼命，拼个鱼死网破。

嘎拉德一蹦三尺高，振臂高呼："凭什么这么多？"

"应该给人家！"德班实在看不下去了。

嘎拉德心里一翻个儿：德班在报复他。自始至终德班都与他作对：不参加他的转场仪式；出事后，看他的笑话；关键时刻，又站在镜子一边。德班高深莫测，简直滴水不漏，别人是看不出来的，只有他才真正了解德班。也正是这样，德班才受到众人的尊重与爱戴。可惜，众人被德班蒙蔽了双眼，不，而是没有长眼睛，没有长脑子，没有察觉到德班心怀不轨！

嘎拉德在心里狠狠地把德班诅咒了一番。

"应该给人家！"嘎拉德的妻子也开口了。

大家不可思议地打量着眼前这个瘦小、默默无闻的女人。繁重的体力劳动和高原紫外线，过早地剥夺了她美好的面容。看上去，她要比实际年龄大许多，面容苍老，双手粗糙，骨节突起，这是长期过

度劳动的结果。她从没有向人抱怨过，大家误以为她懦弱、胆小、怕事……这一切都是长期生活在嘎拉德阴影下的结果。可大家万万没有想到，在大是大非面前，她勇敢地站了出来，用弱弱的语气，说出了掷地有声的话。

妻子目光明亮地看着嘎拉德，一脸平静。

嘎拉德仿佛是在梦境中，妻子变得高大起来，也变得有些陌生。他使劲揉揉眼，发现还是那个瘦小的妻子，可妻子的表情、目光又告诉嘎拉德，她不再是那个他所熟悉而又默默无闻的妻子。

嘎拉德的脸一会儿红，一会儿白，嘴角发紫，转身准备离去。猛地，他看到一张张熟悉的面孔，原来的他们是那么羡慕他，甚至还有深深的嫉妒。但此时，熟悉的面孔变得有些陌生，他们毫不掩饰对他的轻视与厌恶，甚至鄙夷。嘎拉德如芒在背。

"好，你说多少就多少！"嘎拉德说这话时，心里在流血，表情痛苦不堪。

嘎拉德又想起了什么："兄弟，如果想贩卖牲畜，来找我。我是草地第一经纪人。"

"我怎么能与你合作呢？"镜子一脸冷嘲热讽。

几个月后，镜子竟然忘了当着众人面儿说过的话，主动找上门去，与嘎拉德沆瀣一气，疯狂捕获草地上的野生动物。

一天，突然从高速路上走下几个人，为首的是一个身材微胖，戴眼镜的中年男子。男子似乎认识德班，走到德班面前，紧紧抓住德班的大手，一再因为耽误了大家的行程而说着对不起。

男子是高速路施工的负责人。

男子一边介绍，一边说，他们考虑到这里是千里牧道上最具有代表性的路况，无论是设计，还是施工时，都充分考虑了草地人转场这一特殊情况。尤其是冬季天气恶劣，暴风雪肆虐，所以特意在路的两侧修建了一些住所，以备急用。

德班深受感动，高速路人能替草地人着想，为保护生态环境出一份力，不得不令人感动。

嘎拉德心中愤愤不平，因为高速路，他的转场计划没有成功，而且损失了一大笔钱。更可气的是德班，关键时刻没有帮他，反倒帮助别人。还有，在大是大非面前，德班是如此糊涂，对方说了两句好听的话，他就动容了，被几句漂亮的话击倒了，没有维护草地人的利益。此时，嘎拉德觉得他应该站出来，据理力争，替大家挽回损失。

嘎拉德拨开众人，站了出来。

"我说几句……"嘎拉德慷慨陈词，说了一大堆理由，最后让对方赔偿大家的损失，尤其是他的损失。

男子一脸诚恳，一再表示道歉。他说，此次来，他们确有此意，会适当地给大家补偿损失。

"适当补偿？我的损失大了！"嘎拉德两眼放光，似乎已经看到了补偿。

"如果你们能注意保护生态平衡，保护草地，我们宁可不要这些损失！"德班郑重其事地说。

草地人的胸怀像博大的草地一样宽广。

十天后，高速路下的脚手架被拆除了。

德班带领着转场大军轰隆隆地从高速路下驶过。似乎是耽误的时间太长，无论人，还是牲畜，都迫切地想要到达夏季营地。一路上异常顺利，三天后，转场大军到达了目的地——一片丰美的草地。

# 中篇　夏季营地生活

　　淖尔碧波荡漾，水面上有一人多高的
芦苇。四周是连绵起伏的土丘。土丘与土
丘间有平坦的草地。草地上遍布着泉眼。
蓝天、白云、绿草、碧水，宛如一幅色彩
丰富的画卷。草地人把这种混合了草地、
土丘、水泡的地形称为"草甸"。

# 13. 淖尔

夏季营地位于草地深处，面积有几百平方公里，生态环境保护得较好。每年来夏季营地的牧民多达几百户。德班他们只是其中很小的一部分。虽然夏季营地很大，但驻扎的牧民却井然有序。至于每家每户具体在哪里放牧，如何分配草场，大都由定居点里德高望重的老人主持。最终，每户牧民都有一片属于自己的"领地"。远远望去，几百户牧民错落有序地分布在夏季营地上。

嘎拉德提议去忽洞那里。两年前，他们去过忽洞，那里水草丰美。还有，这次路上耽搁的时间太长了，无论是人，还是牲畜，都疲惫不堪。牲畜膘情大大下降，再不适合走远路了。

德班摇摇头，他了解忽洞，前年的夏季营地就在那里，仅仅相隔一年，原本就脆弱的生态环境还没有完全恢复过来，如果还去忽洞，那里的生态环境将不堪重负。一旦草地沙化，没有十年八年是恢复不过来的。的确，今年转场遇到了很大麻烦，人与牲畜都很疲惫，但只要咬牙再坚持一两天，就能到达目的地。

十几年前德班去过一个叫淖尔的地方，那里更适合放牧。

"淖尔"在蒙古语里是"水泡"的意思。它有个学术名称——湿地。

淖尔碧波荡漾，水面上有一人多高的芦苇。四周是连绵起伏的土丘。土丘与土丘间有平坦的草地。草地上遍布着泉眼。蓝天、白云、绿草、碧水，宛如一幅色彩丰富的画卷。草地人把这种混合了草地、土丘、水泡的地形称为"草甸"。

众人纷纷响应德班。一路上，嘎拉德阴郁着脸，目光不时落在德班的背影上，看来，德班要与他作对到底了。

经过近三天行走，他们终于看到了淖尔。淖尔简直是一个放牧天堂。牧草肥美而苗壮。天空高远，空气清新，阳光如同过滤过的水洒下来。在微风的吹拂下，草浪有序地滚向天边。天空不时有俊俏的鸟儿无声地滑过。

众人脸上露出开心的笑容。德班不愧经验丰富，就像熟悉自己的手指一样熟悉夏季营地，最终为他们找到一片最肥沃的草地。

众人紧张有序地等待德班的安排。

德班根据每户牧民的实际情况，家庭人员多少、牲畜的数量，做出相应的安排。

嘎拉德的羊群数量庞大，可他一点儿不着急，一定要等德班将大家安排得都有着落了，再考虑他。一夜之间，嘎拉德身上发生如此之大的变化，让大家刮目相看。嘎拉德才没有那么傻呢！他没有相中草地，才一推再推。

好的草地越来越少，嘎拉德有些着急。他眼前一亮，远处有一块平坦的草地，牧草长势喜人，草地尽头有水源。他心花怒放，却又不能表现出来，讨好地征求德班："我可以在那里搭建蒙古包吗？"

德班打量着四周，草地三面是连绵起伏的土丘，一面临水，像巨人伸出双臂紧紧把草地揽入怀中。草地好是好，可这里明显留有被雨水冲刷过的痕迹。一旦引发洪水，势必造成财产损失。

德班讲出了担心的事情。

"没事，没事……"嘎拉德很怕德班不同意，语气诚恳，"我有着丰富的经验，能对付得了洪水。"

　　德班低头不语，一个人怎么能对付得了洪水呢？那可是雄狮猛兽，锐不可当；又似一头魔鬼，一旦发起脾气，能把天与地搅浑。德班知道嘎拉德心里是怎么想的，既然他一再坚持，那就随他去吧。

　　德班的担心不是多余的，两个多月后，草地上突发洪水，卷走了嘎拉德的羊群。从此以后，嘎拉德意志消沉，终日酗酒。但他没有吸取教训，而是破罐子破摔，越滑越远，最终又与镜子狼狈为奸，大肆捕获野生动物。他身上彻底丧失了一个草地人最基本的品质。

　　德班一家是最后安顿下来的。他在土丘上选了一块平坦的地方，一番紧张忙碌，搭建起两座蒙古包。

　　短短一天内，原本人迹罕至的淖尔涌现出了一座座蒙古包，仿佛是一不小心从天上掉下来的云朵；又好像是碧草连天中盛开的一朵朵巨大的白花。牛群、羊群徜徉在草地上，牧羊犬严阵以待，警惕地注视着四野。它们初来乍到，总感觉沉寂背后隐藏着一丝危险。

　　黄昏给草地镀上了一层金色。

　　站在土丘上放眼望去，水面上跳动着细碎的金光。渐渐地，金光汇聚成一条金河，闪动着耀眼的光芒。不知什么时候，碧水上浮现出

一个个俊美的身影，它们有着纤尘不染、一身雪白的羽毛。它们或是高擎着小巧玲珑的头颅，左右环顾；或是低头颔首，一脸思索神情；或是挺举着修长优美的脖颈，侧目而视……尽管它们神态各异，但表现得总是那么端庄与大方，仿佛一件件精美的雕塑矗立在水面上。如果不是身边微微荡起的波纹，你根本感觉不到它们在轻轻游动。

它们是草甸里高贵的物种——天鹅。

天鹅仪态万方，即使觅食也保持着优美姿势。它们可以长时间凝视着水面。即便水下空空如也，它们仍能保持着完美形象，静静等待着。上天总是格外地眷顾它们，没过多久，水里就出现了可食之物。"倏"，天鹅甩出长长的喙，水面立刻呈现出无数条波纹。波纹还没有散尽，长长的喙早已离开了水面，谁也没有看清天鹅是否捕获到了食物，可那轻轻滑动的嗉囊又证明它确实捕获到了食物。

一对成年天鹅身后，总会跟着两到三只小天鹅，它们的举动和羽毛，都是成年天鹅完美的翻版。

无论是畅游，还是觅食，乃至空中游弋，雌雄天鹅如影相随，终生不离不弃。如果有一方夭折，另一方身旁总是空空的，它不会急切地盼望其他天鹅弥补这个空缺；也没有一只天鹅愿意充当补缺的角色。它将孤守一生，慢慢地老去。

天鹅无愧于"高贵物种"这一美好的称呼，它们不仅仅在行为举止上表现得高雅得体，在爱情上更是忠贞不渝。

雌天鹅回眸凝望着小天鹅，悄然振动双翅，水面上激起微小的浪花。带蹼的双脚在水中猛地伸展，一片急速的水流流过，雌天鹅斜斜地飞上了天空。它的姿势是那么优美，羽毛是那么洁白，叫声是那么婉转悦耳，给即将到来的暮色增添了几分亮色。

雄天鹅紧紧相随，百般呵护，又做得滴水不漏，总是抢先雌天鹅半步，用宽大的双翅挡住突变的气流，这样一来，雌天鹅就节省了很多体力。雄天鹅自以为做得很隐蔽，其实，雌天鹅早就有所察觉，侧目深情一瞥，就是很好的证明。多年来，它们相濡以沫，彼此的行为、举止、眼神……已深深地烙入对方大脑中，怎么能忽略呢？

雌雄天鹅身后跟着小天鹅。

小天鹅的飞行技术和技巧，都远不如成年天鹅，可它们有着十足的勇气，目光牢牢锁定天鹅夫妇，频繁扇动着双翅。虽然它们使出了全身力气，但还是被远远地甩在了后面。不过没有关系，它们刚刚学会飞行。用不了多久，它们就能与成年天鹅比肩齐飞了。

雌雄天鹅似乎知道小天鹅没有跟上来，但它们丝毫没有溺爱，只是回眸深情观望，似召唤，又似鼓励……这个黄昏，总因这感人的一幕而富有生气。

黄昏的天边传来清脆的叫声，那是一只不知名的水鸟发出的。它伸展着小巧的双翼，抬头引颈，两脚紧紧贴在身后，整个身子如纺锤形，从眼前一闪而过。突然，它停止了飞行，伸展着双翅，悬在半空中。不过，它身边飘过的云朵，还有不断变换的暮色，证明它确实是在飞行。

它的叫声、它的飞行，立刻吸引了同伴，几乎一模一样的身影一下塞满了天空。时间一长，毫无变化可言的飞行技巧令人生厌。它们

似乎是知道这一点，转眼间，变化出无数个身影，飞行技术也变得丰富起来，或是爬升，或是盘旋，或是一路俯冲……更有大胆的一只飞鸟，头冲下，做起了直线运动，倏地钻入芦苇中。芦苇轻轻摇动几下，随后又归于平静。

从清晨到黄昏，水泡是属于这些水鸟的。从水泡的每个角落里传来清脆、有力的鸣叫。天空中总能留下它们飞翔的身影。

水泡里的水鸟种类、数量之多，远远超出了想象。

水泡里最常见的鸟类就是野鸭了。

野鸭性格粗犷豪爽，终日鸣叫，似乎一生都是在鸣叫。每天黄昏，野鸭异常忙碌，除了不厌其烦地发出"嘎嘎"的粗鲁鸣叫外，还有意在众多的水鸟面前展示高超的跳水技术。一只野鸭冲天而起，一路爬升，一路嘎嘎欢叫。欢叫没有影响它的飞行速度。它笔直地爬上高空，似乎再也没有力气飞出更高的距离了，随后一个漂亮的急转身，头朝下，身子拉直，如一颗炮弹迅速坠入水中，"砰"的一声巨响，激起一片水花。

野鸭的动作很像跳水运动员，但它们缺少跳水运动员优美的身姿和入水时的精彩。它们比的不是在入水那一刻谁的水花最小，而是看谁能激起更大的水花。如果能激起惊涛骇浪般的水花，冠军就非它莫属了。

不要以为野鸭陷入了水底，或是发生了某些意外。的确，巨大的水花散去后，一时看不到野鸭的踪影，难免让人提心吊胆。但过不了多久，野鸭就会探出小巧的头，随后整个身子浮出水面，随着"嘎"的一声粗鲁鸣叫，猛地抖动全身，顿时水花四溅，织出一片水雾。

野鸭更热衷于擂台赛表演。

其实，第一只野鸭刚刚爬升，随后就有第二只野鸭、第三只野鸭……相继飞起。它们仿佛经过精密的计算，起飞的时间相差无几。它们的速度又是那么相似，不会有一只野鸭因心情急切，或是动作蠢笨，打破这一规律。它们不仅把时间、速度掌握得恰到好处，而且还清晰地掌握着垂直距离。它们飞到一定高度，突然转身，头冲下，身子拉直，做起了跳水运动，而且是集体跳水。野鸭比谁都清楚，它们的飞行速度、飞行姿势几乎一模一样，时间一长，就索然无味了，必须弄出惊险动作，方能吸引眼球。难以想象，野鸭身材虽蠢笨，却有着惊人的举动，令人叹为观止。更令人惊奇的是，野鸭仍一路鸣叫不止，哪怕是入水的那一刻，叫声也清脆响亮，仿佛不这样鸣叫，就无法做出这么酣畅淋漓的动作，就无法让身体爆发出惊人的力量。

一时间，野鸭的叫声此起彼伏，巨大的入水声响彻水泡。

野鸭已不满足于个体表演，而要进行双鸭表演。野鸭懂得形体的重要，不至于让过于悬殊的身体惹人发笑，还有失表演水平。即将表演的两只野鸭外形一模一样。同一时刻，两只野鸭冲天而起，一路爬升，伴随着嘹亮的鸣叫，两只野鸭宛如一个整体，爬升、转身、俯冲、入水……动作如行云流水，浑然天成。两只野鸭把这一完美动作一直保持到钻出水面，向四周的伙伴鸣叫致谢才算结束。

野鸭的表演仍没有进入高潮。高潮当然是众多野鸭表演集体跳水。在一只头鸭的带领下，鸭群冲天而起，刹那间，"嘎嘎嘎"的叫声充满了天空。接下来，用"震耳欲聋"来形容一点儿不为过。

这时，其他的水鸟也只能远远地避开，把偌大的水泡让给鸭群。

野鸭尽情表演时，一支鸟群远远飞来，落到水泡附近的土丘上。鸟群的出现就是命令，不知不觉间，一支支鸟群从四面八方汇聚而来，密密麻麻地把天空塞满了。从来没有人注意到草地上竟然有如此多种类的鸟，有如此众多的鸟群。奇怪的是，鸟群虽众多，却没有鸣叫，它们的热情只是限于飞行，而不是鸣唱。每一支鸟群都有各自的飞行技巧，在头鸟的带领下，飞出有别于其他鸟群的队形。鸟群有着无比强烈的责任感和团队精神，几百只鸟，甚至上千只鸟，整齐划一飞过。

鸟群的飞行和野鸭的跳水擂台赛表演，相映成趣，使原本寂静的水泡充满勃勃生机。

随着暮色降临，鸟群开始散去，它们的离去就像出现时一样神秘。不知什么时候才能再看到它们的身影。野鸭的擂台赛也鸣金收兵了，

不管谁胜谁负，集体保持着沉默。或许刚才一番尽情的表演，消耗了它们过多的体力；抑或是畏惧越来越浓的夜色，它们正积极寻找一个安谧之处，以度过险象环生的夜晚。狐和鼬已悄然出动了，野鸭们哪怕发出一丁点儿声音，都极有可能付出生命代价。

此时，从水泡里传来蛙类悠远而绵长的叫声。蛙的叫声总给人一种错觉：仿佛又回到了空旷、寂寞的远古时代。如果没有野外生存经验，总让人有淡淡的惊悚与不安之感。不过，这也是一种非常奇妙的感觉。

随后，夜交给了蛙鸣。

# 14. 帐篷学校

大人在野外劳作时，草地孩子也没有闲着，他们像城里的孩子一样走进校园。只不过这是一所流动的校园——帐篷学校，随着草地人的转场来到夏季营地。

上学的孩子少，学校的老师也少。

这所学校只有一位年轻的老师——朵兰。朵兰身兼数职，既要负责三年级的课程，又要负责五年级的课程。虽然开设的课程没有城里学校那么丰富，但老师教的内容却很丰富。

帐篷学校只有两个年级，每个年级只有十几个孩子。朵兰先给三年级的孩子上课，五年级的孩子就先写作业。朵兰给三年级的孩子上完课，再开始给五年级的孩子上课。

这是复式教学。

朵兰不仅教课，还要统计转场人员、牲畜的数量，及时把有关情况上报。如果遇到重大疫情，朵兰也要负责。

草地孩子的生活与城里孩子相比，确实不够丰富，但也有让城里孩子羡慕的地方。

　　蒙古包大都远离帐篷学校，少则十几里，多则二三十里，孩子就要骑马上学。早晨，孩子早早起来，穿戴整齐，走出蒙古包的那一刻，坐骑已静候多时了。孩子飞身上马，坐骑不用指挥，仿佛背后长了一双眼睛，等孩子坐稳了，马便迈开四蹄，一路疾驰。坐骑就像一位善解人意的老人，一路上，决不会让孩子寂寞的，用不同的跑姿博得孩子一笑，或是颠着碎步小跑，或是身子上下蹿动，类似于马术运动中的走马姿势，或是亮开四蹄，如蜻蜓点水滑过草地……坐骑又像一位要求严格的老师，总是在规定的时间内到达学校。

　　在草地上，也只有孩子有着比较明确的时间观念。

　　草地孩子对马的喜爱源自骨子里。孩子来到学校，摘掉马笼头，卸掉马鞍，将它们放到某个角落。这个角落是固定的，独属于某个孩子，长达整整一个夏季。孩子轻轻一拍坐骑，坐骑心领神会，跑到附近吃牧草去了。

　　其间，坐骑总是长时间打量着帐篷学校。原来是从帐篷里传出来的琅琅读书声吸引了它们。它们凝眸深望，一脸静静思索的神情，仿佛也被感染了。

　　中午，孩子顾不得休息，心里一直惦记着坐骑，一阵风似的跑出

帐篷学校。坐骑早就发现了小主人，已先他们一步，向小主人飞奔而来。阳光下，漂亮的马鬃迎风飞舞，坐骑身上金光闪闪，威武极了。坐骑来到孩子面前，伸出大嘴，轻轻嗅闻着。孩子伸出手，轻轻拍打坐骑的脸、脖子、脊背、后胯……坐骑一直注视着孩子，伸出嘴巴，亲昵地嗅闻孩子。还有的孩子，紧紧地把坐骑的大头搂在怀里，一动不动地站在那里。坐骑眨动着大眼，大头深深埋在孩子怀里，仿佛一个走失的孩子，终于回到了母亲的怀抱。

一番亲昵后，孩子向水泡走去。坐骑跟在小主人身后，低着头，放松四肢，摇晃着尾巴，不紧不慢地走着。孩子们给坐骑剪马鬃、修理马尾、梳理被毛……坐骑或是静静地站立，一脸享用的样子；或是嘴巴放在水面上，轻轻地啜饮。很快，孩子就要回帐篷学校了，它们要独自待一下午。

有时候，借中午休息的时候，孩子要去其他的蒙古包，帮助大人完成某项任务。

草地孩子总是过早地承担原本不属于他们的事情，但也正是因为这样，草地孩子深明大义，坚强勇敢，勇于担当。

孩子们最高兴的时候莫过于晚上放学。放学后，他们可以搞一次赛马比赛。比赛的随意性很大，完全不受时间、场地限制，也不受人数的限制，只要谁的坐骑跑得最快、跑得最远，就是冠军。在孩子们心目中，这可是尤为重要的，每次都认真对待。

坐骑站成一排，孩子们端坐在马背上。他们紧张极了，各个屏息凝视，腰杆笔直，双腿与身子呈最完美的九十度，目视前方。孩子们的紧张情绪传染给了坐骑。坐骑清一色平伸着大头，脖颈与地面保持着优美的平行姿势。马眼炯炯有神，熠熠生辉。俊俏挺拔的四肢绷得紧紧的，只等着小主人一声命令，第一时间冲出去。

一声哨声，坐骑蹿了出去。

孩子们双脚紧蹬马镫，身子悬起，上身贴在马背上，双手牢牢抓住马鞍，啾啾大声喊着。还有更甚者，一手紧抱坐骑的脖子，另一手晃动缰绳，发出如雷的吼声。果然，坐骑不负众望，眨眼之间，消失在远处。刚才还异常热闹的校园，立刻安静下来。

朵兰喜欢看孩子们赛马，更喜欢看孩子们赛马时生龙活虎的样子。朵兰也喜欢骑马，她虽然有一辆红色的摩托车，但更喜欢骑着马来往于草地间。朵兰出生在草地，长大后，很少离开过草地，骨子里是一个彻彻底底的草地人。作为草地人，哪有不爱马的呢？

有时，朵兰要跟孩子们一比高低。孩子们高兴极了，认为他们是天底下最幸福的。朵兰总是让着孩子们一些，先让孩子们跑出一段距离，她骑马再去追。孩子们一致不同意，他们都说比的是坐骑，又不是人，干什么瞧不起他们。

朵兰笑了，答应与孩子们一起竞争。朵兰的坐骑是一匹全身被毛乌黑的骏马。马的脑门上有一块云朵状的洁白被毛。马的四蹄和尾尖也是白色的。看上去，坐骑不仅威武，而且漂亮。

比赛开始了，朵兰有意拉了拉缰绳，坐骑放慢四蹄。时间一长，坐骑就不干了，仰着大头，身子一个劲儿地向前用力。朵兰不得不拉紧缰绳，这样一来，坐骑就表现得不那么激动了，似乎弄懂了主人的意思。一匹匹骏马从朵兰身边飞过。朵兰一边欣喜打量着，一边给他们呐喊加油。孩子们冲朵兰大呼小叫，无非是说，他们把朵兰甩在后面了，让朵兰加油。

朵兰看看是时候了，放松缰绳，坐骑心领神会，四蹄划动，身子拉得直直的，像一块乌云飘了过去。没有多长时间，朵兰的坐骑一马当先，冲到了最前面。

孩子们纷纷嚷着，明天继续比赛，随后一拨马头，向蒙古包跑去。孩子们住得分散，都回蒙古包了，比赛自然就结束了。

因为比赛，孩子们与朵兰的关系越来越亲密，超越了师生关系。孩子们不再称"朵兰老师"，而是直接称"朵兰"。朵兰听了，笑盈盈地应答。

帐篷学校离德班的蒙古包很近，木其与乌妮就不用骑马上学了。

每次看到伙伴飞身上马的情景，木其、乌妮的目光里就充满了热切与渴望。草地孩子大方、热情，纷纷让出坐骑，让两人一试。木其飞身上马的动作丝毫不亚于伙伴，仿佛他天生就会骑马。乌妮虽然是个女孩子，可她的动作，还有骑马时的表现，同样不逊于伙伴。

如果你认为草地孩子除了这些就再也没有其他可玩的了，那你就完全想错了。草地孩子像城里孩子一样享受现代化的生活。

放学后，巴特邀请伙伴们去蒙古包看电视。巴特的阿爸就是大名鼎鼎的嘎拉德。嘎拉德有太阳能电池板，这样，就解决了草地深处没有电的问题。嘎拉德虽小气，可对待巴特的伙伴特大方，知道小伙伴要来，就早早打开电视，调到孩子们喜欢的频道上。嘎拉德与孩子们一起看电视，给孩子们做旁白，他声音洪亮、有力，讲到开心处，放声大笑，深深感染了孩子们。有时候，孩子们还真需要这位"老师"，有小伙伴用崇拜的目光注视着嘎拉德。

巴特的额吉也很热情，但她表现得与嘎拉德恰恰相反，只是默默无闻地给孩子们端来奶茶、奶豆腐，出来、进去没有一点儿声音。在这过程中，孩子们竟然没有听到额吉说过一句话，不知道的还以为她失语了。

巴特家给孩子们最深的印象就是干净整洁，屋里的东西井然有序，煮奶茶的铜壶被擦拭得能照出人影来。这应该归功于勤劳能干的额吉。

草地孩子有着城里孩子无法企及的优势：他们与大自然接触的时间最长，也就了解大自然，认识很多动物。大概城里的孩子也只能在电视里或是书本上认知这一切了。

木其、乌妮、巴特成立了一个课外小组，调查水泡里鸟类的种类与数量。没有多长时间，他们就认识了很多鸟类，比如大型的鸟类有天鹅、大雁、野鸭……小型的鸟类有麻雀、百灵……但他们也遇到了困难，草甸里远不止这些鸟，还有很多叫不出名字的鸟。他们希望大人能提供这方面的知识，大人确实看到过这些鸟，甚至了解这些鸟的生活习性、特点，但对于这些鸟的学名是什么，却一无所知，完全是根据鸟的习性、叫声、飞行等特点来命名。这种命名随意性非常大，即使在同一个地方，同一种鸟，名字也都因人而异。

这让他们很苦恼。他们向朵兰请教，她也摇头了。

# 15. 救助水鸟

有一天，三人又来到水泡附近，看到从芦苇丛中飞出一只水鸟。他们认识这种水鸟，名叫"扬格登"。显然，它的命名源自鸣叫。这种水鸟叫声清脆、响亮。

扬格登总是成双结对地出现。

一只扬格登在他们头顶久久盘旋，不愿离去。叫声有失往日的清脆与洪亮，带着一丝哀伤与无奈。

木其若有所思地打量着扬格登，杨格登盘旋在木其头顶的同时，似乎认出了木其，"啊"，发出一声低沉的鸣叫，一个漂亮的急转身向芦苇丛飞去，最终静静地站在苇秆上。小巧的爪子抓住苇秆，漆黑明亮的大眼一直注视着木其，好像有话要对木其说。

　　扬格登似乎连站立的力气也没有了，无声地从苇秆上滑落，落入芦苇中。可它没有离去，仍注视着木其。

　　木其向芦苇走去。它突然飞起，伴随着一声哀鸣，落到附近的苇秆上。这时，从水泡里又传来一声鸣叫，鸣叫微弱、乏力。

　　木其听出来了，他循声望去，只见一只扬格登倒卧在淤泥里。它的姿势非常奇怪，头、脖子插在淤泥里，身子翘起。木其暗暗吃惊，它受伤了，它的爪子上拖着一个铁夹。

　　木其的出现惊动了扬格登。它扬头、甩身，挣扎着向前爬去。殊不知这样一来，将会给它带来更大的痛苦。它不动了，头与脖子再次倒卧在淤泥里，身子剧烈起伏。

　　木其把它抱回蒙古包。

　　它受伤严重，左脚杆被铁夹夹断了，只连着一层筋皮。

　　木其没有救助常识，只好找来了富有经验的额木格。额木格一边清洗扬格登身上的淤泥，一边嘟囔着，仿佛面对的不是一只水鸟，而是一个淘气的孩子。这个孩子总让额木格不省心，现在又惹出这么大的事情。额木格既生气，又心疼。

　　扬格登趴在地上，眼睛闭得紧紧的，浑身颤抖不已。它应该是第一次如此近距离地接触人，确切说是被人捕获了，对人的陌生与恐惧，才令它如此的紧张与不安。其实，惊慌不安还有来自于身上的伤痛。尽管额木格加倍小心，清洗过程中，还是触痛了它的伤口。恐惧和疼痛几乎把它击倒了。

额木格给它清洗完身上的淤泥，又检查了伤口，摇了摇头，随后向蒙古包里走去。

木其看看进入蒙古包的额木格，又看看倒卧在地上的扬格登。它似乎连惊慌、发抖的力气都没有了，瘫软在那里。目光里仍透着恐慌，一副绝望表情。

额木格再次出现时，手里拿着木棒与布条。额木格有着丰富的救助羊羔、牛犊的经验，想不到这些技术要用到一只水鸟身上。在木其的帮助下，额木格顺利地给水鸟包扎好了伤口。

额木格的救助立竿见影。额木格松开双手的那一刻，它竟然稳稳地站住了，仿佛身上的伤口奇迹般痊愈了。随后，它冒出一个不切合实际的想法，急于离开一老一少，急于离开这里，但它忘了受伤严重的左脚杆，拼尽全身力气起飞，结果却一头栽倒在地。

额木格很响地嘟囔一声，埋怨它不懂事，伤还没有养好，怎么能飞呢？额木格缓慢地走过来，准备抱起它。它忘了是少年把它从死亡线上抱回来的，也忘了是眼前这位老人救助了它，当额木格向它走去时，它竟然做出匪夷所思的举动，剧烈地抖动双翅，头与脖子可怕地扭来扭去，一副誓死远离额木格的样子。

它彻底惹怒了额木格。额木格发出很大的响声。木其还是第一次听到额木格如此大声地说话。额木格生气极了，猛地把它抱在怀中，高高地举起一只手，在空中停了足足一分钟，才垂落。额木格嘟囔着，把它抱进蒙古包里，放到一角。

它老老实实地蹲在那里，双眼微闭，身子缩成一团，一动不动。刚才的一番经历告诉它，它无法离开这里。即使数次勇敢挣扎，不仅吓不倒额木格，还会令额木格动怒。虽然它与额木格接触的时间有限，

但从额木格嘟囔的语气中体会到了不同的感情色彩。

直到额木格离开蒙古包，它才匆匆睁开眼睛，不安地打量着蒙古包。这时，乌妮跑了进来，它迅速闭上了眼睛。

乌妮听说木其救助了一只水鸟，特意跑来看稀奇。它的头部、脖子、双翅的羽毛是黑色的，腹部与脊背的羽毛是白色的，大腿上的嫩羽是杂色的。"扬格登。"乌妮认出了这种水鸟，竟然手舞足蹈起来。它身子抖了一下，险些摔倒，似乎因乌妮跳起时产生的气浪险些把它掀翻。

乌妮叨咕起来，当然是一些道歉的话，她的声音清晰，语速快，叽叽喳喳地像只小鸟一样欢快，当然也有几分惊喜。

它缓缓睁开眼睛，看到乌妮手里用草茎串起的一串夏虫时，猛地伸出短而小的喙，吞吃起来。长达半天被困在淤泥里和由此产生的惊吓，已令它体力严重透支，竟然忘掉了眼前陌生的乌妮。它理应更害怕乌妮，毕竟她们刚刚见面，可它忽略了这一点，天生的自来熟。它还知道，乌妮手中的一串夏虫分明是给它准备的。

乌妮惊叫一声，没有想到它竟很快接受了自己。乌妮听额木格说起过，一旦牲畜对食物感兴趣，那就说明它已经远离了死亡。随后，乌妮发出更大的惊叫声，夸张得手舞足蹈。它表现出极好的食欲，转眼间吃掉了一串夏虫。更奇怪的是，短短的时间内它已经习惯了乌妮的一惊一乍，没有表现出丝毫惊慌。

乌妮一阵风似的跑了出去，去给它寻找食物了。

德班走了进来，他看看水鸟，又看了看铁夹，走出蒙古包，眺望着远处。铁夹应该来自转场队伍，至今，还没有陌生人走进淖尔。设下铁夹的人这样做的目的无非是捕获一些野鸭之类的水鸟作为下酒菜。不管是来自草地外的人，还是草地人，都喜欢野物。如果仅是改善一下餐桌上简单的伙食，无可厚非。可事实真是如此吗？德班心里一沉，把几个酒鬼挨个筛选了一遍，一时不能确定是谁设下的铁夹。

但愿他们没有过高的奢望！

德班还是不放心，向水泡走去。他要亲自去看看。

清晨醒来，扬格登已经能站稳了。它的不安随着伤痛减轻也渐渐消失了，对人也不再感到陌生、恐惧，即使蒙古包里有人，它也不那么紧张了。不过，它仍喜欢躲在一角，还是有些局促、不自然。一旦蒙古包里没有人时，它睁大眼睛，歪着头，好奇地打量着，表情极其认真，似乎要记住这里的每一件物品。

从蒙古包外传来脚步声，它立刻收回目光，一副沉沉入睡的样子。它很快又睁开了眼睛，猜出进来的是谁，甚至向前走去，有意迎接。

进来的是额木格，她手里端着食盆。额木格来到它面前，放下食盆。食盆里有刚刚喂完牛犊的牛奶，足够它食用的。额木格实在想不出来，应该用什么招待这位特殊的客人，思来想去，想到了牛奶。

显然，它无法享用牛奶，但还不至于让额木格失望。它的喙在食盆边缘敲动着，发出清脆、好听的声音。

乌妮再次跑了进来，手里拿着几串夏虫。乌妮大声召唤着，把夏虫伸了过去，它一个甩头，喙稳稳地叼起夏虫，吞进嗉囊里。乌妮一边欣喜地看着它进食，一边向额木格炫耀。额木格又嘟囔起来，紫红的脸膛上泛着孩子般的笑容。

它在蒙古包里待了一天一夜，对这里的一切都熟悉了，甚至能分清额木格和乌妮的脚步声。的确，额木格的脚步迟缓无力，落地无声。乌妮的脚步轻快有力，总伴随着"咯咯"的笑声，她的生命像牧草一样正处在疯长的状态中，总能让人感觉到扑面而来的勃勃生机。它每听到这种脚步声，总是快速地奔向门口，伸着修长的脖颈，微微地张开喙——它已经习惯了乌妮手里的夏虫。没有夏虫也没有关系，它用喙轻轻地啄着额木格的靴子和乌妮的脚面。

它对家里的其他人还比较陌生，哪怕是木其，似乎忘了是木其把它抱回来的，又是木其帮着额木格救助了它。但木其没有忘了它，每天都进入蒙古包看一看它。它总是歪着头，侧目而视，一脸回忆状。时间慢慢过去了，它眼前一亮，似乎某一段记忆终于复活了，眼前闪

动着木其救它的身影。它目光明亮而有神，伸过修长的脖颈，张开双翅，向木其扑来。可惜，木其转身匆匆离去了。木其一直惦记着是谁在水泡附近设下的铁夹，一心想找到凶手，看到它亲热的表情，木其为始终没有找出罪魁祸首而懊恼，又去水泡了。这一刻，它的目光黯淡了，表情哀婉，似乎心里有许多话要对木其说，可木其却如此的不近情理，它怎能不伤心呢？

从蒙古包外传来杂乱的脚步声，它一惊，第一次听到这么多的脚步声。它还没有做好准备，蒙古包里一下拥进十几个孩子。

伙伴们听说木其救助了一只水鸟，跑来看稀奇。有小伙伴认出了它，用手指着，很响地叫出它的名字。木其拍了一下伙伴的手，让伙伴小点声，它已经害怕了。果然，它躲在一角，身子紧紧贴在毛毡上，似乎这样才安全些。

巴特无意中看到了铁夹，眼前一亮，很响地"噢"了一声。他意识到自己暴露了，脸"腾"的一下红了。

伙伴们奇怪地打量着巴特。巴特连连摆手，一阵慌乱掩饰，总算瞒过了大家。不过，巴特心怦怦直跳，临走出蒙古包，他再次看了一眼铁夹，是那么熟悉。

水鸟完全习惯了蒙古包的生活。一天，它听到了同伴的叫声。的确，自从它住进蒙古包，它的同伴——那只一直向木其发出救助信号的雄扬格登，当天就出现在蒙古包附近。雄扬格登出于对人的畏惧，没敢飞到蒙古包上空，在附近久久徘徊，不肯离去。当时，额木格、木其忙着救助雌扬格登，忽略了它。

黄昏时，雄扬格登又出现了。蒙古包安静极了，它悄悄落下来，小心翼翼向蒙古包走去。它缺少足够的胆量与勇气，走走停停。它再次停下脚步，这个距离被它认为是安全的距离，一旦跨越这个距离，就是死亡。它表现出不安的同时，还表现出几分急切，毕竟没有人出现，毕竟这里静悄悄的。它探头探脑地向蒙古包里观望，隐隐约约感到伙伴就在里面。

它终于迈出勇敢的一步。就在这时，从身后传来脚步声，它紧收双翅，直插云天。那脚步声令它魂飞魄散，以至很长时间里不敢再出现。

现在，它又来了，对伙伴的思念令它勇敢起来。不过，它却不敢胡来，多次盘旋在蒙古包上空，迟迟不敢落下来，它远远看到了走来的牧羊犬乌和尔，开始为蒙古包里的伙伴担心。

雌扬格登听到同伴熟悉的叫声，匆匆走出蒙古包。不想，与一个威武高大的身影撞了个满怀。它立刻闻到了死亡的气息，扑棱棱抖动双翅，发出悲天悯人般的尖叫。奇怪的是，那个身影匆匆闪到一旁，瞥了它一眼，缓缓走开了。它一直看着这个身影离开，直到消失在远处的草地上，才缓过一口气。

出现的是牧羊犬乌和尔。

乌和尔既嗅出了它的气味，也嗅出了它身上混合着额木格和乌妮的气息，还有整个家庭的气息，所以才离开了。否则，该上演一场血腥屠杀了。

牧羊犬乌和尔远去了，蒙古包四周静极了，为一对重逢的扬格登创造了机会。

雌扬格登走出蒙古包的那一刻，雄扬格登也落地了。雌扬格登抢先一步，向伙伴飞去。脚杆一阵酸痛，它无奈地收起双翅，走了过去。

两只扬格登面对面站着，喙与喙频频接触到一起，一阵忙乱后，它们就这样面对面站在一起，静静地注视着对方。尽管它们分开只有三天的时间，可它们已经感到时间的漫长，以及对彼此深深的思念。在远离对方的日子里，彼此在心里总是一遍又一遍想象着相见那一刻想要说的话。因分开的时间太长，需要说的话太多，相逢的机会到来时，却又无话可说了。或者说，意外来得太突然了，它们来不及捋一捋纷乱的思绪，更担心相聚的机会说消失就消失，从今以后，天各一方。顷刻间，想一股脑儿地把对彼此的思念全说出来，可万万没有想到，当时间完全交给了它们，即使有着水泡一样多的话，有着充裕的时间，也因情绪激动、心情紧张，一时不知

108

说什么好了，只有久久相望。

额木格出现了。

雄扬格登不安了，看了一眼伙伴，飞走了。它似乎从伙伴平静的表情中意识到了什么，有心落下来，可又担心那个缓慢的身影。最终，它不是离伙伴更近了，而是更远了，可又不忍心就这样离去，盘旋多时不肯走。

雌扬格登有意做给它看，迎着额木格走去。额木格嘟囔了一句。雌扬格登听懂了，紧跟着额木格走进蒙古包。走进蒙古包的那一刻，雌扬格登向天上看了一眼，发出一声意味深长的鸣叫。

这一声鸣叫是那么清脆，那么缠绵。

以后的日子里，雄杨格登成了这里的常客。甚至看到牧羊犬乌和尔，它也勇敢地落下来，搞得牧羊犬乌和尔长时间侧目而视。它勇敢极了，与乌和尔对视起来。最终，又以乌和尔远远地离开而结束。

一星期后，一对扬格登离开了蒙古包，回到了水泡中。

但不幸的是，木其后来又捡到一只野鸭。野鸭的头插在淤泥里，呈现出一种难看的姿势。野鸭的颈部被夹断了，一对凸起的乌黑发亮的眼珠里透着恐惧与绝望。

# 16. 游客

　　一辆越野车驶进淖尔，从车上下来七八个人，有男有女。女游客看到眼前的美景，一阵尖叫，兴奋地跑到水泡边，摆出各种姿势让同伴拍照。男游客挥动着胳膊，似乎要喊出一些诗意的话。可惜，大脑里原本就一片空白，憋了半天，才喊出一些苍白无力的诸如"我来了"的话。随后，也摆出各种姿势让同伴拍照。

　　每年夏季，来自草地外的游客多如牛毛。草地人敞开胸怀，热情、大方地接待客人。草地上随处可见的旅游点就是一个很好的证明。游客已经不满足于只看旅游点的草原了，专找没有人涉足，保持原始生态环境的草地。

　　游客见到草地的那一刻，表现出浓厚的兴趣与兴奋，似乎超越了草地人对草地的热爱。但这种激情至多能保持大半天，随后，他们的激情将被灼热的阳光，强烈的高原紫外线，还有那寂寞单调的生活慢慢稀释。游客饱饱眼福，匆匆体验一番，随后就离开了，他们注定不可能像草地人一般从心里深深喜爱草地。

　　游客的到来引起了嘎拉德的注意。嘎拉德羡慕地看着游客，干净整洁的服饰，娇好的面容……还有那台价值不菲的越野车，几乎晃晕了他的双眼。瞬间，他产生了一个大胆的想法。

　　嘎拉德不愧是草地人，热情好客，向游客娓娓讲述"淖尔"的含意、由来，以及现在的生态环境。嘎拉德把草地景色与草地的传奇故事、历史文化融合到一起。

　　游客大开眼界，草地不单单有美景，还有着浓郁的文化特色。

　　游客原本只想拍一些照就准备离开的，但嘎拉德的一番讲述把他们要回去的想法暂时往后推了推。

　　嘎拉德也没有想到，他临时杜撰的故事竟然令游客深信不疑。他

的计划向成功迈出了重要的一步。接下来，他要充分利用自身优势，把游客牢牢地吸引住，至于以后要做什么，暂时还没有想出来。不过，把游客留住是迫在眉睫的任务。

"你是导游吗？"一个女游客问道，"我们可不给导游费。"

"不不不……"嘎拉德连连摆手，"那样的话，太见外了，有损我们草地人的形象。"

游客开心地笑了。

"我不是导游，只是喜欢本民族的文化，掌握了很多知识……今天，终于有幸为你们服务了。"

嘎拉德语言得体，表情自然，导游也不过如此。

嘎拉德大脑飞速地转着，想什么办法把游客留下来呢？他眼睛一亮，话题突然一转："我们这里有天鹅……"

"真的？"几个女游客异口同声地打断嘎拉德的话。大概是小时候的梦想吧，当嘎拉德说出"天鹅"两个字时，女游客一脸惊喜，眼睛里竟然含着泪水。是的，天鹅优美的身姿、高雅的动作，还有对爱情生死不渝的品质，注定被人们向往。

女游客再次匆匆打断嘎拉德的话，让他马上带她们去看天鹅，如果可能的话，她们要与天鹅合影留念。这不仅仅可以作为她们在同伴面前炫耀的资本，也实现了她们多年的夙愿。她们没有想到，这只不过是嘎拉德抛出的一个小小诱饵，她们就稀里糊涂地上当了。

嘎拉德极好的口才终于派上了用场，滔滔不绝地讲起天鹅，从天鹅的习性、特点……到天鹅的故事，无一遗漏。不到半个小时，嘎拉德就有了粉丝，而且是清一色的女粉丝。女游客围在嘎拉德身边，聚精会神，侧耳倾听，很怕漏掉一句话。

"现在能看到天鹅吗？"女游客终于问到实质性内容。

嘎拉德一脸无奈加惋惜的表情，告诉女游客，如果清晨来这里，不仅能看到天鹅，而且还能近距离地与天鹅接触，那一身雪白的羽毛，优美的身姿……尽在眼前，甚至能看清天鹅的眼睛，那一对小巧玲珑的眼睛顾盼生情，光彩照人……嘎拉德一边讲述，一边暗中观察游客的反应。游客一脸神往，尤其是女游客一脸痴迷的表情说明他的煽情讲解已经有了效果。他决定再吊一吊游客的胃口，把他们牢牢掌握在手中。

"如果你们想得到一只天鹅也不是没有可能！"嘎拉德意味深长地看了女游客一眼。

"真的？"女游客表现出孩子般的天真。

嘎拉德的讲述把每个游客的欲望都吊了起来，接下来，他就耐心等待好戏上演了。

女游客抬头引颈向水泡里眺望。

"天鹅！快看！"一个女游客惊叫起来，"那里有天鹅。"

游客纷纷举起相机拍照，拿出望远镜观看。

果然，某处水面上浮着一只大鸟。

"这段时间，天鹅不会出现的，它们深藏在芦苇中。"嘎拉德半真半假，"那是大雁。"

"大雁？！"

在游客眼里，大雁应该与天鹅是同一物种。嘎拉德的纠正不但没有令游客扫兴，反倒令他们的兴趣有增无减，频频拍照、观望。

"对！大雁。"嘎拉德及时扫盲，"就是秋天，从你们城市上空飞过的候鸟。"

"它们怎么能从城市上空飞过呢？"

"我可从来没有看到过。"

……

女游客叽叽喳喳地议论着。

"大雁是大雁，天鹅是天鹅，它们都属于雁形目鸭科……"嘎拉德适时说道。

女游客误把大雁当成天鹅，确实有些扫兴。不过，听了嘎拉德的讲解，仿佛身边就站着一只天鹅，羡慕的眼神、表情无一不都给了嘎拉德。嘎拉德终究是嘎拉德，不能完全代替天鹅。临到后来，女游客有些失望。

"我们这里还有野鸭。"嘎拉德再次抛出诱饵，"快看，那几只就是。"

附近水面上果然浮着野鸭，甚至能看清野鸭羽毛的颜色。

女游客再次惊呼。

女游客表现出浓厚兴趣的同时，男游客却一副心不在焉的样子。

嘎拉德心里一阵好笑，目标转移到男游客身上。

"最美的季节应该是秋季。到了秋季，植被五颜六色，草地就像一个大花园。那时候，阳光很温暖，但决不像眼下这么烤人。被阳光一照，浑身舒舒服服，就像被人按摩了似的。"嘎拉德冲男游客诡秘地眨眨眼，接着说道，"秋天，能看到黄羊、狍子。中午，草地安静极了，黄羊、狍子来到水泡喝水，轻易就能看到它们……"

"有狐狸吗？"女游客似乎更喜欢狐狸。

"确切地说是狐，而不是狸。"嘎拉德语气一转，"当然能看到了。秋天，狐不仅多，而且特大胆，经常从附近跑过，我们甚至能看清它们漂亮的被毛。有的狐有一身火一样的被毛，那是草地上不多见的'火狐'，被毛像火一样红。狐皮非常值钱……对了……"嘎拉德猛地转过身，目光落到女游客身上，"如果你们再有一件狐皮大衣，绝对雍容华贵！"

简直令人难以置信。嘎拉德常年生活在草地上，却说出如此文绉绉的话，不得不令人刮目相看。真不知应归功于电视的传播功能，还是他鬼迷心窍，一心挽留游客创造出来的奇迹。

女游客被嘎拉德恭维得仿佛身上穿了件最漂亮的狐皮大衣，在众人艳羡的目光中款款走来。

"果真能看到黄羊吗？"一个戴眼镜的男游客问道。

"你不仅能看到黄羊，还可以拥有黄羊。"嘎拉德欲擒故纵地说道。男游客一脸若有所思，嘎拉德继续攻心，一边掰手指头，一边细数，"还有狍子、狐、獾……"

来到淖尔，不，应该说是遇到嘎拉德，游客不虚此行。游客谢过嘎拉德，要走了。

嘎拉德一点儿不着急，通过大半天的交谈，他已经深深地掌握了游客的心理，下面就看他如何动真格的了。

"来到这么美的地方，应该给亲朋好友带些礼品。"嘎拉德不动声色地说。

"对呀，怎么把这么重要的事情忘了呢？"

"能有什么呢？"

"我们这里有纯天然绿色的奶制品。"嘎拉德手指着远处，"我们的牛群吃的是最好的牧草，当然产出的牛奶也是最好的，绝对的绿色食品。有位诗人来草原采风，曾说过富有诗意的一句话：大草地牛群吃的是最好的牧草，拉出的是六味地黄丸……"

嘎拉德不愧聪明，竟然想出了一位诗人，竟然胡诌出一句蹩脚

的诗。

"走，去我们的蒙古包看看！"嘎拉德大手一挥，向蒙古包走去。

游客紧紧跟在嘎拉德身后。

嘎拉德大方豪爽，热情好客，把游客请进蒙古包，吩咐妻子煮奶茶。嘎拉德马不停蹄，开始向游客介绍蒙古包的由来和制作过程。其间，妻子默默地送来了奶茶。嘎拉德给每人倒了一碗奶茶，一边劝游客品尝奶茶，一边介绍奶茶。

蒙古包也看了，奶茶也喝了，游客要看礼品了。

嘎拉德仍不慌不忙，让游客品尝奶豆腐，然后口若悬河地讲了起来："这是纯天然绿色食品，从源头到成品没有任何添加成分。纯手工制作，制作过程中，绝没有污染……"有游客问奶豆腐的价格时，嘎拉德心里一时没有底了，他想到游客要买礼品，却没有想到他们这么快就表现出来了。嘎拉德很犹豫地伸出两根手指。

"二十！"女游客惊呼道，"我多要几块。"

嘎拉德心里仿佛流血般疼痛，觉得赚少了，白花花的钞票眼睁睁地从眼前流走了。不过，他心里很快有底了，又让游客品尝奶皮子。这次，他没有再犹豫，而是很痛快地跷起大拇指和小拇指。

"这么贵？"这次轮到男游客吃惊了。

"煮熟的牛奶，上面漂着一层油质、黏稠状的东西，那就是奶皮子。"嘎拉德不慌不忙，"牛奶中的营养全在这上面了。三块奶豆腐，不，四块奶豆腐的营养也抵不上一张奶皮子。"

嘎拉德这样一说，游客也不嫌奶皮子贵了。果然，嘎拉德的一番热情没有白费，每个游客都买了很多奶制品。嘎拉德的妻子为难了，家里没有那么多的奶制品。嘎拉德一个劲儿地冲她使眼色，妻子很快明白他的意思了，去附近的蒙古包借一些奶制品。妻子有些不情愿，嘎拉德一把把妻子拉到角落里，恶狠狠地说道："难道你就眼睁睁地看着白花花的钞票流走吗？"嘎拉德说这话时，一脸掩饰不住的惊喜。

嘎拉德的欲望刚刚开始。

"明天，我们不仅能看到美丽的天鹅的身姿。"嘎拉德手指着附近的水泡，对女游客认真地说道。随后，又转向男游客："还能品尝到野味。"

"真有野味吗？"眼镜男急切地问道。

"就看你们有没有胃口了。"嘎拉德挑衅地看了一眼眼镜男，继续抛诱饵，"你们还可以免费住蒙古包，免费品尝奶茶……很多人可没有这个福气啊！"

游客被嘎拉德深情地挽留了下来。

# 17. 越来越多的游客

先后又有几拨游客来到淖尔。

嘎拉德巧舌如簧，按部就班，稳扎稳打，步步为营，最终把计划付诸实施，不仅推销了奶制品，而且深情挽留下游客，住蒙古包，品尝奶茶，看天鹅……当然，最后，这些可不是免费的。

妻子告诉嘎拉德，家里早就没有奶制品了，原来欠的奶制品还没有还上呢！嘎拉德大手一挥，所有的问题都由他来解决，他保证草地人乖乖地把奶制品送过来，而且还将对他千恩万谢。果然，嘎拉德出去一趟，就有牧户乖乖地把奶制品送到嘎拉德的蒙古包。牧户一脸感激加羡慕，他们正为吃不掉的奶制品犯愁时，嘎拉德出现了。嘎拉德绝对豪爽，竟然买下了所有的奶制品。这不是雪中送炭是什么？牧民一而再，再而三地对嘎拉德表示感谢。

嘎拉德意气风发地挥起大手，一阵慷慨陈词，最后说道："有钱大家赚！"

再也没有比这句话更具有诱惑力了！

妻子或许早已习惯了嘎拉德的表演，或许猜透了他的心理，转身悄悄走开了。仅卖奶制品这一项，嘎拉德就赚取了惊人的差价。妻子隐隐感到不安，随着众多牧户找到嘎拉德，她心中的不安越来越强烈，

夜里总是被噩梦惊醒。但她知道，自己无法劝阻嘎拉德，嘎拉德就像一匹脱缰的野马，只要有人阻挡他奔跑，将立刻被他踢得粉身碎骨。她只能通过繁重的劳动把不安与愧疚深深地压在心底。

妻子变得比往日更忙碌了，甚至连歇脚的工夫都没有了。即使这样，嘎拉德仍冲她大声吆喝着。现在，嘎拉德说话的声音越来越响亮，恨不得让整个淖尔的牧户都能听到。每当听到嘎拉德高分贝的嗓门时，无论是野外放牧的男人，还是守在蒙古包做奶制品的女人，总是停下来，羡慕地看着嘎拉德的蒙古包。很多时候，嘎拉德的蒙古包附近停着多辆令草地人一辈子都不敢梦想的轿车。他们多么希望嘎拉德忙不过来的时候，把游客分给他们一些，哪怕是把他们叫过去，帮着忙活一阵，也不失一种资本，一种炫耀。

来草地的游客越来越多，都是冲着嘎拉德来的。

游客来到淖尔，纷纷打听谁是嘎拉德。当他们看到高大魁梧、头发自然卷曲、仪表堂堂的嘎拉德时，如同老朋友似的，紧紧拥抱嘎拉德道，嘴里说着一些诸如"麻烦你了"、"多多照顾"一类的话。嘎拉德也被搞得晕头转向，他与游客素不相识，对方怎么就认识他呢？而且如此热情？嘎拉德一愣神的工夫，游客似乎看出来了，他们拍着胸脯保证，只要嘎拉德服务好，他们一分钱都不会少。嘎拉德恍然大悟，管他认识还是不认识，赚到大把的钞票才是主要的。

嘎拉德一边忙得脚打后脑勺，一边暗暗思忖：上天格外照顾他。他的转场虽然失败了，在与德班争夺权力、地位中也输得一塌糊涂，甚至遭到很多人的冷嘲热讽，但他终于坚强地挺了过来。他的顽强与坚韧感动了上天，上天给他送来了一批又一批的游客，让他重新振作起来。同时，他要证明给草地人看，证明给德班看，他有能力带领着大家寻找到最美的草地，转场理应由他主持，他理应受到草地人的尊敬与爱戴……想到这里，嘎拉德心情愉悦，面带笑容，脚下生风，仿佛一夜间年轻了十多岁。

嘎拉德终于弄清楚这些游客为什么奔他而来。原来是先前几拨游客的功劳，他们在朋友圈里发了微信，夸赞草地环境好，主人嘎拉德热情好客，一传十，十传百……嘎拉德就名声在外了。

嘎拉德没有被甜言蜜语击倒，他看到了巨大的商机。这个机会稍纵即逝，他必须紧紧抓住这个机会。

嘎拉德说做就做，准备卖掉羊群。草地人全都惊呆了。夏季，牲畜膘情还不是最好，卖不到理想价格。还有，真正的草地人从来不在这个季节卖掉牲畜。让草地人更感到吃惊的是，嘎拉德要卖掉整支羊群。没有了羊群，他还是真正的草地人吗？这个消息把草地人吓了一跳。

草地人从来没有这么困惑过。

德班坐在毛毡上，低头不语，他早就听说嘎拉德要卖掉羊群的事了。嘎拉德与他争转场，与他争夺权威，他从心里高兴，毕竟嘎拉德还是一个草地人，毕竟嘎拉德心里想的是牲畜、草地，还有大家。但现在嘎拉德不是一个真正的草地人，游客的出现，让他远离了草地人，而且一旦失去了整支羊群，嘎拉德会离他们越来越远。现在，德班关心的不仅仅是嘎拉德卖掉羊群的事，还有从此以后，草地人很难再拥有一颗平常心，清贫的游牧生活将失去某种平衡。他们将以嘎拉德为榜样，追随其后。牧民向往、追求富裕、安逸的生活无可厚非，毕竟这是一个物质化的时代。可有一样，牧民追求的生活往往是以牺牲环境、牺牲草地生态平衡为代价。原本就脆弱的草地环境将遭受前所未有的破坏。草地上已濒临灭亡的野生动物也将随之消失。

德班惴惴不安，忧心忡忡。

嘎拉德很快卖掉了羊群，价格低得难以想象。

一夜之间，嘎拉德失去了一个草地牧民的身份。

在妻子的一再坚持下，嘎拉德才没有卖掉牛群。妻子似乎隐约感觉到了，嘎拉德迅速得到的财富将很快失去，这似乎是一个亘古不变的真理。果然，一个多月后的一次特大洪水卷走了嘎拉德的所有财产。一夜之间，迅速暴富的嘎拉德变成了穷光蛋。

　　草地人密切关注着嘎拉德，没有了羊群，他还能做些什么。在众人关注的目光中，嘎拉德借了朵兰的摩托车，从草地上消失了。众人呆呆地着一望无际的草地，虽然不明白嘎拉德去做什么，但他们坚信，嘎拉德是对的。只有嘎拉德才能做出这种事情，只有嘎拉德才有勇气卖掉羊群。嘎拉德人聪明，脑子活，只有他才能带领草地人迅速致富。

　　草地人对嘎拉德翘首以盼，更希望奇迹发生在他们身上。

　　两天后，嘎拉德回来了。他是坐着镜子的大货车回来的，货车上装满了物资。难以想象，一个月前，嘎拉德与镜子唇枪舌剑，水火不容，可仅仅过了一个月，两人情同手足，如胶似漆。

　　不到一天的工夫，嘎拉德的蒙古包附近建起了十几座蒙古包，又立起了一排明晃晃、令人头晕目眩的太阳能电池板。

　　到了夜晚，嘎拉德的蒙古包里灯火通明，传出阵阵欢声笑语。嘎拉德结束了草地深处没有电的历史，也结束了草地人日出而作、日落而息的传统生活方式，过上了现代化生活。嘎拉德马不停蹄，把草地上闲暇的人组织起来，让他们有了用武之地。

　　嘎拉德已不再满足于小打小闹接待游客，他扩大了接待游客的规模，还要表演节目，吸引更多的游客。

　　每天中午，来蒙古包吃饭的游客太多了，即使嘎拉德找来了帮手，

也忙不过来。他就动员巴特和巴特的伙伴来帮忙。巴特的伙伴听说嘎拉德有求于他们，爽快地同意了。草地孩子从小就懂得滴水之恩当涌泉相报的道理。他们感谢嘎拉德请他们看电视，从电视里了解了草地外的世界。现在，嘎拉德有困难了，他们理应帮助他。嘎拉德非常大方，伙伴忙完后，请他们吃手把肉，喝奶茶。

游客看到为他们服务的是孩子，有游客就指出嘎拉德使用童工。嘎拉德当然明白这个道理，爽声大笑："什么童工？这分明是为了接待你们，临时组建的草地'巴特团'（'巴特'在蒙古语里是'英雄'的意思）。我原本是不同意的，可孩子们强烈要求，要让每位游客都能切实感受到草地人热情好客的这一良好品质。从另一方面来说，孩子是出于感恩，是你们的到来，让他们开阔了视野，开阔了眼界，改善了生活……难道他们做一些力所能及的事情作以回报，你们能不给孩子这个机会吗？能残忍抹杀孩子的愿望吗？……"

嘎拉德富有激情的演讲，不仅消除了游客的担忧，还令游客深受感动。

到了晚上，嘎拉德为游客举办了篝火晚会。草地上燃起熊熊篝火。草地人围着篝火为游客唱草地歌，跳草地舞。嘎拉德在这方面舍得投入，只要游客高兴，就重重奖励有功的草地人。于是，草地人再难以保持羞涩与矜持，热情地邀请游客与他们一起唱歌，一起跳舞。游客再次深受感动，有种宾至如归的感觉。

直到夜深人静，篝火晚会仍如火如荼地进行着。

嘎拉德不再请孩子们看电视了，节省下来的电供游客上网、发微信，扩大影响，迎接更多的游客。

一天，嘎拉德接待了一位特殊的游客。这位游客之所以特殊，是因为他背着一个大大的行囊，他是徒步走来的。这位游客说，他是来草地体验生活的。

嘎拉德疑惑地看着眼前这位大胡子游客，对他的话半信半疑。最近一段时间，嘎拉德听到了风言风语，有人在背后传他用野物招待客人。

嘎拉德有一项最严格的规定：不准任何人进入厨房。每天进入厨房的只有他和几个心腹，不管多忙，都不容许其他人进入厨房，包括他的妻子和巴特。

嘎拉德怀疑大胡子极有可能是身兼特殊任务的游客，潜伏进旅游点，查出事情真相。嘎拉德心里一沉，可又不敢拒绝大胡子，只好派人暗中监视大胡子。

果然，大胡子与别的游客不一样。别的游客顶多在这里住上一两天，就离开了。这里的环境虽好，但并不是游客向往的生活，他们往往住个一宿半日就差不多打道回府了。大胡子就不一样了，一时半会儿没有走的意思。更重要的是大胡子常常早出晚归，回来一身疲惫，其间不知去了哪里，做了些什么。嘎拉德隐隐感到不安，派人跟踪大胡子。

清晨起来，大胡子吃完早饭，背上相机，出发了。大胡子这儿走走，那儿看看，遇到感兴趣的景物就举起相机，一番"咔嚓咔嚓"狂拍。大胡子拍完照，收起相机，漫无目的地走下去。远处有一处蒙古包吸引了大胡子，他向蒙古包走去。直到黄昏临近，大胡子才走出蒙古包。

嘎拉德听说大胡子进入了德班的蒙古包，顿时有种不好的预感，决定亲自试探大胡子。

今天，大胡子一反常态，早早起来，直奔水泡而去。嘎拉德心里一动，悄悄跟了上去。

清晨，一缕阳光洒在水泡上。水泡上跳动着金光。空气中一丝风也没有。芦苇静静地站立在水中。不一会儿，一对天鹅缓缓游出芦苇丛。它们身后跟着三只小天鹅。天鹅高擎着小巧玲珑的头，挺举着修长优美的脖颈，发出婉转动听的鸣叫。如果不是那频频闪动的金光，会让人有种错觉，还以为水面上矗立着一对天鹅的精美雕塑。小天鹅无论是动作，还是身姿，都是天鹅夫妇的缩小版。

大胡子神情专注地注视着近在咫尺的天鹅群，仿佛怕惊动了天鹅

群，虽然举起了相机，却迟迟没有摁下快门。他若有所思的样子，似乎是被天鹅高贵优美的身姿折服了，又好像是在思索着什么。

雌天鹅发现了大胡子，缓缓离去。

大胡子如梦方醒，一阵狂拍。

大胡子的一举一动，嘎拉德全看在眼里：大胡子喜欢天鹅。嘎拉德心里有底了，决定进一步试探大胡子。

"这是好东西！"嘎拉德一边说，一边观察大胡子的反应。

对于突然冒出来的嘎拉德，大胡子一点儿不感到惊讶，似乎早就知道嘎拉德一路跟踪他。

嘎拉德见大胡子没有反应，追问了一句："喜欢吗？"

"太美了！"大胡子答非所问，"它们应该属于草地，属于大自然。"

嘎拉德一时摸不着头脑，好像在哪儿听过这话，在哪儿呢？他恍然大悟，德班曾说过这样的话。嘎拉德怪怪地看了一眼大胡子，故意说道："得到它们可不容易！别的不说，如何把它们带回去就是一件很麻烦的事。弄不好，还没有走出草地，就被森林公安人员发现了。"

嘎拉德说完，不动声色地观察着大胡子。接下来，他以为大胡子会向他打听，如何才能把天鹅带出草地，如何不被发现。哪知道，大胡子古怪地看了嘎拉德一眼，仿佛嘎拉德就是某个告密者。

大胡子不再理睬嘎拉德，目光久久地落在水泡上，看他的表情，

不像只关注天鹅，而是关注很多的东西，水泡、土丘、草地……还有那些跑来跑去，从眼前一闪而过的动物。

嘎拉德方寸大乱，一时摸不清大胡子的真实想法，更不知道大胡子的真正身份。嘎拉德略一沉思，顾不了那么多了，决定单刀直入："天鹅是大补……"

大胡子猛地站起身，那一刻，嘎拉德分明看到大胡子鄙夷的神情。

大胡子仍没有离开旅游点的意思，嘎拉德又不能驱离大胡子，这有悖于他的初衷，这成了他的一块心病。嘎拉德还从来没有因为一个游客迟迟不离开而心烦意乱过。

# 18. 大胡子

夕阳洒在土丘上，高高的土丘投下巨大的暗影。附近的水泡波光潋滟，层次分明的光影把大草甸打扮得异常绚丽。

德班坐在蒙古包前，注视着土丘下的旅游点，那里人影幢幢，喧闹不止。

黄昏是草地人最清闲的时候，牧群晚归，就连忙碌了一天的牧羊犬也变得懒散了，舒展开身子，大头枕在前肢上，安然入睡。草地人坐在毛毡上，面前放上一碗奶茶。随着袅袅热气散去，奶茶的醇香弥漫开来。喝一口奶茶，唇齿间立刻有股特殊的味道，带走了一天的疲劳与倦怠。晚饭后，有人拉起心爱的马头琴，悠扬的琴声传到草地间，牛羊伫立不动，一脸神往，沉浸在无限回味中。远处草丛间，隐藏着一个个机灵的身影，那是趁着夜色临近，出来觅食的小动物。它们第一次听到琴声，目光里闪过不安与惊慌，做好了随时逃遁的准备。时间一长，优美的琴声抚去了小动物目光中的恐慌，只剩下单纯的好奇。渐渐地，它们大胆地接近蒙古包，看一看到底是谁奏出了如此美妙的音乐，让它们忘掉了觅食，忘掉了恐惧……但现在，草地人很难再拥有一份恬淡、舒适的生活，难以再拥有一颗平常心。草地人的生活已被嘎拉德彻底搅乱了，不，应该说是被人的欲望搅乱了。草地人向往美好、幸福的生活无可厚非，但不能以牺牲环境为代价。

草地是草地人赖以生存的环境。

德班目睹了草地环境急剧恶化给草地人带来的灾难，昔日水草丰美的草地一去不复返，草地上众多的野生动物不见了踪迹。随之而来的是持续的干旱，频繁的沙尘暴，吞噬草地的流沙，严重沙化的草地……这一切预示着一个浅显明了的道理，过度地破坏环境，就会受到大自然的惩罚。草地人已受到了惩罚，可又有多少人反省呢？

牧羊犬乌和尔趴在德班身边，大头枕着前肢，睡着了。它似乎感受到德班心事重重，偶尔睁开一只眼，看一眼德班。时间久了，它会像德班一样表情凝重，眉头紧锁。不知什么时候，烟嘴里的烟叶已燃尽，只留下一小撮烟灰。德班好像睡着了，没有任何反应。乌和尔腾地站起，走到德班面前，用大头蹭他的身子。

德班收回纷乱的思绪，轻轻抽了一下烟嘴，没有品尝到烟叶的醇香，他瞥了一眼烟嘴，随后在毡靴上磕掉烟灰，重新装了烟叶点燃，猛地吸了一口。顿时，肺就像被什么扎了一下，隐隐作痛，德班发出一阵沉重的咳嗽声。

牧羊犬乌和尔猛地睁大眼睛，以为发生了什么不测，很快，目光中的明亮消失了。它无法消除德班的咳嗽，就像无法消除德班的忧郁一样，更无法助德班一臂之力。它有些内疚，不看德班，欲转身离去，可它又回来了，这个时候，它怎么能离开德班呢？它懊恼地吼了一声，那是对自己的批评与谴责，随后老老实实半卧下来，一动不动注视着德班。

德班心中有着无限的忧虑，牧羊犬乌和尔也被感染了。乌和尔难以再保持一动不动的半卧身姿，站起来，驻足望着远处。远处暮色苍茫，如水的夜色笼罩了大地。它收回目光，望望亮如白昼的旅游点。它似乎知道德班为何忧虑了，一定是那里传来的巨响惊动了德班，打

扰了德班。它冲着旅游点方向发出一排吼声，可在它听来，仍显得那么空洞，既无法制止旅游点里乱哄哄的场面，也无法消除德班心中的忧虑。

它唯一能做的就是给德班创造出一个更适合思考的环境。

德班的思绪又回到旅游点上，大量游客拥入淖尔，首先遭到破坏的是水源。草地上的泉水就像经过周密计算似的，每天喷涌出多少泉水供人和牲畜饮用，既不至于浪费，又能滋润草地。只有精打细算，泉水才能终年喷涌不止，流淌不息。可突然涌现出大量的游客，耗费了大量水源。游客又没有节约用水的习惯。附近喷涌了几百年的泉眼已近乎枯竭。人和牲畜很难再喝到甘甜、清凉的泉水。

嘎拉德并没有意识到这一问题的严重性。他每天关心的是运回来多少泉水，能否满足游客的需求。终于有一天，附近的泉眼枯竭了。嘎拉德派出两个人，专门负责寻找泉眼，运回游客急需的水。

大量游客拥入淖尔带来的第二个问题是环境污染。每天，旅游点产生大量生活垃圾，而且都是露天堆放。水泡上漂浮着的大量的生活垃圾，罪魁祸首就是这些露天堆放的垃圾。垃圾腐败，不仅会产生异味影响了空气质量，最终也会影响地下水源，而嘎拉德根本无暇顾及。

一个更大的啮噬之痛啃噬着德班的心。嘎拉德用野物招待游客的消息不胫而走，已成了不争的事实。德班要制止嘎拉德，以他对嘎拉德的了解，如果不是当场揭穿嘎拉德的行为，仅凭道听途说，嘎拉德是不会承认的！

野生动物越来越少！没有野生动物的草地就不是真正的草地了！

德班长叹一声。之前，草地人也猎杀野生动物，那是因为那个时候野生动物太多了，威胁到人的正常生活和生命。而且草地人遵循着春季不猎杀野物，更不猎杀雌性野物的原则，那是给它们繁衍生息，生命得以延续的机会。夏季也不猎杀野物，野物像牛羊一样需要成长，像人一样需要照顾幼崽，一旦猎杀了成年野物，就是虐杀幼崽，就是对野物赶尽杀绝。现在呢？草地人已忘掉了这一切，只是一味地满足

个人极度膨胀的欲望，忽视了对生命的敬重。

不知什么时候，烟嘴里的烟叶又燃尽了。

这时，传来轻微的脚步声。

牧羊犬乌和尔听到脚步声，只是微微睁开了双眼。

出现的是木其。

"额不格……"木其轻轻地打了声招呼。

木其关注德班很长时间了，知道他为什么变得如此严肃、忧郁。嘎拉德用野物招待游客的事不仅深深伤害了德班，还让他的儿子——巴特左右为难。

巴特性格开朗、活泼，心里存不住话。最近一段时间，巴特的话突然少了。巴特每天遇到那么多的游客，知道的事情理应最多，也最有资本在伙伴面前炫耀，可随着游客越来越多，他的话却越来越少了。仿佛一夜之间巴特长大了，有了心事。

一天，木其关心地问巴特发生了什么，巴特闪烁其词，吞吞吐吐。巴特的表情在告诉木其，他确实有难言之隐，只是出于某种原因，他没有勇气说出来，但他内心又十分愧疚。巴特矛盾极了，既有愧于伙伴，

又没有胆量讲出来。到底是什么事困扰着巴特？让原本开朗的少年变得郁郁寡欢。难道真的像众人传说的那样吗？嘎拉德用野物招待游客。

木其决定查清事情的真相。

天空灰蒙蒙的。木其蹑手蹑脚地走出了蒙古包，匆匆向水泡走去。

木其自以为做得很隐蔽，却没有想到惊动了牧羊犬乌和尔。乌和尔抬起头，警惕地注视着木其，在它的印象里，木其从来没有起得这么早。接下来，木其一副小心谨慎的样子不得不让它提高了警惕。它回头看看静悄悄的蒙古包，又望望远去的木其，似乎猜到了什么，悄悄跟了上去。它不想让木其发现，只是远远地跟着。

木其路过旅游点，特意停了下来。篝火晚会一直到午夜才散，此时，无论游客，还是旅游点里的工作人员，都沉浸在梦乡中。他的行动是不是多此一举？木其犹豫了半天，才向水泡走去。

木其的一举一动，牧羊犬乌和尔都看在眼里。木其长时间站在旅游点附近不肯离去，给乌和尔留下了深刻的印象。它一脸若有所思的表情：今天发生在木其身上的事与旅游点有关。不仅仅是今天，从今往后，木其身上发生的每一件事都多多少少牵扯到旅游点。它以少有的严肃态度打量着夜色中的旅游点，它表情狰狞古怪，目光凶狠凌厉，嘴角抽动，露出两排雪白锋利的獠牙……乌和尔向某个想象中的人发完雄威之后，快步跟上了木其。

木其打量着水泡。东边的天空露出微弱的金光，那原本是一片耀眼夺目的金光，却被大片浓厚的乌云遮挡了。金光与乌云搏击着，渐渐地，乌云悄悄隐退，金光洒向草地。

水泡静悄悄的，芦苇站立在水中。

这是一天中水泡最安静的时刻，随后将被各种水鸟的叫声和身影搅乱。空气中有风，风吹动芦苇，发出飒飒声响，其中又伴随着各种鸟鸣，听起来犹如天籁之音。但随着大量游客拥入淖尔后，这种天籁之音就很难再听到了，很多时候，水泡附近有着如织的身影，还有终日不熄的喧闹声。再难以看到各种水鸟盘旋水泡上空的掠影，更难看

到它们安详地在水面上游弋的身姿了。

此时，水泡难得寂静。

"扑棱棱"，远处芦苇中传来惊人的响声。一群水鸟冲天而起，打破了清晨的宁静。

木其一愣，突然而至的险情惊动了憩息的水鸟。出现的又是谁呢？到底发生了什么样的险情？木其的心怦怦直跳，既紧张，又好奇，决定去看看。

木其冒着被水下枯枝和利石划伤的危险，向芦苇中走去。他脚下尽量加倍小心，不至于搅动水面，发出声音而惊动它们。

牧羊犬乌和尔远远看到这一幕，一时不知所措，呆呆地望着水中远去的木其。

木其拨开眼前的芦苇，心差点儿从嗓子眼儿跳出来，因为他看到一个大活人。对方隐蔽得太好了，一身水衣与四周植被的颜色浑然天成。如果不是对方轻轻走动，很难被发现。木其看到对方的面孔时，暗暗吃惊，是大胡子。

木其认识大胡子。大胡子与德班长谈了整整一天，他们谈草地，谈草地上的动物。当德班谈到过去环境优美的草地，草地上生活着众多动物时，大胡子脸上掩饰不住笑容，像孩子一样开心大笑。当德班谈到眼下草地脆弱的环境，谈到草地人难以再有一颗寻常心时，大胡

子一脸忧心忡忡。那一刻，木其看出来了，大胡子是一个像爷爷一样关心草地、关心环境的人。

他还知道，大胡子是一位作家，每年夏季，都来到草地体验生活，收集创作素材。几年下来，他走遍了每一片草地。他所创作的作品大都反映草地生态环境，呼吁人们爱护草地，保护环境。

大胡子是一位有良知的作家。

不过，大胡子在清晨鬼鬼祟祟地出现在芦苇中，他的行为让人难以理解。

大胡子也发现了木其，他将手指放在嘴边，示意木其不要出声，随后，冲木其招招手。木其心里一阵紧张，可还是走了过去，大胡子向芦苇丛中走去，水很快没过他的腰，也到了木其的肩胛处。

大胡子拨开芦苇丛，木其眼前一亮，一只天鹅倒栽在水中。

铁夹夹断了天鹅的脖子，天鹅已没了呼吸。

木其怒视着大胡子，攥紧了拳头。

大胡子一看木其的表情，知道发生了什么。

"天快亮了，我得回去了。"大胡子指了指天鹅，"把它先拿回去，我们一起商量对策。"

大胡子不等木其回答，向旅游点走去。

大胡子听说嘎拉德用野物招待游客的事后，没有轻易相信。不过，那天嘎拉德亲自试探他，他才感到这是空穴来风。大胡子有心制止嘎拉德的行为，可人生地不熟，身单力薄，只能秘密行动，掌握证据，再想方设法惩治嘎拉德。

大胡子认出木其的那一刻，猛地想到了德班。德班是他最好的帮手。

蒙古包里的空气凝重极了，三人久久打量着死去的天鹅，谁也不说话。牧羊犬乌和尔明显感觉到紧张，一时不知该如何应对，只是用身子牢牢地占据着门处，只等着德班发出一声命令，哪怕是一个微不足道的手势，立刻扑向想象中的目标。

可惜，那个目标始终没有出现。

"只有嘎拉德才能做出伤天害理之事。"木其两腮通红，拳头挥向空中。

"证据！"大胡子一字一句地说，"只有掌握了充分的证据，才有说服力！"

木其为难了，天鹅已经死了，即使不死，它也不会张口说话。

德班指着铁夹："它就是很足的证据！"

木其豁然开朗，猛地想起那副夹伤扬格登的铁夹。两副铁夹一模一样，可以证明，这是同一个人所为。

蒙古包里的空气再次凝重起来。三个人沉默不语，他们明明知道是谁猎杀了野物，但因为缺少有力的证据而一筹莫展。

那一天，木其感觉过得很漫长。

大胡子遗憾地走了，不过，他在自己的微博里大声呼吁，倡导文明出游，不食野物，不给不法分子留下可乘之机。

感谢大胡子，感谢像大胡子那样保护草地，保护草地动物的那些人。

# 19. 木其

木其多次去过水泡，结果都空手而归。多次无功而返，促使木其改变方法，他将原本属于清晨的行动，转移到了黄昏后。木其的这一改变，还真与嘎拉德不期而遇了。

也正是木其突然改变时间，牧羊犬乌和尔没有及时跟上来。

嘎拉德走出芦苇丛的那一刻，正好与木其四目相对。嘎拉德匆匆回到芦苇丛中，他的这一举动引起了木其的注意。等嘎拉德转身回来时，木其已站在他背后了。

嘎拉德有意弥补刚才的失误，爽声大笑："木其，篝火晚会就差你了。"

最初，嘎拉德看到木其的那一刻，并没有往心里去，他不是怕木

130

其，只是不想把这件事弄得沸沸扬扬，这样做对他一点儿好处都没有。他忽然想起，已经很长时间没有见到木其、乌妮兄妹两人了。自从他开办旅游点以来，兄妹两人再也没有去过他的蒙古包。他有些遗憾，遗憾来自德班。整个淖尔，只有德班几家没有去过他的旅游点，仿佛他们早已与他划清了界线，不屑与他往来。嘎拉德小小的自尊心受到了极大的伤害，他要让所有的草地人都去他的旅游点看看，哪怕只去一次，就说明他的事业成功了，值得羡慕，他理应得到尊重。想到德班，嘎拉德头大了一圈，德班固执得像一条犟牛，处处与他作对。既然无法说服德班，那就从取得木其的信任开始吧。

"木其，巴特盼望着你早点去。"嘎拉德认真打量着木其，"带上乌妮，乌妮的歌声很好听……"

嘎拉德突然不说话了，发现木其的表情有些不对劲儿，一直窥探着他身后。木其表情少有的严肃，目光明亮，嘴唇紧紧咬在一起，嘴角倔强地向里凹。嘎拉德挡住木其的视线，一字一句地说："我与你说话呢？难道没有听见吗？"

嘎拉德的语气明显带着不悦。

现在，嘎拉德是淖尔举足轻重的人物，游客都是冲着他嘎拉德来的。附近的草地人哪个不羡慕他，哪个不恭维他。只要他一不高兴，就有人被赶出旅游点，失去重要的赚钱机会。嘎拉德万万没有想到，木其竟是如此蔑视他，他仿佛又看到了一个德班。嘎拉德气不打一处来，伸手推开木其。

嘎拉德失算了，就在他伸手时，木其抢先一步，绕过嘎拉德，直奔他身后。"哎……"嘎拉德想制止木其，但已经晚了。木其弯腰捡起淤泥里的一只天鹅和两只野鸭。

"这是你捕杀的！"木其怒视着嘎拉德。

嘎拉德胸中蹿出一股无名之火，不过，他很快冷静下来，现在，无论是他的身份，还是地位，都不许他与木其计较。还是那句话，这件事一旦纠缠起来，对他一点儿好处都没有，不仅有损他个人的形象，而且关于他嘎拉德用野物招待游客的传言也就成了不争的事实。他宁可让人在背后议论纷纷，戳他的脊梁骨，也不能让人当面揭穿。尤其是被不起眼的少年木其揭穿，别忘了，他可是德班的孙子。嘎拉德强压心头怒火，和颜悦色地看着木其。

"我怎么会捕杀野物呢？"嘎拉德两手一摊，露出一脸无辜的表情，"我痛恨这种行为都来不及呢！"

"这分明是你捕杀的！"木其盯着嘎拉德，"你却不敢承认！"

嘎拉德审视着木其，感觉木其比德班还固执，不，简直是顽固。嘎拉德忽然想起一件往事：有一次，木其和巴特玩游戏时发生了争执。嘎拉德一时兴起，想吓唬吓唬木其，其实是想让木其结束没完没了的争执。嘎拉德猛地抱起木其，抡了起来。抡了半天，他把木其放在地上。木其感觉天旋地转，摇来晃去。伙伴发出的嘲笑声彻底激怒了木其，他像一头发怒的豹子冲向嘎拉德。嘎拉德伸出大手，死死撑住木其。木其不说话，表情发狠，目光紧盯着嘎拉德。嘎拉德发出一阵冷笑，他倒要看看木其有何惊人之举。木其打不着嘎拉德，也踢不着嘎拉德，突然张开嘴，咬向嘎拉德。嘎拉德有些恼，狠狠地把木其摔在地上。木其翻身爬起，再次扑向嘎拉德。虽然嘎拉德高大魁梧，不可战胜，可木其没有畏惧，更没有退缩，他的目光凶狠而明亮，仿佛告诉嘎拉德，早晚有一天让嘎拉德倒在他身下。嘎拉德有种错觉，扑向他的不是木其，而是一只狼崽。木其身上有着狼一般不服输的精神。有句话形容得非常好，可以打败狼身，但打不败狼的精神。那一刻，嘎拉德切切实实感受到木其像狼一样死缠烂打。几年过去了，这一情景历历在目。嘎拉德的好斗之心被这一情景激活了，他要看看，几年过去了，木其的顽固是增加了，还是减弱了。

　　"哈哈哈……"嘎拉德放声大笑，"你说野物是我捕杀的就是我捕杀的？证据呢？"

　　木其没有想到嘎拉德这么无耻，明明是他捕杀了天鹅和野鸭，却不敢承认。他猛地想起大胡子的话，嘎拉德狡猾得很，轻易不会承认的！木其从身上拿出铁夹。

　　"这些铁夹一模一样，说明都是你一个人所为。"木其向水泡里扫了一眼，向芦苇丛中走去。

　　嘎拉德一惊，没有想到木其已经掌握了他的证据。更没有想到，木其是如此顽固，顽固起来比德班厉害十倍。芦苇里有他设下的多个铁夹，每天清晨，每副铁夹都将有所收获。今天，他之所以迫不及待地行动，一是闲来无事；二是游客越来越多，对野物的需求越来越大，野物供应跟不上了，有游客发了狠话，没有野物可吃，就不会再来草地了。

　　嘎拉德很快冷静下来，倒要看一看木其要干什么。

　　木其收获很大，几乎把嘎拉德设下的铁夹都清理了出来。木其一手举着铁夹，一手举着野物，示威一般站在嘎拉德面前。

　　"不错，这些都是我的！"嘎拉德瞥了一眼木其，"有关之前的传言，一点儿都不假，我确实用野物招待客人。"

　　木其鼻子很响地"哼"了一声，转身就走。

　　嘎拉德一时被弄得手足无措，他还以为木其会像其他人一样，趁机狮子口大开，狠狠敲一笔竹杠，如果那样，他会爽快地答应。即使木其没有此意，他也要好言好语相劝，威逼加利诱，只要木其不当着众人的面说破，什么都好办。再说，木其只是个孩子，绝不是他嘎拉德的对手。至于以后发生什么，只要他死不承认，仍是空穴来风。这种办法，他屡试不爽。

　　木其愤然离去，打乱了嘎拉德的全部计划。看样子，木其要把他的事情公布于众，不仅令他颜面扫地，而且他刚刚树立起来的威信也会立刻就会分崩离析。即使游客也会对他充满鄙夷，有一部分人听说他用野物吸引游客已颇有微词了。

嘎拉德紧跑几步，拦住木其："你想干什么？"

木其不屑地看了嘎拉德一眼。

嘎拉德仿佛看到了一张熟悉的面孔——德班，顿时怒从心头起，伸手夺下木其手里的野物。木其早就防着嘎拉德，嘎拉德扑空了。嘎拉德纵身跳起，向木其追去，一把抓住木其。

木其紧紧抱住野物，疯狂反击，张嘴就咬，抬腿就踢。嘎拉德反应慢了些，木其的靴子狠狠地踩在嘎拉德的脚上，一阵钻心的疼痛让他失去了理智，拳头雨点般地落在了木其身上。

木其没有畏惧，极力反抗。嘎拉德抬腿就是一脚，木其倒在地上。木其爬了起来，再次冲向嘎拉德，结果毫无悬念地倒在地上。木其用手狠狠抹去嘴角上的鲜血，再次扑向嘎拉德……嘎拉德暗暗吃惊，木其简直就是一块顽石。

嘎拉德彻底被激怒了，双手紧紧抓住木其的衣服，双臂用力，往上一提。木其立刻感到呼吸困难，浑身不舒服。木其伸出两手，用力掰开嘎拉德的双手。

"想与我作对？"嘎拉德大声吼道，"与我作对的人还没有出生呢！"

嘎拉德越说越生气，手上就没了轻重。木其双脚已离开地面，脸色微涨，嘴角发青，呼吸微弱。嘎拉德得意扬扬地看了木其一眼："这是与我斗的最好下场……"

嘎拉德的话还没有说完，就感到身后生起一团强风，他预感不好，转身躲避已经来不及了，硬邦邦、冰凉的东西扎入皮肤里。嘎拉德身子一哆嗦，松开了木其。

出现的是牧羊犬乌和尔。

乌和尔原本趴在德班身边。晚上，它一直没有看到木其，这段时间，木其应该陪伴着德班。它数次张望，都没有看到木其的踪影。它猛地抬起大头，隐约听到了木其的声音，木其出事了。它纵身跳起，以不可思议的速度向水泡这里跑来。它看到了不可思议的一幕，木其

像一片树叶一样被吊了起来，身子可怕地晃来晃去。它轻轻瞥了一眼嘎拉德，牙齿如一把利剑插了上去，因愤怒，少了吼叫。

嘎拉德认识牧羊犬乌和尔。从来没有一头牧羊犬敢这样对待他。的确，嘎拉德浑身散发着死亡的气息，即使最凶猛的牧羊犬看到他，都远远地绕开，顶多发出数声空洞的吼叫。因愤怒、紧张，嘎拉德竟没有感到疼痛。

嘎拉德身子一弯，双手在地上一划拉，这原本是典型吓唬狗的动作。可牧羊犬乌和尔不是一般的狗，它对主人绝对的忠诚，决不容许有任何人欺负主人。乌和尔纵身往前一扑，嘎拉德抬腿就是一脚。乌和尔没有躲，猛地甩出大头。嘎拉德大惊失色，弄不好，他的腿就有可能被锋利的獠牙切为两截。嘎拉德赶紧收腿，但动作慢了一拍，只听"刺啦"一声，嘎拉德的裤子被撕开了。

嘎拉德恼羞成怒，"唰"，从毡靴里抽出蒙古弯刀。蒙古弯刀闪着夺目的光晕直插乌和尔胸口。嘎拉德的动作太快了，乌和尔闪身已经来不及了，被锋利的刀刃划伤了身子，顿时，被毛翻卷，血流如注。

乌和尔跳到一旁，用舌头舔舐着伤口。

这时，嘎拉德才感到后背火烧火燎的疼痛。疼痛激活了嘎拉德身体里潜藏的好斗品质，他挥舞着蒙古弯刀，骂骂咧咧地冲向牧羊犬乌和尔。说来也怪，一旦战斗起来，嘎拉德就感觉不到砭骨之痛了。

乌和尔似乎畏惧了蒙古弯刀，左躲右闪。

嘎拉德势如破竹，感觉手里握的不是一把蒙古弯刀，而是有十把蒙古弯刀，他要把牧羊犬乌和尔身上的肌肉一块块削掉，最终把它变成一副阴森森的骨架。但事与愿违，他连乌和尔的毛都没有摸着，他又气又恼，连连诅咒着。

时间一长，嘎拉德步伐凌乱，挥动手臂无论是幅度，还是速度，都大不如之前。乌和尔看得一清二楚，它一个急转身，转到嘎拉德身后，纵身跳起，全身的力量集中到两个前爪上。两个前爪如流星大锤般狠狠地砸在嘎拉德脊背上。它似乎知道，嘎拉德必将殊死一搏，蒙古弯刀会直插它的心脏。它的两个前爪落到嘎拉德背上，迅速跳开。

果然，嘎拉德受到猛烈一击，反手就是一刀，可惜，这一刀落空了。嘎拉德踉跄几步，摔了个狗吃屎，蒙古弯刀险些脱手。

嘎拉德的诅咒声，牧羊犬乌和尔的怒吼声，惊动了旅游点里的人，人们纷纷围了过来。

众人看到了嘎拉德狼狈倒地的一幕。

嘎拉德翻身爬起，挥舞着蒙古弯刀，再次冲向乌和尔。嘎拉德速度之快，动作之迅猛，完全超出了众人的想象，众人感觉，他原本就是要把这场好戏演给众人看的。现在，众人已经来了，他的屠狗活动也就正式开始了，在最短的时间内，以最利落的手法结束一头大犬的性命。

嘎拉德手里的蒙古弯刀织出一片耀眼的金光，把乌和尔团团围住。

乌和尔张开血盆大嘴，发出排山倒海般的怒吼。因愤怒，面部已严重变形，甚至有些可怕。脖子、脊背上的被毛高高耸立。浑身染满了鲜血，在余晖的映照下，既恐惧，又威武。

乌和尔身上似乎有一股神奇的力量，竟然跳出不可思议的高度，

直逼嘎拉德的左肩。嘎拉德大吃一惊，分明感到迎面滚滚而来的热浪和夺人心魄的凶狠目光。嘎拉德稍稍迟疑了一下。乌和尔披荆斩棘，如一团飓风裹挟而来。

嘎拉德应声倒地，蒙古弯刀脱手而飞。他知道乌和尔不会善罢甘休，身子在挨地的那一刻，向前滑出惊人的距离，同时向围观的人发出急促而又毫无意义的单音节"刀"。

没有人明白嘎拉德的用意。

嘎拉德要翻身爬起，乌和尔不再给他机会，以泰山压顶之势砸了下来。嘎拉德吓得面如土色，浑身战栗，身上弥漫着一股异味——他吓得尿裤子了。他痛苦地闭上了眼睛。

"乌！"人群外传来一声威严的喝令。

牧羊犬乌和尔猛地收住身子，张着大嘴，奋拉着猩红的舌头，严阵以待嘎拉德向它发起攻击。

# 20. 厮杀

德班及时制止了牧羊犬乌和尔。

嘎拉德狼狈地爬起，直到德班站在他面前多时，他还没有缓过神来，恍如梦境里。

德班什么都明白了，目光久久落在天鹅和野鸭身上。它们好像怔怔地看着德班，目光不再是明亮与好奇，而是充满了惊恐与绝望，而那微微开启的喙仿佛正向德班述说着不幸与遭遇。德班是料到了这一切，可当他亲眼看见时，还是感到震惊。

德班怜爱地注视着木其，木其衣服凌乱，脸上有伤痕和瘀青。几天来，木其像他一样忧虑，这让他欣喜的同时，又有着深深的愧疚，他不应该让木其过早地接触这些，无论是他的年龄，还是经验，都显得稚嫩，最后反而受到伤害。可他又深知木其的性格，木其像自己一样，认准的事情，十头大牛都拉不回来。木其受到伤害是小事，他最担心的是怕木其小小的心灵无法原谅嘎拉德鲁莽的行为，最终在木其心里植下复仇的种子。那样的话，就与他的愿望相背而驰了。

德班又打量了一眼牧羊犬乌和尔，它总是适时地保护着主人。它因自己一时的疏忽，让木其受到了伤害，才变得不可理喻。如果不是他及时制止乌和尔，乌和尔极有可能把嘎拉德开膛破肚了。德班打了一个激灵，差点出人命。这又怨谁呢？德班长叹一声，走上前，搀扶起嘎拉德。

嘎拉德颜面扫地，正无处发泄怒火呢，他粗鲁地打掉德班的手。

牧羊犬乌和尔喉咙里发出低沉、有力的怒吼。嘎拉德惊恐不安极了。乌和尔站在那里没有动，它知道，德班不容许它胡来。即使这样，它一直抬起大头，怒视着嘎拉德。

"嘎拉德，"德班指了指天鹅和野鸭，"下不为例！"

嘎拉德本以为德班能安慰他几句，毕竟这件事因木其而起，乌和尔又使他威风扫地。如果德班通情达理，他也就既往不咎，彼此心照不宣，这件事也就不了了之了。这样，他还可以继续秘密地捕杀野物，尽管大家心知肚明，可他脸上还有一块遮羞布，还可以堂而皇之地在人前吆五喝六。嘎拉德想到了很多，但就没有想到德班当着众人的面儿，尤其是当着游客的面揭穿他的嘴脸。他与德班暗中较量了多次，应该了解德班的性格。每当发生矛盾时，嘎拉德都往好的方面想，而事实却恰恰相反，常常事与愿违。他恼羞成怒，临发火之前，还是畏惧地看了乌和尔一眼。乌和尔像一尊雕塑一动不动地站在那里，两眼如炬，不离他左右，他心里发怵了。

"我只不过是偶尔弄一次，满足游客的胃口。"嘎拉德死死盯着德班。

德班长时间低头不语，一个人不怕犯错误，可怕的是犯了错误，还认识不到，没有悔改之意。更何况嘎拉德的行为已不是犯错误，而是触犯了法律底线。

嘎拉德见德班不说话，以为占据了主动权，信誓旦旦："我没有从

138

别人手里掠夺，更没有掠夺他人财产……"

"你错了！"德班义正词严地打断了嘎拉德的话，"它们不是你的，也不是我的，是属于大家的，属于草地的！"

嘎拉德"扑哧"一声笑了，双手击掌："说得好，既然这野物属于草地，属于大家，我是大家中的一分子，捕杀几只野物又有何妨呢？"

嘎拉德为自己的小聪明沾沾自喜。

德班注视着水泡，草地环境之所以急剧恶化，每一个草地人都有推卸不掉的责任，他们切身感受到草地恶化带来的灾难，可从没有人从自身寻找原因，一股脑儿地把责任推到他人身上。如果每个人对草地环境都有极强的责任心，都认真对待，草地决不会变成眼下这个样子。

嘎拉德自以为击中了德班的软肋，一脸嘲讽。

"嘎拉德，说话要讲良心。"

"良心？"嘎拉德举手发誓，"我上对得起天，下对得起草地人，我给他们的工钱一分都不少。"

德班无奈地摇摇头，嘎拉德自以为有了财富，说话就理直气壮了，可很多事情并非像他想象的那么简单。德班还知道，仅凭几句话，难以说服嘎拉德。

两个彪形大汉突然站到德班面前。他们身上都文着身，一个胳膊上文着蝎子，另一个胳膊上文着蜘蛛。

"是我们让嘎拉德捕杀野物的。"蜘蛛上下打量着德班，"这件事与他没有任何关系。"

德班担心的正是这一点：嘎拉德投游客所好，捕杀野物，自然有他的错误。反过来，游客的愿望也助长了嘎拉德的嚣张气焰。游客自持财大气粗，而嘎拉德梦想着一夜暴富。蝇营狗苟的事也就不谋而合了。德班更大的担心还来自草地人，草地人生活清贫、枯燥，当他们面对突如其来的财富时，往往会迷失了方向。游客在草地人面前有着绝对的优势，只要看看他们的穿着打扮，还有那豪华的越野车，草地人不知不觉间就矮了三分。

"年轻人，要有自知之明！"

蝎子与蜘蛛笑了。他们的笑不像嘎拉德那样有恃无恐，而是笑得很有分寸，甚至很诡秘。

蜘蛛从身上抽出一沓钱，举到德班面前，大言不惭地说道："良心多少钱？我买下了！"

那一沓钞票的确让草地人羡慕，他们劳作一夏都无法换来。但一个人仅仅需要这些吗？

场面凝重极了，所有人的目光都集中到德班身上，很多人分明感觉到，德班瘦弱的身子里正迸出惊人的力量，这种力量不仅来源于他固执的想法，还有他面对两个彪形大汉颐指气使时的沉着与冷静，甚至是不屑。

木其把拳头攥得咔吧咔吧直响，如果蜘蛛再敢冒犯德班，他将像对待嘎拉德一样扑上去。

牧羊犬乌和尔出奇的冷静，不再是一副虎视眈眈的样子，不过，

那凌厉的眼神，还有抽动的嘴角，以及脖颈、脊背上高高耸起的被毛，都说明它随时会发起异常凶猛的攻势，两个彪汉大汉将被撕成碎片。乌和尔彻底动怒了，不过，它等待着命令。

蜘蛛以为德班被他的话震慑住了，扬起手，要把钞票砸在眼前这个瘦小枯干的老头的脸上。可他来不及挥起手，只感觉手腕猛地下垂，身子来不及做出反应，顺势单腿跪地，手腕如同断了似的疼。他听到了一阵哄笑声，他觉得难看的姿势惹笑了众人，立即调整姿势。哪知道，他已经动不了了，手腕被一头被毛漆黑如墨的大犬叼在嘴里。他定睛一看，咬住手腕的是牧羊犬乌和尔，他故作一脸沉静，用手指着乌和尔："哎，你敢咬我……"他话还没有说完，立刻惨叫一声，那只完好的手垂了下来。

蜘蛛这才意识到，大犬嘴下留着情呢，只要它稍稍挫动锋利的獠牙，他的手立刻骨断筋折，当时，他的冷汗就下来了。

蝎子一看不好，高高举起木棒。

蜘蛛和蝎子仗着有一副好身手，多次与大犬较量过。两人下手又狠又准，每次都以大犬失败而告终。两人似乎是死神的化身，浑身弥漫着浓重的死亡气息，即使最凶猛的大犬见到他们，都浑身发抖，战栗不止。刚才，两人目睹了乌和尔与嘎拉德的一番搏斗，知道乌和尔的确是一头异常凶猛的大犬。其凶猛程度，远远超过任何一头与他们搏斗过的大犬。两人好斗的性格被激起来了，决定教训教训这头大犬。

乌和尔怒视着蝎子，喉咙里发出怒吼声。因为嘴里含着一只手腕，乌和尔的怒吼声浑浊而可怕。

蝎子的双臂僵硬地停在半空中，不知如何应对。但有一点，他特别清楚，如果这一棒下去，蛛蛛极有可能拎着一只残臂离开草地。

"乌！"德班冲乌和尔挥了挥手。

乌和尔很不情愿地松开了蜘蛛。

蜘蛛翻身爬起。与此同时，蝎子丢过一根木棒。蛛蛛伸手抓棒，挥舞着木棒冲向牧羊犬乌和尔。蝎子比蜘蛛反应还快，丢过木棒的同时，手中的木棒就砸了下来，"砰"，仿佛不是砸在乌和尔身上，而是砸在一面大鼓上，发出沉闷有力的响声。

蜘蛛和蝎子的行为看似勇猛，却分明是小人的行为。

牧羊犬乌和尔的大嘴快似闪电，一个反咬，咬住了蝎子手中的木棒。蝎子往回一撤，嗯？没有抽动。再撤，乌和尔已不容许了。乌和尔嘴里咬住木棒，身子滑动，拉近了与蝎子的距离。它在等待一个有效的距离，这个距离足可以使它跳起时，能稳操胜券地把蝎子扑倒。蝎子大惊失色，牢牢攥紧木棒，仿佛手中握着救命的稻草，一旦松手，就有溺水的危险。此时，他应该丢掉手中的木棒。

蜘蛛的木棒横扫了过来，乌和尔大头稳稳一偏，躲过木棒，木棒带着风声直奔蝎子而去。蜘蛛赶紧撤身、收棒，一旦木棒落到蝎子身上，蝎子肯定会被打得当场吐血。蝎子一心一意对付乌和尔，并没有察觉。蜘蛛再次举起木棒，但只听到"砰"的一声，砸在了蝎子的木棒身上，蜘蛛的手腕就像被电击了似的，钻心刺骨般疼，木棒被震得落地了。蝎子虎口发麻，木棒也脱手了。

这一切发生得太快了。

众人目瞪口呆。

牧羊犬乌和尔扑向离得最近的蜘蛛。

嘎拉德从心里感激蜘蛛和蝎子，关键时刻，他们能挺身而出。他感激涕零的同时，也胀涌出无限的勇气与胆量，他挥舞着蒙古弯刀，冲人叫嚣着："喝它的血，吃它的肉。"

蜘蛛和蝎子为之一震，团团把乌和尔包围在中间。

牧羊犬乌和尔临危不乱，后肢当坐骑，双眼微闭，审视着三个人。蜘蛛一心雪耻，挥舞着木棒冲了上来。乌和尔张开血盆大嘴，发出闷雷般的怒叫，口水溅了蜘蛛一脸。蜘蛛心里一翻个儿，用手抹了把脸，当他再睁开眼睛时，乌和尔已到了近前。他分明看到了乌和尔粉白红嫩的口腔，还仿佛看清了口腔里还有半截手腕。蜘蛛下意识地摸了一下手腕，还好，手腕还在。蜘蛛再找乌和尔，乌和尔消失了，眼前只

有一片模糊的身影。与蜘蛛搏斗过的大犬不计其数，但还没有一头大犬像乌和尔一样反应得如此迅速。他预感不好，转身就跑，只听"刺啦"一声，裤子从上撕到下，变成了裙子。

众人哄笑不止。

多亏蜘蛛跑得快，否则，他那白白胖胖的肌肉将被乌和尔囫囵吞枣般地吞到胃囊里。蜘蛛后背嗖嗖地冒冷汗，到现在，他还没有意识到众人为什么哄笑，还没有意识到穿了一条奇形怪状的裙子。只不过，感觉比原来凉爽多了，尤其是跑动的时候。

蝎子挥棒，当头拦下乌和尔。

三个人当中，蜘蛛和嘎拉德深深领教了乌和尔的厉害，唯有蝎子还未曾真正领教。蝎子始终不认为乌和尔有多么厉害，只是两人太笨了，尤其是蜘蛛，不仅被乌和尔叼住了手腕，又被其大大羞辱了一番，他不仅要做给两人看看，还要做给众人看看，看看他是如何三拳两脚制服这头大犬的。

蝎子"哇哇"怪叫着冲了上来，或许情急之下，没有看清脚下；或许心情急切，身子一时无法承受剧烈运动。总之，他脚下一滑，来了个懒汉钻被窝，把自己送到了乌和尔的爪下。这个动作确实吓了乌和尔一跳，误以为蝎子视死如归捍卫自己的尊严，宁可倒下，也要保留一个全尸。牧羊犬乌和尔与德班相濡以沫，不仅继承了德班的品质，也有了德班的性格。此时，它绝不会乘蝎子之危，更不会实实在在地惩罚蝎子。但它又无法收住身子，只能从蝎子身上踏了过去。蝎子浑身疼痛难忍，两眼一闭，做了最坏的打算。

蝎子比两人输得还惨。

三人输得一塌糊涂，应该见好就收。没有想到，三人再次纠集到一起，疯狂地反扑。

在长期的生产和生活中，草地人对两种动物有着笃深的感情，一种是马，另一种就是草地犬了。在他们眼里，它们不只是动物，而是家庭里重要的一员，是伙伴，是朋友。草地人无奈地摇摇头，他们本以为三人的行为会像高大的身躯一样，顶天立地，拿得起，放得下。万万没有想到，他们的行为却是如此猥琐，就连游客也看不下去了，纷纷谴责他们。

但在三人看来，众人的谴责似乎给他们吹起了冲锋的号角。他们重新振作起来，呈掎角之势，把乌和尔困在中间。

乌和尔受伤了。

三人把乌和尔逼到一个有限的空间里。

嘎拉德挥舞着蒙古弯刀，牢牢牵制住乌和尔。蜘蛛冲蝎子一使眼色，两人齐刷刷地举起了木棒。乌和尔一心一意对付嘎拉德，忽视了身后的两人。

众人看得一清二楚，胆小的闭上眼睛，即使胆大的，也转过身，不忍眼睁睁地看着悲剧发生。

自始至终，德班都低头不语，他已经知道发生了什么，也知道将要发生什么。

木其惊呆了，张着嘴，手停在半空中，他原本要提醒乌和尔，却被眼前的一幕吓呆了，忘了提醒乌和尔。

两根木棒带着风声，以电花火石般的速度砸了下来。一旦木棒落在乌和尔身上，乌和尔将倒地而亡。只听"咔嚓"一声闷响。蜘蛛和蝎子仔细一看，木棒断为了两截，却没有乌和尔。乌和尔呢？就在两人转身之际，乌和尔就像从地下冒出来似的，从背后袭击蜘蛛。蜘蛛尖叫一声，倒地。乌和尔不与他纠缠，直扑蝎子。乌和尔的速度太快了，蝎子只感觉眼前一片模糊，一股强风迎面吹来，站也站不稳，身子一晃，仰面朝天倒了下去。乌和尔硕大的爪子先后落在他脸上，顿时，脸上火烧火燎地疼。

再看乌和尔，直奔呆若木鸡的嘎拉德。

嘎拉德本以为蜘蛛和蝎子的木棒落下来，他们就可以顺理成章地喝狗血，吃狗肉了。今天的篝火晚会将会变得格外精彩。正在他想入非非之时，形势却发生了大逆转，甚至还没有弄清是怎么回事，两人

就纷纷倒地了，乌和尔以不可思议的速度向他扑来。嘎拉德打了一个冷战，转身就跑。两条腿的人怎么能跑过四条腿的大犬呢？嘎拉德翻倒在地，身子又折了过去，半边脸血淋淋的。

乌和尔再次表现出优秀的品质，挑衅地看着倒地的三人，好像在说，爬起来，继续格斗。

"乌。"德班轻轻招呼一声，领着乌和尔向蒙古包走去。

如水的夜色很快笼罩了草地。

# 21. 较量

突如其来的一件事转移了众人的视线。嘎拉德似乎有意弥补自己的过失，在整个事件过程中，表现得异常勇敢。

其实这件事并非突然而至，而是早就发生了，只不过是没有引起草地人足够的重视，而那些大货车司机的行为也没有这么疯狂与野蛮。

草地周围百废待兴，各种建筑工地如雨后春笋。这些建筑都离不开一种重要的材料——石子。大栏山有一座光秃秃的石山，盛产上好的建筑材料——石子。每天来往于大栏山和各个建筑工地的大货车多如蚂蚁。他们无一例外要经过草地。

平坦的草地让司机如愿随行，即使没有高超的驾驶技术，也能把车开得四平八稳。巨大的车轮数次碾轧过后，一条土路赫然呈现在草地上。司机似乎有意在这个偌大的平台上展示自己的意愿和豪情，没用多久，草地上遍布着无数条土路，如同伤疤似的令人惨不忍睹。

司机从来没有关心过草地，更不会检讨自己不道德的行为，哪怕面对的是给他们提供了一马平川，施展才华平台的草地。

初来草地，司机出于好奇，看到羊群、牛群，就会毫无缘由地粗鲁地摁响喇叭。喇叭持续时间之长，发出的噪音之大，又说明这绝不是司机出于好奇心理，而是好像有着严重的心理疾病。不要说他们摁响喇叭了，就是他们的出现就已经惊动了牛群、羊群。它们总是停下来，抬起头，茫然地看着这些庞大的怪物，而那一声紧似一声的喇叭声，更令它们惊慌不安。司机的行为势必激起牧羊犬的反抗，牧羊犬一路追赶着大货车，疯狂地扑咬。其凶狠程度，似乎只要给它们一副铁嘴钢牙，就立刻能让这些怪物车毁人亡。

牧羊犬的追逐、扑咬激起了司机浓厚的兴趣，探出半个身子，打量着牧羊犬，嘴里发出嘿嘿的笑声，猛踩油门，大货车怪叫着向前跑去。牧羊犬与大货车并驾齐驱，表情狰狞恐怖，吼叫排山倒海，震耳欲聋。双眼因愤怒而突起，夸张地露出两排极难看的犬牙。司机不得不承认，如果不是坐在车上，他们会被这些牧羊犬撕成碎片。司机有些后怕，不敢再挑逗了。可这些牧羊犬有着良好的记忆力，甚至记得哪辆大货车是温和驶过的，哪辆大货车是如此野蛮，而它们的任务就是惩罚那些狂妄的大货车。每当有大货车经过时，牧羊犬往往会追出数里，直到累得舌头耷拉出来，身子几乎散架了，方肯罢休。

牧羊犬对毫无结果的追逐赛乐此不疲。它们的行为又告诉某些司机，早晚要惩罚他们。最终，他们要为自己不道德的行为付出沉重代价。

司机并没有意识到自己的行为给草地带来了莫大的伤痛，他们仍沉浸在不羁的行为中，驾驶着大货车轰隆隆地驶过，身后荡起滚滚烟尘，久久不散。

司机的行为越来越不可理喻，竟然做出了小蟊贼的行为，趁蒙古

包没有人，偷窃奶制品。如果司机只是出于孩子般顽劣的心理，或是出于好奇，或是只是品尝，还情有可原。天长日久，他们的行为已远不止这些。他们不但没有收敛，而且变得越来越野蛮，远远看到羊群，大货车如同脱缰的野马，一路尖叫着冲了过来。羊群对草地上来往的庞然大物早已是见怪不怪了，不过，那震耳欲聋的巨大聒噪声立刻引起它们警觉，而越来越近的大货车顿时让它们惊慌失措。司机轻轻转动方向盘，大货车直奔羊群而去，羊像树叶一样飘落在地。

司机一脸追悔莫及，可接下来的谈判，却异常清晰，最终以极低的价格作为补偿，随后，司机把血淋淋的羊尸抛到货车上，跳上车，驾驶着大货车绝尘而去。整个过程，司机毫不掩饰一脸的得意。

时间久了，草地人就识破了司机的小伎俩。

司机已经不满足于这种小伎俩，他们变得霸道、野蛮、贪婪。他们很快发现，如果从淖尔开辟一条新的路线，将大大节省成本。某一天，一辆车队驶进了淖尔，硬是在水草丰美的淖尔草地上开辟出一条道路。

草地人找德班商量。

德班领着众人找司机谈判。

司机远远看见了德班他们，也知道他们为什么而来。此时，司机不是坐下来，把大事化小，小事化了，而是有意把事情扩大化。司机开始加速，大货车轰隆隆驶了过去，整个大地都被震得颤抖。大货车过后，扬起漫天烟尘，犹如一支浩浩荡荡的大军锐不可当。

司机又想出了新的玩法。

前面的大货车重重地喘息一声，后面的大货车就像受到了传染，喷出浓重的喘息声。片刻聚集起来的喘息声，几乎能把人掀倒在地。大货车一起刹车产生巨大的惯性让站在路旁的草地人难以承受，险些摔倒。紧接着，他们将遭受巨大喘息声和烟尘的折磨。喘息声消失了，烟尘渐渐散去了，每个人灰头土脸，仿佛刚刚出土似的。司机摇下玻璃窗，饶有兴趣地打量着车下面的人。当他们看清为首的只不过是一个瘦小枯干、头发花白的老头儿时，驾车而去。

德班茫然地打量着远去的大货车，仿佛它们不是碾轧在草地上，而是碾轧在他身上，轧得他喘不过气来。

嘎拉德听说这件事，怒不可遏，拍案而起。

"我去找他们评理！"嘎拉德从毡靴里拔出蒙古弯刀，插进腰里，"欺人太甚！在家门口就受到这样欺负，还叫人活不活？"

远远地驶过来一辆车队。

嘎拉德气壮山河，一步跨到路中央，两眼如炬，怒视着越来越近的车队。

众人紧张得心怦怦直跳。车队越来越近，空气中弥漫着尘土刺鼻的味道。再看嘎拉德双膀抱臂，像一尊雕塑，岿然不动。众人为嘎拉德捏了把汗，有人大声提醒嘎拉德。嘎拉德毫无惧色，目光喷火，怒视着大货车，透过烟雾与车窗，隐约能看清司机模糊的面孔。众人的心提到嗓子眼儿处，胆小的几乎连站都不站不住了；胆大的不敢看悲剧的发生，悄悄转过身。

嘎拉德表情刚毅，连眉头都没有皱一下。

大货车越来越近，众人似乎听到了微弱的响声，那个高大魁梧的身躯倒下了，随后与大地融为一体。不，他们感觉不是一个人倒下，而是一群人倒下了，其中就有自己。从此以后，他们再也看不到草地了，看不到亲人了。

"轰隆"一声巨响，脚下的大地被震得颤抖。众人如梦方醒，目光齐刷刷地集中到路中央。路被浓重的烟雾笼罩了，什么也看不清。四周出奇的安静，时间仿佛凝固了。众人表情僵硬，目光黯淡。烟雾渐渐散去，一个模糊高大的身影纹丝不动地站在路中。众人长长喘了口气，再也承受不起精神折磨了，瘫软在地上。

嘎拉德像一座大山，稳稳地矗立在那里。全身落满了灰尘。

司机头发都竖起来了，晃了晃头才清醒过来。的确，这是他当司机以来遇到的最悲壮的一幕，本以为对方只是做给他看看，或是做给

众人看，没等大货车驶近，早就跳到一旁，要耍小丑而已。司机想破脑袋也没有想明白，对方竟然是一个不怕死的人，面对即将发生的车祸，连眼皮都没有眨一下。如果不是紧急刹车，对方就是一副钢筋铁骨也会被碾成了齑粉。

刚才的惊吓已大大损害了司机的脑细胞，他要狠狠教训教训这个不知好歹的家伙。

"有种的，就从我身上轧过去！"嘎拉德用拳头砰砰擂着胸膛，向司机走去。

司机看到高大魁梧的嘎拉德，又是一脸拼命的表情，心中的怒气倏地跑得无影无踪。嘎拉德把手指攥得咔吧咔吧直响，脸上的肌肉抽搐着。司机一看不好，"噌"，跳进驾驶室，启动车子，要跑。

嘎拉德勇敢极了，几步来到大货车前面，就势倒地，身子呈一个"大"字，冲司机叫嚣："有种的，就冲我身上轧过去。"

司机再次被嘎拉德的悲壮之举震慑住了。

其他司机一看不好，驾车要逃。

嘎拉德就像长了四只眼睛，指挥着众人："别让他们跑了，抓住他们！"

嘎拉德就是榜样，就是力量，就是勇气，众人纷纷躺在大货车前面，姿势呈一个"大"字，视死如归般地拦下了大货车。

形势僵持着，嘎拉德他们不起来，司机就不敢走。

半天过去了，一辆轿车驶进淖尔，远远地停下来，从车上下来五六个人。他们一脸赔笑，连连道歉。一个领导模样的人走到嘎拉德面前，要去搀扶他，被他挥手拒绝了，警告道："这样的花招，我见得太多了。今天，这件事不彻底解决，我们不会起来的。"

领导一脸尴尬，向嘎拉德，向所有人检讨：司机的行为确实影响了与草地人的关系。他们也认识到了工作上的失误，出于真心实意，也是出于对草地人的赔礼道歉，他们愿意给每户牧民一定程度上的经济补偿。

草地人一时没了主意，他们只是制止司机的野蛮行为，并没有其他的要求。

这些善良、淳朴的草地人啊！

"我们不要补偿！"德班说话了。

无论是草地人，还是司机，不解地看着德班。

德班深情地注视着草地，半天才开口，仿佛自言自语，又仿佛说给每一个人听："草地环境原本就脆弱，没有两三年的时间，草地面貌将很难恢复。"

司机面面相觑，德班那一声长叹或许真的触动了他们，为自己犯下的错误感到一丝愧疚。

"老人家，你有什么样的要求，尽管提出来。"领导诚心诚意，"我们尽量满足你们的要求。"

"你们可以在偏僻之处，开出一条道路来。"德语仍深情注视着草地，"千万不能再踏入草地半步了。"

问题出乎意料顺利地解决了。

嘎拉德总感觉自己的悲壮之举没有给众人，更没有给他换来应有的回报，被德班一句不痛不痒的话轻易葬送掉了。

不仅嘎拉德不解，众人也不解。

德班当然知道众人心里是怎么想的，但如果答应司机的赔偿，这些人就会堂而皇之地来往于草地间。以后，还会产生更多的矛盾。矛盾激化，对方只不过是加大赔偿的力度，最终受伤害的还是草地和草地人。这样做有悖于老人做人的道理，更有悖于他关心草地、保护草地的初衷。

德班的回答也超出了领导的意料，他很清楚，站在面前的这位德高望重的老人不仅看得远，而且是真心实意地保护草地，保护环境。领导答应了德班的要求，不会再打扰草地人的生活了。

# 22. 洪水

草地迎来了雨季。雨断断续续下了一周，仍没有停的意思，空气中夹杂着一丝寒意。

上了年纪的草地人都或多或少患有风湿病，遇到阴雨天气，浑身疼痛难忍，最好的办法就是燃着铁皮炉子，让火把疼痛带走。草地上的燃料大多是牛粪、枯柴。牛粪被风与温度慢慢抽干，像红彤彤的炭火一样有着灼人的温度。最终，牛粪化作一堆灰烬，滋养草地。

牛粪是草地上最完美的循环，既来源于草地，最终又反哺草地。

蒙古包里的铁皮炉子终日不熄，温暖的火带走了德班和额木格两位老人身上的酸痛。

德班活动了一下筋骨，站了起来。因为站起来的动作太快了，德班感觉身上似乎发轴了似的，手脚有些僵硬。德班从站起，到走出蒙古包，足足用了两分多钟。德班感觉自己真的老了。

德班观察着天空，空中的阴云又厚又多，把天空遮盖了。空气中一丝风也没有。德班来到附近的一座土丘上。土丘顶上有着极硬的风，带着轻微的响声吹过，凭经验，他知道将有一场大暴雨来临。

德班不安起来，招呼一声："乌。"

牧羊犬乌和尔及时出现了。它抬起头，目光亮晶晶的，晃动着一条又粗又长的大尾巴。可惜的是，它没有得到德班的爱抚。它看看远去的德班，似乎又在担心什么，冲进蒙古包，纠缠着木其。

木其与牧羊犬乌和尔紧紧地跟在德班身后。

德班放心不下淖尔附近的牧户，走了大半天，来到一座蒙古包。德班看看蒙古包四周的地形，又看看天空，命令主人把蒙古包转移到高处。主人有些不情愿，再有十天半个月，夏季营地的生活就要结束了，没有必要把蒙古包转移到高处。

转移蒙古包确实是一件劳神费力的活儿，没有半天时间是完不成的。

　　德班的语气不容更改，马上就得转移。德班一边说，一边看天。主人也跟着看天。厚重的阴云悬在头顶，一伸手就能触摸到。德班告诉主人，将有一场大暴雨，很大很大的暴雨，如果不转移蒙古包，很有可能被洪水淹没。主人再次不情愿起来，甚至大有嫌德班爱管闲事之意。

　　牧羊犬乌和尔喉咙里发出短促、有力的吼声。

　　主人知道乌和尔生气了，看了一眼自家的牧羊犬。自家的牧羊犬乖乖地站在乌和尔身后，似乎没有听到乌和尔发怒。德班受草地人尊敬，自然乌和尔也受到牧羊犬的尊敬。主人不敢再坚持了，再坚持下去，很有可能激怒乌和尔。

　　它可是一头有灵性的牧羊犬。

　　德班用了两天的时间，命令那些位于低洼处的牧户把蒙古包转移到高处。最后，德班来到嘎拉德的旅游点。

　　嘎拉德的旅游点已成了一座空营。

　　草地上的旅游已接近尾声，再加上持续一周的阴雨，很少有游客再来草地旅游了。

　　嘎拉德看见德班，一时反应不过来。这个时候，德班出现在旅游

点，确实打乱了嘎拉德的正常思维。不过，他很快反应过来了，德班早不来，晚不来，偏偏赶在旅游点死气沉沉的时候出现。这是有意嘲讽、讥笑他嘎拉德。

自从嘎拉德与德班发生正面冲突后，无论是出于正义，还是出于舆论，他都甘拜下风。两人的关系之所以剑拔弩张，在嘎拉德看来，无非是德班嫉妒他迅速增长的财富和受到众人的尊敬。德班抓住他用野物招待游客这一软肋狠狠整治他，最终如愿以偿，令他颜面扫地。谁也没有想到，大货车司机侵占草地一事迅速让他由被动变主动。他之所以在这件事上表现得异常勇敢与无畏，是有意重塑威信，重新赢回众人的尊敬。而事情的发展，正像他预测的那样，一步步向有利于他的方面发展。同时，在面对司机时，他的英勇与德班的"软弱"形成鲜明对比，理应给大家留下极为深刻的印象。不知不觉间，他又赢了，德班又输了。

想到这里，嘎拉德脸上露出一丝不易察觉的微笑。嘎拉德没有表现出过度的高兴，知道德班老谋深算，此次出现在旅游点，不仅仅只是为了得到几分冷嘲热讽，一定还有更重要的事情。

嘎拉德的心思全都写在脸上，德班看得一清二楚。德班不得不承认，嘎拉德是好样的，只可惜心胸狭窄。否则的话，他将是一个顶天立地的草地人。

德班指了指天，又指了指蒙古包："将有大雨了。"

嘎拉德顺着德班的手指望了望，一脸不屑，他又不是第一次遇到大雨，大雨一连下了多天了。再说了，蒙古包背靠一座缓坡。两边是高高的土丘，即使发洪水也淹没不了蒙古包……虽然嘎拉德只是在心里想，但脸上已经表现出来了。

"将有一场很大的暴雨。"德班看着天，"持续的时间将很长。"

"我这里已经没有游客了，即使有再大的暴雨，也没有关系。"嘎拉德终于说话了，"再说了，把蒙古包转移到高处，将是一项很大的工程。"

嘎拉德将德班要说的话全说了出来，德班之所以强调有暴雨，无非是让他转移蒙古包，在他看来，这是劳民伤财的事。既然德班有此意，不如索性点破他。

德班没有强求嘎拉德。嘎拉德冰雪聪明，如果一味地强求，就会产生逆反心理，事与愿违。德班叮嘱嘎拉德，夜里睡觉警醒些。嘎拉德看着德班佝偻的身子，笑了，他又一次战胜了德班。

沉积了多日的阴云渐渐散去，雨随后到来。雨哗哗下着，不紧不慢，似乎按着某种程序，从空中源源不断地流下来。

大雨整整下了两天两夜，雨势不减反增，天空就像被撕破了一个巨大的豁口，瓢泼大雨倾泻而下。眨眼间，浑浊的天空和草地消失了，一张偌大的雨幕掩盖了整个草地。

额木格嘟嚷着，一生从来没有遇到过这么大的雨。

德班再次察看了蒙古包四周的地势，确信不至于发于坍塌的危险，才回到蒙古包。此时，德班又惦记着旅游点，不知那里的情况怎么样，嘎拉德是否做好了充足的准备。

雨水、夜色侵占了整个草地。从蒙古包外传来可怕的雨水声，似乎要把整个世界淹没。德班、额木格难以入睡，担心暴雨引发洪水。

德班被一阵巨大的震动声惊醒了，从蒙古包外传来撼天动地的巨大轰鸣声，震得蒙古包嗡嗡地响，随时都有解体的危险。

德班匆匆走出蒙古包。一阵寒风袭来，德班倒吸了一口凉气，只见夜幕下，一条模糊的巨龙翻腾着、怒吼着，轰隆隆地咆哮而去。德班暗暗吃惊，暴雨终于引发了汹涌的洪水，硬是在两座土丘间冲刷出一条巨大的深沟。

天渐渐亮了，让人难以置信，犹如鬼斧神工，洪水在原来两座土丘间，冲刷出了一条宽十几米，深七八米的大沟。蒙古包如同坐落在悬崖边上，岌岌可危。

放眼望去，一夜之间，水泡增长了数倍，淹没了平坦的草地。再看旅游点那里，一片汪洋，浑浊的洪水中闪动着几朵白色大花——那是没有被冲走的蒙古包。其他的蒙古包大概随着洪水一起去流浪了。

多亏嘎拉德的妻子一直牢记着德班的叮嘱，事先搬出了蒙古包。

嘎拉德一个夏天辛辛苦苦积攒的财富就这样被洪水无情地卷走了。嘎拉德站在土丘上，顿足捶胸，张着大嘴，欲哭无泪，后悔与德班置气，后悔没有听德班的劝告。

德班来看嘎拉德，只一夜的工夫，嘎拉德苍老了许多，头发凌乱，眼底充血，面容苍白，嘴上起了大泡。嘎拉德已没有了原来的斗志，像没有看见德班似的，沿着偌大的水泡走着。他似乎发现了什么，两眼突然放光，直视着水泡，好像那里有贵重的东西。他竟然忽视了水已经浸到膝盖处，脚下一滑，栽入水中。他挣扎着爬了起来，再看水泡，目光突然黯淡了，似乎贵重的东西不见了。但他并没有泄气，仍沿着水泡寻找。

在接下来的几天里，嘎拉德得了一种奇怪的病：早晨起来，沿着水泡匆匆忙忙走着，好像在寻找什么东西，一脸郑重与严肃，眼睛出奇的大，嘴角深深地向里凹。其间，有人问他找什么，如果说出来，可以帮着他一起寻找。他一句话也不说，眼神怪怪地看对方一眼，似乎担心被对方发现秘密，趁机夺走他的宝贝。另外，他有着极好的体力，从早晨一直走到晚上，不知道疲惫，也不知道饥饿。一路上，他的视线全部落在水泡上，忽视了脚下，摔跟头、跌倒是难免的。他不知道疼痛，爬起来，仍一往无前地向前走着。

几天过去了，嘎拉德的异常表现有增无减，仍慌慌张张地行走着。不过，与前几日相比，他的表情不再那么亢奋，目光不再那么痴迷，似乎只剩下简单的行走，至于是否能找到贵重宝贝之类的东西，已经显得不重要了。

后来，嘎拉德得了一种奇怪的病，不管是走路，还是睡觉，头总是微微歪向一侧。而这侧头的怪病，正是几天来，他沿着水泡不断行走的结果。

意志坚强的嘎拉德被一场洪水击倒了。

# 23. 镜子来了

发生在嘎拉德身上的事，德班全都听说了，他暗暗吃惊，没有想到仅仅十几天不见，嘎拉德判若两人。更让他难以置信的是，嘎拉德意志坚强，有着十足的好斗性，怎么说变就变了呢？德班半信半疑。

嘎拉德看见走进蒙古包的德班，目光一亮，熠熠生辉，可很快目光就变暗了，一脸麻木的表情。自从嘎拉德的财产被洪水卷走后，德班是第一个走进蒙古包来看望他的。而他又恰恰是嘎拉德的对手。嘎拉德不仅在对手面前输得精光，而且变得人不人、鬼不鬼。

这一刻，德班又看到了那个争强好胜的嘎拉德，可不得不承认，在嘎拉德身上很难再找到过去的影子了。德班一阵心酸。

"我输了，我输得精光！"嘎拉德双手拍着大腿，声嘶力竭地吼道，"我变成了穷光蛋！"

德班静静地听着，本以为嘎拉德还能说一些不服输，东山再起一类的话。那样的话，他的心情能好一些。可惜，嘎拉德没有说出让德班热血沸腾的话，反倒说出认输、服软之类的话。

德班陷入沉思中，草地人的生活异常艰难与艰辛，一生当中遇到的困难，乃至灾难不计其数，他们身上有着弥足珍贵的品质——惊人

的坚强与刚毅。可很多时候，他们又表现出脆弱的一面，往往一个突如其来的灾难就能把他们击倒了，从此一蹶不振，失去信心，失去勇气，甚至不敢面对困难，逃避现实，逃避困难，整日用酒精麻痹自己。

"你没有输掉！你也不是穷光蛋！"德班诚心诚意地劝道，"你还有亲人，他们深爱着你。你还有伙伴，他们盼望着你重新振作起来！"

"不，我什么都没有了！"嘎拉德挥手打断了德班的话。

"别人拥有的东西，你都拥有，包括财富！"德班猛地提高声音，一字一句地说道，"你还拥有对手！他等着你，等着你再次向他发出挑战。知道吗，因为失去你这个重量级对手，他仿佛感到生活失去了意义，生命失去了精彩！你必须站起来，勇敢地站起来，与他战斗，哪怕争得你死我活，鱼死网破，他都不后悔！如果你就此消沉，自暴自弃，他更瞧不起你，蔑视你，甚至把你踩到脚下，再狠狠地踏上一只脚……"

这是整整大半生中，德班说得最多的一次话。

嘎拉德不可思议地打量着德班，那个沉默不语、和蔼可亲的德班消失了，站在他面前的是一个蔑视他，瞧不起他，充满战斗力的德班。嘎拉德身子一激灵，似乎清醒了，以少有的、极其严肃的目光，一遍又一遍地打量着德班。

德班表情高傲冷漠，目光如一把利刃，审视着嘎拉德。可德班心里复杂极了，也痛苦极了，这个时候，他没有好言好语安慰嘎拉德，而是趁机火上浇油，往伤口上撒盐，有悖于常情。以他对嘎拉德的了解，这或许是一剂苦口良药。如果嘎拉德能浪子回头，他宁愿做这苦口良药。

酒精彻底烧坏了嘎拉德的大脑，他茫然地打量着德班，虽然认出了德班，可那是很遥远的事情了。就在他把德班忘得一干二净的时候，德班悄然出现了，说出一席振聋发聩的话。他一遍又一遍地回味着德班的话，半天过去了，思维像乱麻一样，理不清头绪。

"难道你不想打败我吗？"德班苦口婆心地劝道，"你与我相比，有很多优势，你年轻，这是多么让人羡慕的年龄啊！正是生命走向成功，走向辉煌的时刻。你聪明，脑子活，知识丰富。草地人，当然也包括我，是多么羡慕你，甚至妒忌你。你有能力，不仅仅是淖尔，就是方圆几百平方公里内，只有你才能创建旅游点，来你这里的游客多如天上的星星。你不仅值得亲人为你骄傲，也值得草地人为你骄傲。你有如此众多的优势，难道还怕打不败一个进入垂垂暮年的老头儿吗？你能做到！”

德班重重地拍了拍嘎拉德的肩膀，意味深长地注视着他。

嘎拉德低着头，长时间不语。他似乎想通了，端起酒杯，小声嘟囔着，无非又是一些抱怨、倒霉之类的话。

德班怒从心头起，这是十足的懦夫，他对嘎拉德寄予了太多的厚望。这一刻，德班的心凉了，他想彻底放弃嘎拉德，不，他不能这样做，嘎拉德是一个人，有血有肉有灵魂的人，只要嘎拉德还有一丝被拯救的希望，他决不能放弃。

“唰”，德班从毡靴里抽出蒙古弯刀，寒光一闪，抵到嘎拉德胸前，怒视着他，语气凶狠：“答应我，向我发起挑战，打败我！”

嘎拉德的酒立刻清醒了一半，恐慌而又畏惧地看着德班。当他弄明白，德班只不过是向他发出挑战，目光中的惊慌才渐渐散去。

德班一动不动地审视着嘎拉德。

嘎拉德不敢看德班，含糊地“嗯”了一声。

德班很不是滋味地离开了蒙古包，但愿嘎拉德能说到做到，做一个顶天立地的草地人。

德班的到来的确对嘎拉德触动很大，他不再酗酒了。很多时候，众人看到嘎拉德站在高高的土丘上，呆呆地望着附近的水泡，一站就是大半天，好像是在回忆昔日的忙碌与繁华，寻找过去的自己，准备重新开始。

德班仍放心不下嘎拉德，又来到了蒙古包。蒙古包旁边停着一辆越野摩托车。德班在苏木见过这种交通工具。很多时候，德班把这种

工具与游手好闲的人联系到一起。德班有种不祥的预感，他匆匆走进蒙古包，司机镜子坐在毛毡上，正与嘎拉德畅饮呢。

# 24. 盯上黄羊

司机镜子一直牢记着嘎拉德的话。到了夏末，镜子再也按捺不住了，匆匆来找嘎拉德。嘎拉德做梦也没有想到，就在他败落到如此地步的时候，竟然还有人主动找上门来，有求于他。镜子更感到不可思议，站在眼前的再也不是那个说话底气十足，声音洪亮，拍着胸脯啪啪响的嘎拉德了，仿佛是一个与嘎拉德没有任何关系的人。他满身酒气，脸庞浮肿，眼睛大而无神。但事实又告诉镜子，站在面前的就是嘎拉德。

镜子以极好的耐性听完了嘎拉德如同讲故事一样，声情并茂地讲完了坎坷遭遇。

镜子初来时，心中还有顾忌，毕竟嘎拉德不再是以前的嘎拉德了，至于是否还记得以前说过的话，能否答应他的要求他心里一直没有底。现在，担心成了多余的。他是来帮助、拯救嘎拉德的。嘎拉德对他的出现，应该感激涕零。当然，镜子为了表现出对嘎拉德应有的尊重，不得不硬着头皮听完嘎拉德的讲述。

"还记得你说过的话吗？"镜子冲嘎拉德眨眨眼，挑衅地看着他。

嘎拉德半天不语，他说过的话太多了，酒精几乎把他的记忆力变

成了零。他摇了摇头。

镜子诡秘地笑了笑，端起酒杯一饮而尽。

嘎拉德心中忐忑不安，除了一时摸不清镜子的用意，还隐约担心镜子是来找麻烦的。嘎拉德仔细回忆了一番，除了那次转场不愉快的合作外，其他的合作却是异乎寻常的顺利，当时他还多给了镜子运费，镜子高兴得直喊他"大哥"。他们仅有过两次接触。嘎拉德实在想象不到还有什么地方有愧于镜子，小心翼翼地给他斟满酒。

镜子不说话，目光在嘎拉德身上睃来睃去。嘎拉德被看得有些发毛。镜子连喝了三杯酒，终于说话了："还记得黄羊、狍子吗？"

嘎拉德把酒杯往桌子上一放，大有上当受骗的感觉，一脸不高兴："就这点儿破事！"

镜子仍不说话，笑吟吟地看着嘎拉德。嘎拉德再次不安起来，左思右想，是否有被镜子抓住把柄之事。思来想去，嘎拉德心安理得，没有做对不起、有愧于镜子的事。

嘎拉德不再理睬镜子。

镜子有着十足的耐心，嘎拉德的一举一动，包括心理活动，都在他的掌控之中。他要吊足嘎拉德的欲望与胃口，到时候，嘎拉德想不听他的都不行。镜子一杯接一杯地喝酒，看都不看嘎拉德。

嘎拉德心乱如麻，他是个快言快语的人，不喜欢拖拖拉拉、吞吞吐吐。酒精虽然烧坏了他的大脑，可他还没有忘记德班的一席话，不过，镜子的出现，尤其是镜子一副讳莫如深的表情，让他把德班，还有德班的一席话早已抛到九霄云外了。

嘎拉德与镜子四目相对，眼前一亮，他感到镜子的目光意味深长，充满了极度的诱惑。他不敢疏忽，生怕一眨眼的工夫，这些充满诱惑的目光远离他而去。他的目光追随着镜子的手。镜子的手插进蒙古袍，从里面抽出一沓钞票，缓缓举到嘎拉德面前。

嘎拉德使劲咽了口唾沫，硕大的喉头上下滑动，舌头很不自然地舔了一下嘴唇，有心接钞票，又十分清楚钞票不是自己的，至少现在

不是自己的。他忽然想起镜子提起的黄羊、狍子，心里有底了，顿时眉开眼笑，伸手去接钞票。

"唰"，镜子抽回钞票，但仍手举钞票，在嘎拉德面前晃来晃去。嘎拉德的目光随着钞票晃来晃去，差点被钞票晃晕了。

镜子终于开口说话了："这只是定金，捕获一只黄羊比这儿多出数倍。"

"明白！"嘎拉德爽快地答应了。

镜子跨上越野摩托车走了。

一夜之间，嘎拉德像换了个人似的，戒酒了，早出晚归。妻子和巴特并不知道嘎拉德在做什么，只知道他走得很早，回来得很晚，一身疲惫，回家倒头便睡。第二天，天还没有亮，又没有嘎拉德的踪影了。

有人看见嘎拉德出现在水泡附近。与之前相比，嘎拉德的表现还算正常，就像来这里的游客，走走停停，看风景。但怎么看怎么不正常，毕竟他是草地人，毕竟洪水卷走了他的财富，他怎么有心情看风景呢？或许他是旧病复发，又沿着水泡寻找被洪水卷走的东西。

嘎拉德的行为欺骗了善良的草地人。

嘎拉德在寻找黄羊、狍子的踪迹。

水泡附近虽然没有黄羊、狍子，但它们会来水泡饮水。每天中午，草地寂静极了，灼热的阳光烘烤着草地，整个草地像是睡着了。只有一些不知名的夏虫在疯狂鸣叫，反倒衬托得草地愈发肃静了。往往这个时候，黄羊、狍子会来到大栏山山脚下饮水。

黄羊、狍子素有草地"弹跳冠军"之称，它们奔跑往往是跳跃式的，一个劲力弹跳，能跨出七八米的距离。它们的警惕性非常高，稍有风吹草动，立刻逃之夭夭。即使草地之王——狼，也只能望尘莫及。

黄羊、狍子凭借着如此得天独厚的本领，在险象环生的草地中求得生存。不过，随着环境恶化和人为的捕杀，黄羊、狍子已濒临灭绝。

镜子出现得很及时，嘎拉德也彻底醒悟了，他仍可以一夜暴富，仍可以拥有令人羡慕的财富。这次，他把目光盯上了草地动物。

德班的善良、正义、亲情没有唤醒嘎拉德，镜子的自私、欲望、钞票却唤醒了嘎拉德。嘎拉德十分后悔，为什么没有早早遇到镜子。否则，他也不会整日醉生梦死。

几天过去了，嘎拉德没有发现黄羊、狍子。他很快意识到，自己犯了一个严重的错误，黄羊、狍子不可能大摇大摆地出现。

嘎拉德特意走了很远的路程，来到与大栏山接壤的草地。这里有一个很大的水泡。水泡边缘的湿地上有着清晰的蹄印，有呈瓣状的蹄印，还有呈马蹄状的蹄印，还有凌乱不堪的蹄印……嘎拉德心花怒放，出神地打量着波光粼粼的水泡，似乎那下面就隐藏着黄羊、狍子。

一阵风吹来，嘎拉德幡然醒悟，不能像木桩一样杵在这里。否则，就是有一百只黄羊，一百只狍子，也都被他吓跑了。他必须寻找一个藏身之处，耐心等待黄羊、狍子的出现。

温热的阳光洒在嘎拉德身上，浑身上下，从里到外，都透着舒坦。他翻了个身，瞥了一眼附近的水泡，那里还是空空的。最好有酒，一边喝酒，一边等待黄羊、狍子的出现，这是件很美的事。可惜，自从寻找黄羊、狍子以来，嘎拉德戒酒了。不过，等捕获黄羊、狍子后，可以把整个人泡在酒缸里，至于能喝多少，完全由自己说了算。嘎拉德想入非非，竟然睡着了。

不知什么时候，嘎拉德醒了，第一眼扫向水泡。嘎拉德浑身战栗不止，极力稳住身子，双手深深地插进泥土里。由于用力过猛，双手已严重弯曲，即使这样，仍无法让身子平静下来。他脸色紫胀黑红，似乎全身的血液都集中到脸上了。他张着嘴，屏息凝视，眼睛向上翻，死死盯着前方，表情要多吓人有多吓人。顺着他的目光望去，附近水泡的边上齐刷刷地站着十几只黄羊。它们清一色低垂着头，白嘴唇放在水面，轻轻啜饮着，一身棕黄色的被毛在阳光的映照下，闪动着金光。

嘎拉德处于极度的亢奋中，一下子拥有了十多只黄羊。他粗略地

估算了一下，仅这一笔收入，能顶整整一个夏天的收入，刚刚平静下来的身子再度战栗起来，不，确切地说应该是痉挛，首先是双手，然后是双腿，最后是全身痉挛。他紧咬牙关控制着，哪知道，越控制，痉挛得越厉害。临到后来，嘎拉德索性不再控制身子，既然幸福来临了，挡是挡不住的，那就任由它们来吧！

嘎拉德脸上汗津津的，身上的衣服也湿透了。

一只雄性黄羊似乎察觉到附近隐藏着一个大活人，它举起头，长时间注视着嘎拉德这里。嘎拉德趴在地上一动不敢动。雄羊收回目光，他长长舒了口气，一口气没有喘完，雄羊竟然做出一个匪夷所思的举动，纵身弹跳，远离了水泡。

黄羊群很快进入了大栏山。

嘎拉德猛地坐起，欲哭无泪，诅咒黄羊，诅咒自己，诅咒自己鬼迷心窍，一心只想着寻找黄羊，却没有想到如何捕获黄羊。的确，嘎拉德把捕获黄羊的事情忘得一干二净，当黄羊群出现在面前时，他误以为就是囊中之物了。

嘎拉德追悔莫及，想死的心都有了。

# 25. 疯狂围捕

嘎拉德做了充分准备，用了足足两天的时间，以水泡为中心，扩大范围寻找黄羊的踪迹。一天，他在大栏山的丛林里发现了一条小路。小路上残留着某些动物凌乱的蹄印，经过仔细辨认，确定是黄羊、狍子的蹄印。

嘎拉德欣喜若狂，一口气设下十几个套索，让黄羊有来无回。即使它们躲过其中一个套索，未必通得过其他的套索。

黄羊或是狍子一旦误入套索，出于求生的本能，势必挣扎。越挣扎，套索勒得越紧。最终窒息而亡。

嘎拉德给黄羊、狍子布下了天罗地网。为了能顺利捕获它们，嘎拉德谎称有急事，需要去一趟苏木，从附近的一位牧户那里借了一匹疾走如飞的骏马。

嘎拉德爬上土丘，心脏剧烈跳动，浑身再次战栗起来——水泡附近出现了一支庞大的黄羊群。嘎拉德喜出望外，上天格外地照顾他，知道他在围捕黄羊，特意把一支黄羊群送到他面前。

嘎拉德的兴奋传染给了坐骑。坐骑误以为接到指令，向前跑去。嘎拉德兴奋过头了，双膝猛磕坐骑的腹部，双手却紧紧拉住缰绳。嘎拉德发出互相矛盾的指令，坐骑一时不知如何是好。在他一次次猛烈的磕击下，坐骑勇往直前地向前跑去。

尽管嘎拉德加倍小心，可还是惊动了黄羊群。一只身材高大的雄性黄羊，猛地抬起头，匆匆向土丘顶上扫了一眼，只见嘎拉德横刀立马，凶神恶煞般地站在土丘上。雄羊目光里闪过一丝恐慌，一个纵身弹跳，阳光下滑出一段优美的身影，已置于七八米开外。雄羊继续弹跳，阳光下闪过一个模糊的身影，眨眼间，雄羊奔上土丘。

雄羊的动作就是命令。

　　黄羊群如密不透风的整体，又如一个巨大的扇形，身影上下跳动，像平地刮起一团旋风，风卷残云般飘上了土丘。

　　一切都来得太意外了，嘎拉德恍如梦境里。他太激动了，没有想着如何围捕黄羊，如何把黄羊群诱惑到小路上。

　　黄羊群远遁，片刻工夫下了土丘。

　　嘎拉德终于反应过来，催动坐骑，欲追黄羊群，但他很快又改变了主意，坐骑虽然是草地骄子，但论速度绝对不是黄羊的对手。紧跟黄羊群身后绝不是最好的围捕方式。现在，他应该想方设法把黄羊群逼上小路，那里布下了套索，只等着它们往里钻。令嘎拉德惊喜的一幕再次出现了，黄羊群沿着那条弯弯曲曲的小路，向丛林里奔去。

　　嘎拉德脸上绽放出如花的笑容。

　　嘎拉德紧紧催动坐骑，坐骑爬上另一座土丘时，黄羊群快要接近丛林了。与刚才相比，黄羊群不再那么惊慌，不紧不慢地跑着。嘎拉德"嘿嘿"笑出声来，仿佛看到十几只黄羊纷纷倒了下去。

黄羊群已接近丛林，雄羊正带领着黄羊群向小路奔去。嘎拉德双膝猛磕坐骑腹部。这是一匹没有完全驯化好的儿马，还保留着桀骜不驯的性格。坐骑无法承受突如其来的惩罚，昂头长嘶。嘎拉德身子一晃，险些栽下马背。

雄羊似乎从坐骑的长嘶中捕捉到了危险的信息，轻轻瞥了一眼身后，一眼认出了远远而来的嘎拉德。雄羊小巧玲珑的头轻轻一偏，身子一纵，偏离了原来的方向，沿着丛林边缘向前跑去。

黄羊群紧随其后，如一阵风从丛林边缘飘了过去。

嘎拉德又气又恼，眼看着黄羊群就要进入伏击圈了，可由于坐骑的一声长嘶，打乱了他的全部计划，彻底搅乱他的美梦。嘎拉德举起拳头，频频击打着坐骑。一路上，嘎拉德连连向坐骑发出错误的指令，坐骑左右为难。眼下，嘎拉德无节制地击打，彻底激怒了坐骑。坐骑一边风驰电掣般地猛奔，一边愤怒地嘶鸣。

嘎拉德大发雷霆，一手紧紧抱住坐骑的脖子，拳头却如雨点般落在坐骑身上。坐骑自从被驯化后，还没有遭受过如此粗鲁的行为，高分贝的嘶叫响彻草地。

黄羊群，无异于惊弓之鸟，纷纷钻进丛林，眨眼间消失得无影无踪。

嘎拉德发泄够了，再找黄羊群，连黄羊的影子都没有了，差点儿把肺气炸了，拳头如铁锤一般落了下来。一连紧似一阵的疼痛，令坐骑身上迸发出难以想象的力量与速度，它猛地身子腾空，甩出后蹄，险些把嘎拉德掀下马背。嘎拉德不敢大意，双手紧紧抱住坐骑脖子，任坐骑带着他一路狂飙猛进。慌乱中，嘎拉德仍没有丢掉重要工具——套马杆。这是捕获黄羊的重要工具。

大半天的奔跑，坐骑浑身湿漉漉的，被毛翻卷。

嘎拉德也好不到哪儿去，坐骑一路奔跑，几乎把他的五脏六腑都折腾出来，全身像散了架似的疼痛难忍。他再也坚持不住了，身子摇来晃去，随时都有一头栽下马背的可能。

　　突然，嘎拉德听到若有若无的叫声，叫声类似于羊发出的。他诧异地打量着四周，眼前有一座土丘。叫声好像是从土丘后面传来的。

　　嘎拉德向土丘上跑去。嘎拉德爬上土丘，心几乎跳出胸膛，土丘下面有着成群的黄羊、狍子。嘎拉德惊喜交加，可他很快冷静下来，每当他过于高兴时，总有不测发生，到头来却空欢喜一场。

　　面对如此众多的黄羊、狍子，嘎拉德束手无策，有心回去找帮手，但很快又打消了这个不切实际的想法。即使有再多的黄羊，也满足不了人的贪欲。嘎拉德想到了镜子，马上又摇头了，镜子嫉妒成性，会把这里的一切视为己有。到时，他得不到一点儿好处。可他身单力薄，仅凭他的力量，如何能捕获如此众多的黄羊、狍子呢？嘎拉德很快有了主意，他有的是时间，虽单枪匹马，但总有一天，这里的黄羊、狍子都将被他一一捕获。

　　土丘下面茂盛的植被成了嘎拉德的天然保护伞。

　　他潜伏进植被，四肢着地，慢慢接近黄羊群。与黄羊群的距离越来越近，透过植被的缝隙，他隐约看清一只黄羊的面目，漆黑如墨的眼睛机警地转动着，小巧的嘴巴掠过一缕牧草，匆匆咀嚼着。其间，黄羊头微微侧向他这里，眼睛一眨不眨地注视着。嘎拉德趴在地上，一动也不敢动。就在此时，黄羊仰头发出类似于羊的叫声，仿佛是在提醒伙伴，附近有危险，便转身跑开了。

　　黄羊离开不久，一只成年狍子及时填补了这里的空白。

　　嘎拉德转忧为喜，趁狍子不注意，他把套马杆伸了过去。套马杆上有套索。只要狍子钻进套索，就能乖乖束手就擒。

　　狍子仰头侧目，一脸思索的神情，视线久久地落在套索上面，目光中渐渐产生了疑问：这是什么，好玩吗？明明什么都没有，突然间却冒出一个不明之物？狍子以少有的严肃与耐心，观察着套索。

　　嘎拉德的心提到了嗓子眼儿处，套索与狍子仅有咫尺之遥，只要他再向前移动一步，或是狍子向前跨出一大步，套索就能准确无误地套中狍子。他不能再移动了，稍有风吹草动，势必惊动狍子。远处的黄羊群、狍群将一哄而散，所有努力将功亏一篑。那就耐心等待着狍子主动钻进套索。狍子缺少耐性，喜欢我行我素。可眼前这只狍子却怪了，以极其少有的耐性，长时间审视着套索，没有丝毫的莽撞之举。

狍子猛地抬起前肢，向前走去，但很快又收回蹄子，回身张望，似乎在征询伙伴的意见。原来，有一只狍子匆匆走了过来。

嘎拉德眼睛瞪得吓人，太好了，不管是哪只狍子，只要有狍子钻进套索，他就没有白忙活。两只狍子肩并肩站到一处，表情如出一辙，审视着眼前的不祥之物。

时间一长，嘎拉德就有些撑不住了，身子又酸又麻，想活动活动身子，又怕惊动两只狍子。嘎拉德紧咬牙关，皱紧眉头，坚持着。他感觉双手不是他的了，原来肿胀、酸痛的感觉消失了，只有麻酥酥的感觉，现在，这种感觉也变得微乎其微了，身子木木的。

嘎拉德心里一横，有心放弃，可一旦放弃了，就再也没有这个好机会了，多日的奔波又将无果而终。嘎拉德心里七上八下，既想放弃，又不忍心；不想放弃，身体又承受不住。就在他骑虎难下之际，出现了戏剧性的一幕，两只狍子并驾齐驱，向套索走去。"腾"，不知从什么地方跳出一只小狍，径直撞向两只成年狍。两只狍一侧身，小狍不偏不倚钻进了套索。

嘎拉德这个气啊，明明可以捕获两只成年狍，可费了九牛二虎之力，全被一只小狍搅乱了。嘎拉德暴跳如雷，纵身跳起，晃动双臂，挥动套马杆，小狍飞了起来，随后重重摔落在地。嘎拉德双臂一挺，再次挥动套马杆，小狍又飞了起来。

短短的几分钟里，小狍身子与大地接触了多个来回，身子软软地垂了下来。

突然出现的一幕惊动了黄羊群、狍群，它们一阵风似的从眼前消失了。

草地上传来惊人的"唰唰唰"声惊动了嘎拉德，抬头望去，黄羊群、狍子群如同迅速移动的云朵，眨眼间消失得无影无踪。嘎拉德后

悔不已，他的目标是黄羊群、狍群，而不是一只小小的狍子。嘎拉德把小狍丢弃在一边，冲着远处，很响地吹了一声口哨。坐骑并不熟悉嘎拉德的口哨，直到嘎拉德吹出数十声口哨，嘴巴肿胀得犹如猪嘴，才姗姗来迟。

嘎拉德飞身上马，这时，从身后传来"腾"的响声，他回头一看，差点儿从马背上掉下来，小狍竟然缓过一口气，活了。

嘎拉德竹篮打水一场空，恨不得找个地缝儿钻进去。

嘎拉德举起套马杆，狠狠地砸在坐骑后尻。坐骑仰头长嘶，身子一纵，奔向远处。

黄羊群、狍群就如两团飓风，一前一后，向丛林方向跑去。

嘎拉德看得一清二楚，它们正向丛林里的小路那里跑去。嘎拉德转忧为喜，频频抽打坐骑，恨不得眨眼间追上它们。

跑在最前面的黄羊群，如同一个整体，冲下土丘，直奔丛林而去。狍群比黄羊群反应还快，一个漂亮的切点，抄近路，冲向丛林。

嘎拉德傻眼了，美梦再一次化作了泡影：无论是黄羊群，还是狍群，都远离了丛林里的那条小路。此时，嘎拉德还没有意识到危险，一味地催促着坐骑。

坐骑大头一偏，身子画出一段优美的弧线，向狍群追去。

嘎拉德上身紧贴在马背上，一手牢牢地抱着坐骑的脖颈，一手倒拎着套马杆。眼前的景物迅速地向后移去，什么也看不清。嘎拉德一抬头，顿时惊出一身冷汗，眼前是密不透风的丛林。以坐骑的速度，一旦撞到树干上，必将人仰马翻。"唰"，一根树枝抽在嘎拉德脸上，顿时，脸像被刀割似的火辣辣般疼。他下意识地用手捂住脸，却忘了他此时正坐在马背上，身子一歪，滚落下马，昏死了过去。

# 26. 镜子

镜子心情愉悦，沐浴着温热的阳光，迎着和煦的夏风，眼前是一望无际的美景，耳边回响着夏虫啁啾婉转的鸣唱。他从来没有看到过如此美景。镜子之所以如此兴奋，是他轻易就搞定了嘎拉德，以他对嘎拉德的了解，以为这将是一次艰难的谈判，没有想到事情出乎意料地顺利，顺利得让他都难以想象。

很快，镜子又遇到了一件开心的事。

镜子手下轻轻一揿，越野摩托车偏离了土路，驶向土丘。镜子如一位威风凛凛的将军，气宇轩昂，慷慨一番，但很无奈，大脑里空空如也，憋了半天，没有说出一句话。但这丝毫不影响他的情绪，手一松，摩托车无声地滑下土丘。

镜子只感觉眼前一晃，从草丛里跳出一个模糊的身影。他一惊，迅速改变摩托车方向。奇怪的是，模糊的身影竟然直奔他而来，吓得他双眼一闭，收身缩脖，但还是没有躲过模糊身影，一声闷响，人仰马翻。镜子刚要诅咒，突然瞪大了眼睛，原来从草丛中跳出的是一只身材硕大的狐。狐已气绝身亡。

这是一只被毛浓密、光滑，颜色漂亮的大狐。

镜子惊喜交加，等于白白捡了一只大狐。

镜子打量着四周，茂盛的牧草随着夏风一起一伏，滚滚草浪涌向

天边。他看看牧草，又看看倒地的大狐，一脸若有所思，看来，正如嘎拉德所说，草地有很多野生动物，这不，说撞就撞上了嘛。镜子后悔极了，后悔不应该给嘎拉德丰厚的定金。

镜子向远处眺望，远处隐约有一座蒙古包。镜子二话没说，扶起摩托车，向蒙古包驶去。

镜子告诉蒙古包的主人，他是来草地旅游的驴友。

主人半信半疑，镜子绛紫色的皮肤，是高原紫外线长时间照射的结果。还有，他轻车简从，根本就不像传说中的驴友。

很快，镜子的谎言不攻自破。他向主人打听附近草地上的动物多不多，比如狐、獾、野兔……毕竟，镜子初来乍到，还不敢表现得为所欲为，还保持着一份矜持，但对动物的欲望，令他把娇羞抛到脑后了，最后开门见山，直言不讳地打听，有没有黄羊、狍子之类的食草性动物。镜子说这话时，好像面前就站着一只偌大的狍子，一脸贪婪与奢望，恨不得立刻占为己有。

主人原本对镜子还抱有一丝好感，可随着镜子厚颜无耻地表露心迹，仅有的好感也没有了。主人毫不掩饰对镜子的厌恶与鄙夷。可惜，沉浸在美好想象中的镜子却没有察觉，仍滔滔不绝地询问着。

"这里有狼。"主人冷冷地开口了。

镜子不自然地看了主人一眼。

镜子对狼有着刻骨铭心的印象。一次走夜路，偶遇一条狼。镜子并没有往心里去，误以为是一条牧羊犬。镜子有着丰富的对付狗的经验。苏木有一群无所事事的狗，专门干一些欺软怕硬、滋事生非的事情。那条站在路中的"牧羊犬"虎视眈眈地注视着镜子。镜子毫无惧色，催动坐骑。坐骑已多次向镜子发出危险信息：前蹄频频击打着地面，大头上下晃动，打出一连串的响鼻。遗憾的是，这些都没有引起他足够的重视。坐骑迟迟不走，镜子急了，鞭子无情地落了下来。坐骑一个腾空，把毫无思想准备的镜子掀下马背。镜子趴在地上，头痛欲裂，半天才起来。

镜子再一抬头，牧羊犬已置身眼前，他分明感受到牧羊犬身上散发出的浓浓臊味。镜子很响地抽了几下鼻子，马上做出判断，站在眼前的根本不是牧羊犬，极有可能是狼。的确，夜色大大影响了镜子的视力，让他再三错过逃生的机会。镜子惨叫一声，大声呼唤着坐骑。坐骑早已不知踪影。难以置信的是狼却没有扑上来，愣头愣脑地打量着镜子。事后，镜子回忆：一定是自己犹如鬼魂附体的表演惊吓住了狼。

镜子一看狼走了过来，立刻发出悲天悯人般的哭喊。狼犹豫了，愣眉愣眼地打量着镜子。镜子觊觎着狼，见有效果，继续表演，一边双手拍着大腿，一边数落坐骑的不是。镜子的表现如同鬼魅，手舞足蹈，鬼哭狼嚎，鼻涕一把，眼泪一把……狼被突如其来的一幕弄懵了，不知所措地注视着镜子。

镜子见狼没有反应，拔腿就跑。镜子不应该仓皇逃离，而应继续表演，最终把狼吓跑。他这一跑不要紧，等于承认自己害怕了。狼纵身跳起，身子像一颗炮弹砸向镜子。镜子"妈呀"一声惨叫，摔了个狗吃屎。

镜子知道狼不会轻易放过他，发出如雷贯耳的哭泣声，手脚着地向前爬行。镜子连爬带跑的速度快得惊人，狼再次跳起时，镜子已经跑远了。狼一个纵身，猛地甩出大嘴，直奔镜子的屁股。镜子感觉自己的屁股没了，发出杀猪般的嚎叫。幸运的是，镜子的哭喊声引来了路人的注意。狼见有人向这里跑来，一头钻进草丛，不见了。

从那以后，镜子时常从噩梦中惊醒，再也不敢独自走夜路了。

镜子误以为主人是与他开玩笑，当看到主人严肃而又认真的表情的，他意识到，主人并非跟他开玩笑，他胆怯地向四周扫了一眼，表情不自然，说话也变得吞吞吐吐。

"我们这里还有两条腿的狼！"主人冷冷地说道。

镜子讨了个没趣，不过，从主人不多的话里，不难看出，草地上确实有很多野生动物。

从这天起，镜子如同一个孤魂野鬼，整天来往于草地间，但几天下来，不要说遇到狐了，就是连只野兔也没有遇到。镜子不死心，又嫌每天来往草地与苏木浪费大量时间，索性把大货车开到大栏山脚下。

镜子把大货车作为大本营，白天去草地寻找动物，晚上就住在大货车里。

镜子无师自通，对动物的踪迹了然于胸。一天，他发现草丛下面有一条小径，小径的尽头是条小溪。小径上遍布着凌乱的动物脚印。他在小径上设下了铁夹。

铁夹专门用来对付狼、黄羊、狍子……一旦触动铁夹，坚硬如利刃的铁弓将立刻切断它们的腿骨。

当天黄昏，镜子兴冲冲地来收获了，想象着捕获的是黄羊呢，还是狍子呢？镜子把所有动物都想象了一遍，但结果沮丧得要死。不知是谁触碰了铁夹，铁夹失灵了。

一只野鸡经过这里时，触动了铁夹。野鸡身材瘦小，铁夹失去了作用。野鸡幸运地逃脱了。

两天后，镜子终于有了收获，铁夹击中了一只野兔。野兔被铁夹拦腰斩断，骨架齐刷刷地断了。虽然收获的仅是一只野兔，却大大鼓舞了镜子。他坚信早晚会捕获黄羊和狍子。

镜子信心倍增，除了巡视铁夹，余下的时间，他骑着摩托车，四处寻找动物的踪迹。

此时，嘎拉德在距离镜子不远处疯狂地围捕黄羊。两人之间，只隔了几座土丘。幸运的是，他们虽臭味相投，却没有联合起来。否则，对野生动物来说，将是一场浩劫。

某一天，镜子发现了两只狍子。镜子以为看花眼了，仔细一看，果真是一大一小两只狍子。看到狍子的那一刻，镜子并没有因为兴奋而失去理智，清醒地知道仅凭他一人捕获狍子，等于痴心妄想。

在这一点上，镜子比嘎拉德清醒，而且更有办法，知道如何把劣势变成优势，把优势变成绝对的优势。从这一点来说，镜子比嘎拉德还可怕。

镜子很快有了主意，他特意套了一个很大的圈，出现在狍子的对面。镜子表现得不急不躁，不慌不忙，似乎狍子的行动路线都由他设计好了，只要按部就班地实施，就等着收获了。

镜子轻轻摁了一下喇叭，大狍猛地抬起头，瞟了一眼远处，转身就跑，小狍如影相随。镜子脸上露出诡异的笑容。果然如此，小狍跑得慢，大狍舍不得丢下小狍，不得不放慢速度。小狍不仅跑得慢，由于过度惊慌，像没头苍蝇似的到处乱窜，竟然向镜子这里跑来。大狍又气又急，多次迂回，跑到小狍身边，连哄带劝，一番折腾后，才带着小狍逃离。

镜子故意让摩托车发出古怪的吼声。

小狍身子一哆嗦，前肢跪在地上，整个身子折了过去。大狍不得不停下来，恐惧地打量着小狍。小狍挣扎爬起，身子紧紧贴在大狍身

上。原本大狍可以带着小狍一起逃走，可这样一来，小狍的行为大大阻碍了大狍的行动。

小狍已被折磨得筋疲力尽。

镜子看看是时候了，摩托车怪叫一声，笔直地冲向小狍。大狍一看不好，抛下小狍夺路而逃。小狍慌作一团，冲着远去的大狍咴咴叫着，有意跟上去，但又畏惧眼前的镜子。镜子犹如魔鬼，一手扶着摩托车，一手甩出钢鞭，劈头盖脸地砸向小狍。小狍躲避不及，脸上立刻呈现出一条深深的血痕。小狍吓得魂飞魄散，远远地跑开了。

小狍逃跑的方向恰恰是设有铁夹之处。

镜子一点儿也不着急，他看了看站在远处的大狍，跨上摩托车，去追小狍了。

大狍站在原地，冲小狍频频叫着。因心情急切，大狍的叫声含糊而又怪声怪调。

镜子就像横在它们中间一条无法跨越过去的深沟，小狍无法回到大狍身边，大狍也无法召唤回小狍。

大狍爱子心切，竟然向小狍这里飞奔而来。

镜子暗暗高兴，一切都像他事先设计好的，大狍决不会抛弃小狍。

今天，他将有重大收获。镜子紧紧护住小狍，不让它回到大狍身边。小狍惊恐极了，目光里透着绝望。大狍几个转身，绕过镜子，与小狍会合到一处。小狍以不可思议的速度扑向大狍，头在大狍身上撞来撞去，似乎要回到腹部里，那里才是最安全的。小狍把头搁在大狍身上，浑身仍战栗不止。大狍伸出修长的脖颈，紧紧搂住小狍，百般疼爱，百般呵护。

相聚是短暂的。

镜子不会给它们太多的时间，趁着一大一小两狍惊魂未定，要立刻把它们驱赶进伏击圈。他驾驶着摩托车往前一蹿，拦下大狍的退路。

大狍一惊，护着小狍向前跑去。小狍紧紧依偎在大狍身边，即便如此，它的脚步仍显得凌乱。大狍不慌不忙地跑着，跑动中，偶尔看一眼小狍，好似鼓励与安慰。渐渐地，小狍恢复平静，步伐稳重。大狍加快步伐，小狍紧紧配合着大狍，向前跑去。

镜子瞥了一眼大狍，他与大狍相差几米的距离。这个距离说远不远，说近不近，刚好可以把大小狍掌控住。附近就是铁夹，铁夹就像张开大嘴的猛兽，隐藏在草丛中，耐心地等待着它们的到来。

大狍似乎发现了铁夹，或者说是识破了镜子的诡计，它猛地向前一跳。小狍懂得配合，大狍跳起的那一刻，小狍的身子也画出了一段优美的弧线。大狍来了个漂亮的九十度旋转，向土丘上跑去。小狍像

影子似的跟在大狍身后。

镜子大惊失色，他被一大一小两狍耍了。万一大狍跑了，再想把它们玩弄于股掌间，除非……没有除非。镜子手下没了轻重，摩托车怪叫一声，身后荡起一股黑黑的浓烟，蹿了出去。

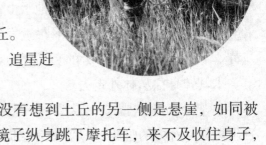

两只狍如一阵风吹上了土丘。

摩托车如一匹脱缰的野马，追星赶月般地上了土丘。

镜子大叫一声不好，万万没有想到土丘的另一侧是悬崖，如同被巨斧劈出来似的，直上直下。镜子纵身跳下摩托车，来不及收住身子，随着摩托车，像只风筝摇摇晃晃地飘下土丘。

# 27. 拯救

牧羊犬乌和尔猛地收住四肢，呆呆地望着远处的丛林，喉咙里发出古怪的吟叫。它瞟了一眼木其，颠着碎步向丛林方向跑去，偶尔回头看一眼木其，好像盼望木其跟上它。丛林里似乎发生了重要的事情，它越跑越快，庞大的身躯如一团模糊的光影划过草地，沿途留下巨大的吼声。快要接近丛林时，它反倒不着急了，放缓了脚步，好奇地打量着四周。最终，它停下来，长时间注视着丛林里的一条小路。

牧羊犬乌和尔从来没有表现得这么矛盾。

木其向丛林里的小路走去。

牧羊犬乌和尔与他保持着若即若离的距离。

小路上躺着一个人。

木其一眼认出了嘎拉德。嘎拉德满脸血污，昏迷不醒。身旁丢弃着断为两截的套马杆。

木其少了以往的果断，犹豫了。他对嘎拉德谈不上好印象，这不仅缘于嘎拉德与德班有着不可调和的矛盾，还有来自嘎拉德曾对他粗鲁的施暴。那次，嘎拉德给他造成了不小的伤害——轻微脑震荡。很长一段时间里，木其一说话头就嗡嗡嗡地响。

木其对嘎拉德的坏印象不仅仅来源于两人的矛盾，还有嘎拉德自身不良的行为，有多少野物葬送在他手上，这对从小就受德班影响的木其来说，是不可饶恕的罪行。还有最近发生的事，草地人又在传嘎拉德围捕黄羊了。从被丢弃在一旁的套马杆不难看出，这是不争的事实。

木其转身往丛林外走去。

牧羊犬乌和尔瞥了一眼倒地的嘎拉德，又望望匆匆而行的木其，发出短促、有力的吼叫，似乎是有意提醒他。

木其身子微微一颤，他不能这样做。如果家人知道这件事，不仅为人正直的德班不能原谅他，而且家里的任何一个人也不能原谅他！虽然嘎拉德身上有着种种劣迹，但他是人，身上还有着很多闪光之处，在与大货车司机斗争这件事中，嘎拉德就表现得非常勇敢，让人不得不敬佩。如果嘎拉德有很多优点，就能掩盖他的不足；或者他做得隐蔽些，不至于把劣迹表现得那么直白，木其都能原谅他。可就是这个嘎拉德，做起事来，毫不隐讳，有一说一，有二说二，哪怕是见不得人的行为，都不值得他去掩饰。嘎拉德应该为他的行为负责，包括他捕杀野物的行为……

木其的思维乱纷纷的。

牧羊犬乌和尔举着头，一直注视着木其，因等待的时间超出了想象，不得不用吟叫提醒他。

木其与乌和尔四目相对，他看到了乌和尔一脸失望的表情，也看到了它目光中那个渺小的自己。木其转身向嘎拉德走去。

乌和尔发出欢快的吼声，摇着大尾巴，抢先一步，跑到前面。

木其摇醒了嘎拉德。

嘎拉德微微睁开双眼，长时间打量着面前的木其，脸上一点儿表情也没有，哪怕是劫后余生的庆幸，或是见到这个对手时的愤怒，什么都没有。那张偌大的脸庞就像一张白纸，等待有人添上感情色彩。嘎拉德的目光转向牧羊犬乌和尔，同样一脸麻木。乌和尔伸出舌头，舔着嘴角，威严地注视着他。即使乌和尔这个挑衅的动作也没有激醒嘎拉德。

这一摔，确实把嘎拉德摔糊涂了。

木其不得不开口说话，希望用声音尽快唤醒嘎拉德。

嘎拉德慢腾腾地伸出一只手，无力地挥了挥，木其的声音令他头疼欲裂，眼前直冒金星。

看来，嘎拉德伤得很重。木其内疚极了，为没有及时救助嘎拉德而后悔。

半天后，嘎拉德脸色好多了，目光明亮了。他看看四周，又看看身边；看看身边，又呆呆地望着延伸进丛林里的小路。

嘎拉德清醒过来的第一件事，仍惦记着黄羊，这让木其很恼火，故意问道："你怎么来这里了？"

嘎拉德害怕木其追问下去，收回目光，低下头，一言不发。

"你是来围捕黄羊吗？"木其怒视着他。

嘎拉德猛地抬起头，盯着木其，目光里充满了疑惑：你怎么知道这件事？他意识到自己暴露了，很不自然地舔了一下嘴唇，目光躲闪着木其。

"你不应该围捕黄羊！"木其忘了因多管闲事而被嘎拉德惩罚的情景，用手指着嘎拉德的胸膛，"否则，你这里不会安宁的！"

嘎拉德粗鲁地打掉木其的手，猛地想起什么，迅速地扫了一眼乌和尔，再次低下头。

"回家吧！"木其扶起嘎拉德，冷冷地说道。

嘎拉德很犹豫，看看木其，又看看丛林深处的小路，无奈地走了。嘎拉德不经意的动作，引起了木其的警觉。看着嘎拉德走出丛林，木其返身向丛林深处走去，很快发现了套索。木其一口气收起十几个套索，才离开丛林。木其却没有想到，嘎拉德并没有远走，一直守在小路附近。嘎拉德看到木其手中的套索，脸色愠怒。

"给我！"嘎拉德摇摇晃晃地走了过来。

"不能给你！"木其断然拒绝。

嘎拉德伸出大手，快步走向木其。牧羊犬乌和尔发出一声怒吼。嘎拉德身子一晃，就像被施了定身法，站在那里，不安地看着乌和尔。嘎拉德的大脑虽然不好使，但他不会忘记他们之间曾发生过的格斗，他可是彻头彻尾地输了。

嘎拉德走了，一路很不安，时常回头打量一眼乌和尔，担心它追上来。

木其一直注视着远去的嘎拉德，确信他回蒙古包了，才离开丛林。木其仍不放心，去四周转转，寻找嘎拉德留下的其他罪证。当他爬上土丘，远远地看见了一辆大货车，刚刚放进肚子里的心又悬了起来，大栏山脚下无缘无故出现一辆大货车，肯定不是什么好事。木其心情急切，没有听到牧羊犬乌和尔发出碎小的吟叫声。乌和尔看看远去的木其，又看看另一座土丘那里，紧紧跟上了木其。

木其好像在哪儿见过这辆大货车，一时又想不起来。

车厢里、驾驶室里一片狼藉。大货车四周有少量的生活垃圾。从这些情况分析，大货车驻扎在这里多日了，而且一时半会儿没有离开的意思。一辆大货车驻扎在这里，实在让人费解，对方的目的是什么呢？

嘎拉德闪烁其词的样子从木其大脑中划过，难道是他的同伙吗？

木其再一次仔细观察着大货车，猛地想起，这是镜子的大货车。司机镜子与嘎拉德兵戎相见的一幕浮现在眼前，怎么看他们都联系不到一起。不过，木其很快想起来镜子与嘎拉德第二次相见时，两人好得胜过亲兄弟。再想想嘎拉德最近的表现，木其醍醐灌顶，嘎拉德与镜子沆瀣一气，狼狈为奸，一起捕获野物了。

木其发现附近有一大片凌乱的车辙，循着车辙找下去，发现了设在草丛里的铁夹。木其捡起一根枯枝，弄翻了铁夹。铁夹飞舞起，利落地挫断了坚硬的枯枝。木其心头一疼，仿佛有一个活生生的身体倒下了。

木其扩大寻找范围，始终没有发现镜子的身影。镜子一天不离开草地，草地就无法安宁。木其双眉紧锁，注视着牧羊犬乌和尔。乌和尔举头与木其对视。

"你能帮我吗？"木其自言自语，"你能帮我！"

牧羊犬乌和尔似乎听懂了木其的话，"腾"地跳起，向远处跑去。木其看着远处的乌和尔，为难了，它真知道镜子的去向吗？以它的性格，决不会放过镜子的，可一路上，它没有任何反常的举动。

乌和尔对于木其迟迟没有行动，很是不满，仰天发出洪亮的吼声。

木其跟着乌和尔来到土丘上，向下望去，土丘下面是大片茂盛的杂草，没有人。不过，车辙确实到了这里戛然而止。下面有一段模糊的、拖曳的痕迹。

牧羊犬乌和尔冲着土丘下面发出一连串的吼叫，跑下了土丘。

木其惊得目瞪口呆，镜子的惨状比嘎拉德还可怕，身子蜷缩在一起，好像通过手脚相抱的方式以减少身体受到的伤害。即使这样，他的脸上仍呈现出十几道伤痕。不远处倒着一辆越野摩托车。摩托车旁边有一条钢鞭。钢鞭的一端沾着血迹与被毛，血迹已经乌黑变干，显然这是袭击某个动物留下的。想想此前遇到的嘎拉德，再想想倒地的镜子和那辆昭然若揭的大货车，木其再也沉不住气了，猛地拔出蒙古弯刀，举了起来。

牧羊犬乌和尔举着头，怔怔地看着木其，第一次看到木其凶狠的表情，第一次看到木其发这么大的火，第一次看到木其以少有的果断举起蒙古弯刀。它的目光在木其与镜子之间睃来睃去，如果换作平时，它会怒吼一声，给木其呐喊助威，让木其果断行事，可现在，它犹豫了，一脸思索，木其面对的是一个倒卧在地，人事不省，毫无还击能力的人，这就像一个弱智的人，虽然他有着成年人的身材，可他的能力，比如自我保护的能力，还不如一个婴儿。木其能对这样一个人下手吗？

乌和尔就这样呆呆地注视着木其。

木其举起蒙古弯刀，一步步走向目标。乌和尔看到这儿，大头垂了下来，喘息了一声，它可以放心了，担心的事情终于没有发生。它与这个家庭相濡以沫，德班、木其，包括家庭里的任何一个人，都不会做出令它瞠目结舌的事情，更不会做出有悖于它想法的事情，他们有着草地人优秀的品质与性格。

木其几步来到摩托车前，猛地挥动蒙古弯刀，只听"噗"的一声闷响，摩托车车胎被拦腰斩断。

木其再一次来到镜子身边，确信他没有生命危险，走了。

乌和尔紧紧跟在木其身后。

虽然没有施救镜子，虽然摩托车不能再成为镜子的帮手，木其仍难以平息胸中的恶气，又回到大货车那里，疯狂地挥起蒙古弯刀……

这一刻，牧羊犬乌和尔有些陌生地看着木其。木其胸中积郁了太多的愤怒。这是因他无法保护草地动物，无法阻止他人的乱捕滥杀的行为而苦恼、愧疚、愤恨……愤怒之火几乎要把他毁掉了。

木其浑身是汗，瘫软在草地上。

木其的行为给镜子带来了灭顶之灾。即使天空飘下雪花，他也没有想到离开草地。从另一个角度说，也是对他丑恶罪行的惩罚，让他深知，应该为自己所犯下的错误，当然包括罪行，付出代价，哪怕一脚跨进鬼门关里。镜子身陷雪灾后，德班、木其又积极施救，尤其是木其冒着极大的危险，只身拯救镜子。少年用实际行动赎回犯下的错误，这是一个勇敢、坚强，敢于担当的少年。

一场突如其来的暴风雪袭击了草地，夏季营地生活结束了。

# 下篇　艰难归程

　　季节已进入夏末，再有几天，牧民们就要转场了，回到千里之外的定居点。不期而遇的大雪，把转场的行程往后推迟了几天。即便如此，牧民们也开始着手准备转场工作，只要天空放晴，立刻启程。奇怪的是，大雪断断续续，一时半会儿没有停的意思。

# 28. 暴风雪

草地夏、秋季节短暂而炎热，冬季漫长而寒冷。

今年，草地省去秋季，直接由夏季进入冬季。

八月末，草地下雪已不是什么新鲜事。

天空飘下棉絮般的雪花。

德班抬头看看天，西北天空彤云密布。彤云以惊人的速度向四周扩散，遮挡了阳光。杨絮般的雪花缠缠绵绵地飞舞着。

雪花很快融化成水。牧草的叶茎上挂着一颗颗晶莹的水珠。水珠越聚越多，叶茎饱含水分，慢慢垂下来。

远远望去，大片牧草上闪动着晶莹剔透的水珠，随着阳光的消失，这一美景也消失了。

大雪下了一天一夜。空气湿漉漉的，似乎能拧出水。

季节已进入夏末，再有几天，牧民们就要转场了，回到千里之外的定居点。不期而遇的

大雪，把转场的行程往后推迟了几天。即便如此，牧民们也开始着手准备转场工作，只要天空放晴，立刻启程。奇怪的是，大雪断断续续，一时半会儿没有停的意思。

德班出神地凝视着天空，天空灰蒙蒙的。雪花飞舞，如同精灵一样从头顶飘下来，它们好像有意在德班面前展示优美的身姿，翩翩起舞。德班恍如在梦境里，眼前有两个小人，手拉着手，有节奏地摆动着身姿。他们的舞姿轻缓、舒柔，不紧不慢，不慌不忙，有着极好的耐性。他似乎看到了一张笑脸，仔细察看，那张充满笑容的脸不见了。就在他一愣神的工夫，笑脸又悄然出现了。还是那两个小人，可是没有原来可爱了，他们变得急躁而疯狂，手舞足蹈，嘴巴也不闲着，张着大嘴，吼叫着……德班一下子醒了，空气中有丝丝的寒意。

德班凭经验判断，将有暴雪。可德班还是大意了，这场暴风雪超出了预期，给草地人带来了巨大的灾难。

草地人虽做了充分的准备，可三天后，突如其来的暴风雪还是弄得草地人手忙脚乱。草地人忙着收集燃料，那是在接下来的时间里，不可缺少的重要生活物资。

大雪让牛粪省去了中间的重要环节——燃烧，直接回归了草地。草地上的枯柴是有限的，即使额木格、额吉、乌妮三人一起行动，捡回来的枯柴也只够燃烧一天的。

空气中有风，风有硬度，吹在脸上如针尖轻轻扫过一样疼。这是非常可怕的。

草地上的暴雪可怕，可更怕的是暴雪中夹杂着大风，极容易形成暴风雪。持续的暴风雪最终又会形成令人恐惧的"白毛风"，那是令草地上所有生命都感到畏惧的巨大灾难，能卷起成群的牛羊，并将它们刮得不知去向。

最初，风没有想象中来得那么快，也没有那么恐怖。就像当初天空中飘下雪花一样，给人诗意的感觉。这往往是狂风暴雪的征兆，往往迷惑着毫无草地生存经验的人，他们要为自己贫乏的经验付出代价，甚至付出生命的代价。

德班、木其分头行动，通知草地人做好最坏的打算。草地人终于意识到，这将是一场空前绝后的灾难，他们积极地行动起来。

德班、木其回来时，才想起还没有固定自家的蒙古包。

德班果断行事，把位于土丘顶的蒙古包，转移到土丘的向阳面。全家人忙到半夜，总算把蒙古包重新建立了起来。疲惫把他们击倒了，没有燃起铁皮炉子，就睡着了。半夜，额木格开始连连咳嗽。

蒙古包里没有一丝暖意。

额木格全身围着毛毡，一直坐到天亮，也咳嗽到天亮。

木其早早地起了床，准备点燃铁皮炉子。但发现没有燃料了，他一筹莫展。

额木格挣扎着站起来，迈动着有些僵硬的身子，缓缓走出蒙古包，来到存放枯柴的地方，上面覆盖了一层厚厚的积雪。她用粗糙的大手抚去积雪，收集一些碎柴，点燃铁皮炉子，煮了一壶奶茶。

额木格悠闲地喝着奶茶，她双手捧起瓷碗，嘴唇聚碰在一起，轻轻吹动着，暗红色的奶茶上凝聚着一层薄如蝉翼的物质，即使在额木格一遍又一遍的吹动下，它们仍坚强地保持着一个整体。额木格脸上绽放出微笑，她喜欢暗红色，也喜欢有着一层薄薄油脂的液体。

木其从来没见过额木格这样专注的神情。

德班心里一翻个儿，对额木格的笑容记忆犹新，当年他们的爱子出生时，额木格就这样笑过。

额木格仍痴痴地笑着，好像看到了新生命一样的东西。奶茶快凉了，额木格仍痴情地注视着。在额吉的一再提醒下，她才轻轻喝上一口。额木格似乎是第一次喝奶茶，又好像是奶茶少得可怜，舍不得一口喝下去。额木格久久地让奶茶停留在唇齿间，一番品尝，才让奶茶缓缓流入胃里。额木格不像是喝奶茶，而是品奶茶。大半生过去了，额木格终日劳累奔波，很少有时间坐下来，悠闲地喝喝奶茶。现在，蒙古包外大雪漫天，她终于有时间与家人坐在一起，安安静静地品尝奶茶。

　　额木格喝完奶茶，满身热气，面色红润，一脸笑容，欣赏地打量着蒙古包，疼爱地看着木其和乌妮。奇怪的是，她不咳嗽了。的确，一夜的咳嗽声，令木其心疼不已的同时，也难以忍受。额木格用了足够长的时间打量完蒙古包，注视完兄妹两人，开始打扮自己，说是打扮，只不过是往身上穿过多的衣服。

　　家人吃惊地看着额木格。

　　额木格不慌不忙，身上穿了足够多的衣服——再穿上过多的衣服，将大大影响她的行动，她缓缓走出了蒙古包。

　　地上落了一层厚厚的雪花，但这丝毫不影响额木格的行动。雪地上留下了一串凌乱，但目标明确的脚印—— 一直延伸到勒勒车那里。

　　额木格走出蒙古包的那一刻，老牛阿古拉已经注意到了，它抬起头，目光一动不动地落在额木格身上。它似乎知道额木格要去做什么，这是它与额木格之间的秘密，他人是不会知道的。老牛竟然主动走了过来。额木格抬起勒勒车，老牛阿古拉后身进入勒勒车车辕里，一人一牛配合得是那么娴熟与自然。

额吉终于沉不住气了，跑出来，劝阻额木格。

额木格轻轻告诉额吉，她要去大栏山捡枯柴。额吉不同意，说去也要她去，还轮不到额木格。额木格表现出像德班和木其一样的固执。

长期相濡以沫，他们身上都有着相似的品质，这也是一个家庭应该具有的品质。

额木格固执极了，指着德班，指着木其，指着乌妮，小声嘟囔着，事后，额吉才深情地回忆起，额木格放心不下一家人，让额吉替她照顾好一家人。额木格此去，已经做好了最坏的打算。

额吉向德班求助。

德班挥挥手，他无法阻止额木格。额木格经过了一番深思熟虑，才做出大胆而又必要的决定。他知道额木格心里是怎么想的，多年了，他们太了解彼此了，一个眼神，一个不经意的举动，都能让对方领会。额吉应该清楚，额木格已不是第一次走进暴风雪。那一次的暴风雪比眼下的还要可怕，可额木格不顾家人的阻拦，硬是闯进暴风雪中，寻找未归的儿子，也就是木其的阿爸。伟大的母爱感动了暴风雪，创造了奇迹，一天一夜后，额木格平安地回来了。这次，额木格仍能创造奇迹——一个伟大母亲对所有亲人的爱，仍能感动暴风雪。

木其匆匆爬上勒勒车，他要陪着额木格。

往日，额木格一脸欣喜，总是用疼爱的眼神注视着木其。这次，额木格脸上的笑容消失了，大声嘟囔着，驱赶木其。额木格生气了，她从来没有生过这么大的气，动过这么大的怒。

乌妮也爬上了勒勒车。

额木格疼爱地看了一眼乌妮，或许她累了，或许她希望乌妮陪着自己，总之，她没有把乌妮赶下勒勒车。额木格深情地看了一眼蒙古包，艰难地爬上勒勒车。老牛阿古拉迈开硕大的蹄子，勒勒车发出痛苦的呻吟声——巨大的车轮碾碎积雪的声音。勒勒车很快融入茫茫雪雾中。

雪依旧飘扬，风依旧强劲。

德班、木其忙着加固蒙古包。一旦大地冻成一体，没有固定好的蒙古包会像风筝似的被暴风雪卷上天空。

茫茫雪雾中，露出难得的阳光。阳光金灿灿的，映照得雪雾也金灿灿的。

草地人眼前豁然开朗，风要停，雪要止，他们就能转场了。因等待的时间太长，草地人已经有些迫不及待了。不仅仅如此，还有隐隐的担忧，如果大雪继续下去，他们将被阻隔在草地上，那将是十分可怕的。

很快，阳光被巨大的雪雾吞噬了。随着阳光消失，风突然变大了，雪也变大了。风助雪威，雪借风势。眨眼间，天地间被狂风与暴雪占据了——经过多日酝酿，终于形成了暴风雪。

额吉、木其后悔极了，不应该让额木格离开蒙古包。可没有燃料，蒙古包冷如冰窖，这同样可怕。

额吉六神无主，手搭在眼前，眺望着远方，但什么也看不见了。她很清楚，这个时候，额木格还没有到大栏山。额吉心里慌慌的，再也站不住了，慢慢蹲了下来。额吉猛地站起身，沿着雪地上那条若隐若现的车辙走去。

牧羊犬乌和尔轻轻吟叫一声。

德班看见了，像一头发怒的豹子，额头上青筋暴起，脸色青紫，嘴角哆嗦。

额吉、木其全都愣住了，德班第一次发这么大的火。额吉畏惧地看了一眼德班，小声说："我去找额木格和乌妮！"

德班果断地挥动大手："不能去！谁也不能去！"他说这话时，特意打量了一眼木其，好像这话是对木其说的。

额吉收回目光，忙碌起来。她要通过无休无止的劳作麻木自己。否则，她的心就像针扎似的，眼前老是晃动着额木格和乌妮的身影。额吉匆匆劳作着，眼前有着做也做不完的工作，即使累得腰酸背痛，心却无法平静下来。劳作中，她突然停下来，凝视着远处的雪雾。风大雪疾，什么也看不清。随后，她又投入劳作中，可没过多久，她再次停下来，眼巴巴地看着远处，多希望那里能走出熟悉的身影……

德班的心情比任何人都难受，他明明知道，此去额木格凶多吉少，但他又不能阻止额木格。额木格的眼神告诉他，没有人能阻碍她的行动。德班的心就像被什么揪了一下，心里空落落的，随之而来的疼痛几乎把他击倒了，身子可怕地蜷成一团，站也站不稳。德班想到了乌妮，他好糊涂啊，额木格去也就去了，为什么不拦住乌妮呢？他就这样眼睁睁地任由乌妮离去，他太不负责任了，对乌妮不负责，对额吉不负责，对家庭也不负责。德班眼前浮现出额木格既混浊又明亮，既坚定又温情的眼神，这含糊不清的目光最终落在乌妮身上。德班眼前豁然开朗，额木格通过目光告诉他，既然她把乌妮带走了，她也能安全地把乌妮带回来，毫发无损。德班心里有底了，多少年了，他与额木格是那么默契，怎么面对这样一场突如其来的暴风雪就失去了那份信任，那份默契呢？德班的一系列变化额吉全看在眼里，此时，她又担心起德班，可她又不能表现出来，转身忙去了。德班望着额吉的背影，表情仍是复杂的，他理解额吉的心情，可额吉进入暴风雪，将会遭遇同样的灾难，有可能不仅找不到额木格和乌妮，还将很快迷失在暴风雪中。他不能让灾难再扩大了，让灾难再降临到这个家庭了。一方面，他眼睁睁地看着亲人走向灾难；另一方面，他又不得不阻止对亲人的拯救。天底下再也没有比这更残忍的事情了。为了安慰留下的亲人，他又不得不表现出一份淡定，一份从容，就像什么事情也没有发生似的。

德班的心在流血。

德班最大的任务是看紧木其，决不能让木其从眼前溜走，他知道木其要做什么，也能做出什么。看紧木其是一项很艰难的任务，只有牧羊犬乌和尔能胜任。

"乌。"德班大声呼唤着。

乌和尔没有出现。

"乌。"德班再一次喊道，仍没有乌和尔的身影。他知道牧羊犬乌和尔去哪儿了，这个时候，大概也只有乌和尔既能救出额木格和乌妮，又能保护自己。

天黑了，仍不见额木格和乌妮的身影。

狂风打着尖哨，刮过土丘。雪花扑簌簌地从漆黑的夜空中飘落下来。

# 29. 老牛阿古拉

老牛阿古拉平举着大头，目光炯炯有神，穿过茫茫雪雾，遥望着远处。巨大的车轮快速滚动着，碾轧开厚厚的积雪。茫茫雪地上，两条深深的车辙蜿蜒而行。暴雪的到来，令所有的生命都消失了，可这条赫然出现的车辙不仅令人感到暴雪不再可怕，而且深切感受到生命的坚强。

不一会儿，老牛阿古拉身上落下一层厚厚的积雪，漆黑如墨的被毛隐约可见，远远望去，就像一幅富有诗意的水墨画。

自从喝完奶茶，额木格身上呈现出奇迹，不咳嗽了，也不重重喘息了，能像德班一样稳稳地坐在勒勒车上……在暴雪没有来临之前，这一切都是不可想象的。

额木格伸出大手，把身材娇小的乌妮搂在怀里。乌妮睁着大眼，一路上，好奇地打量着雪景。

空气中风的硬度越来越强烈。

老牛阿古拉回望了一眼来路，天空浑浑噩噩。老牛迈开大蹄，巨大的车轮极速转动着，车轮带起的雪花，与空中纷纷扬扬飘落的雪花搅和到一起，暴雪更大了。勒勒车无法承受加速，剧烈晃动着。

额木格坐得稳稳的。

老牛阿古拉从来没有跑得这么快，它似乎感觉到，不久后，将有狂风而至，暴雪将变得可怕——衍生成暴风雪。他们需要抢在暴风雪到来之前，安全地回到蒙古包。此时，它必须以最快的速度赶到大栏山。老牛晃动着如山的身子，难以想象，如此庞大之躯，却能疾走如飞。

暴雪中的一番疾走，消耗了老牛阿古拉太多的体力，它浑身湿漉漉的，粗大的鼻孔里喷出滚滚热浪。它的胸前和脖颈上挂着一层薄薄的冰花，那是温热的呼吸遇到强冷空气的结果。冰花与雪花把老牛阿古拉装扮成一头雪牛，唯有那双大眼和宽嘴巴还显露着本色。不过，那四周过重的霜花让老牛显得威武而乖戾，庞大而可怕。

老牛阿古拉缓缓收住硕大的蹄子，勒勒车慢慢停稳。

额木格瞟了一眼四周，推了推乌妮，小声嘟囔着——大栏山到了，她们该下车了。额木格活动了半天，仍没有站起来，身上过重的衣服确实影响了她的行动。还有，手脚就像生锈了似的，一点儿也不灵活。在乌妮的搀扶下，额木格费了很大的劲才走下车。

老牛阿古拉一直回头观望着额木格。

额木格与老牛阿古拉四目相对，做出了一个错误的决定——把老牛阿古拉拴在树干上。她这不经意的决定，给老牛带来了莫大的麻烦，甚至是伤害。

额木格做完这一切，向丛林里走去。她身上再次萌发出奇迹，走得快极了，乌妮不得不一路小跑才能跟上。

老牛阿古拉伸着粗壮的脖颈，要跟上额木格，但缰绳阻止了它。看来，额木格把老牛拴在树干上不是没有道理的。老牛阿古拉一直注

视着额木格，直到她的身影与丛林融为一体，才无奈地收回目光。

额木格和乌妮进入丛林后不久，暴风雪终于形成了。狂风打着尖哨刮过丛林上空，暴雪扑簌簌地落到丛林上。丛林外发出阵阵涛声，丛林里静寂得有些恐怖。

老牛阿古拉一直注视着额木格消失的方向，但那里始终没有额木格的身影。漫天的暴风雪，恐怖的涛声，寂静的丛林……老牛阿古拉隐隐感到不安，粗大的鼻孔频频抽动着，它嗅到了危险的气息。老牛阿古拉虽然有着如山的身躯，可在这人迹罕至，尤其是令生命绝迹的天气里，它对人有着强烈的依赖感。从身材上相比，人是渺小的，但也是智慧的、坚强的。有额木格在身边，老牛阿古拉不但不会胆怯，而会变得无比勇敢与强大。

遗憾的是，额木格始终没有出现。

老牛阿古拉甩了一下大头，不安地打量着四周，丛林里静极了，能听到雪花簌簌的飘落声，偶尔传来清脆的"咯吱"骤响声，那是积雪压断枯枝发出来的。即使是这种响声，也令老牛阿古拉感到不安，它晃动一下身子，打出粗重的响鼻，似乎危险就这样远去了。

可怕的危险还是来了！

这是一头出来觅食的黑熊。

黑熊四肢着地，以极好的耐性东游西逛，虽然暴风雪临近了，可它一点儿不着急，身上有一层丰厚的油脂，胃里也满满的。另外，丛林里有着丰盛的食物。黑熊不用费什么周折，就能吃得肚子滚瓜溜圆，然后回到洞穴里，舒舒服服地冬眠。

黑熊似乎有意欣赏丛林

外的雪景，晃晃悠悠，不知不觉间离开了丛林。黑熊平举着头，迈着方步，惬意地打了个懒懒的哈欠，不经意间，发现了丛林边缘的老牛阿古拉。它猛地站立起来，匪夷所思地打量着，它从来没有看到过如此庞大的物种。在丛林里，它才是庞然大物，却没有想到，世上还有比它大得多的物种。不仅如此，还有庞大物种身后那个庞大的怪家伙。两者联结在一起，足以超出了黑熊的想象力，也大大打击了黑熊的信心与胆量。

黑熊眨动着小而窄的三角眼。这双眼睛大多时候是眯着、半眯着，看什么东西几乎都是模糊的。黑熊是丛林里最彪悍的物种，足够强大，让它变得高傲，因此，也没有必要弄清楚对方。当然，黑熊也有目清神明的时候，那往往是它发怒的时候。可今天破例了，因不安，因意外，因惊慌，黑熊目光雪亮。

黑熊眨动了一下眼睛，不知是应该走过去，还是应该离开。奇怪的是，对于它的出现，对方置之不理。

的确，老牛阿古拉对突然冒出来的黑熊视而不见。这不是强大的特征，而是心虚的缘故。老牛阿古拉不敢看黑熊，哪怕是轻轻一瞥。黑熊一出现，老牛阿古拉就察觉到了，空气中弥漫着浓重的气味。气味混合了黑熊自身的气息，还有野生动物身上有别于牲畜的特殊气息。这气味对牲畜来说异常敏感，只要闻到，就能立刻辨别出对方是野生动物，还是牲畜。

空气中的异味，因黑熊久久没有离去而变得越来浓重。

老牛阿古拉不安极了。随着时间的推移，胆怯占据了老牛的整个身体，老牛就这样傻呆呆地站在那里。老牛阿古拉慌而不乱，制造出了天衣无缝的假象。

黑熊被欺骗了！

接下来的对峙，看似拼的是极好的耐力与韧性。但不仅仅是因为这些，还有老牛阿古拉对额木格深深的依恋。额木格始终没有回来的迹象，它不能抛下额木格和乌妮，独自回到蒙古包。额木格迟迟没有

出现，给了老牛阿古拉足够的勇气，让它与黑熊对峙下去。

老牛阿古拉看了一眼丛林深处。

老牛阿古拉这个不经意的眼神，弄得黑熊极为恐慌，以为有伙伴前来支援，顺着老牛的目光望去，丛林里静悄悄的。黑熊的心放进了肚里，可它仍没有足够的勇气向老牛走去。

这时，老牛阿古拉猛地甩出大头，打出一个粗大、洪亮的响鼻。随着两股强大的气流喷出，老牛眼前出现了可怕的滚滚热浪。

黑熊害怕了，瞟了一眼老牛阿古拉，扭动着臃肿的身子，缓缓走了。它似乎不甘心就这样败下阵来，一步一回头，似乎要记住老牛。

老牛阿古拉不是发怒了，更不是向黑熊发出挑战，而是附近又有其他险情出现了。老牛原本因恐惧才打出响鼻，可万万没有想到，这个响鼻打破了平衡。老牛阿古拉的行为绝对是一个重大失误，如果危险保持平衡，它将安然无恙。可一旦失去平衡，就等于把老牛推到危险的边缘，注定它要付出沉重的代价。

附近有狼出现了。碍于黑熊在场，狼才轻易没敢出现。黑熊离开，那将是狼的天下了。

三条狼相继扑了上来。

老牛阿古拉甩动着大头，一对硕大的犄角扫向最前面的雄狼。雄狼看见一片明晃晃的身影，带着风声横扫了过来，不得不扭头、转身，跳到一旁。

老牛阿古拉虽然击退了雄狼，却忽视了雌狼与小狼。雌狼向老牛的腹部扑了上去。老牛这一动不要紧，身后的勒勒车猛烈地摇晃起来。雌狼百发百中咬中了勒勒车的车辕。勒勒车的车架是榆木做的，榆木质地坚硬。雌狼感觉就像是咬在石头上，一声惨叫，跌落到雪地上，嘴巴在雪地上蹭来蹭去。

小狼终因体力和技术的原因，没能跳起足够的高度，身子提前落地了。巨大的车轮一晃，恰恰把它的前肢压在轮下。车轮随着老牛阿古拉的身子晃动，不断碾轧着小狼的爪子。小狼发出一连串的哀号，

獠牙频频咬向车轮，本以为这样一来能解除痛苦。哪知道，车轮一直碾轧着小狼的爪子。更可怕的是，小狼的嘴巴被车轮划伤了，血流如注。

最终，因车轮的偏转，小狼幸运地抽回了爪子。不过，爪子已经断了。小狼应该感谢老牛阿古拉，如果不是它再次扭动身子，车轮能碾碎它的另一前爪。

狼群出师不利，小狼致残了。

大自然就是这么残酷，一分钟前，还是强者，可由于一个小小的意外，一分钟之后，就变成了弱者，甚至差点丢掉了性命。

两条大狼改变了攻击方式，雌狼从正面牵制住老牛阿古拉。雄狼纵身跳到勒勒车上，从背后袭击老牛。

老牛阿古拉仿佛背后也长了一双眼睛，知道雄狼跳上了勒勒车，整个后身就暴露了。这时，雌狼展开了进攻。老牛阿古拉猛地甩出大头，如山的身躯爆发出巨大的力量，勒勒车猛地甩动，雄狼四肢不稳，滚落下勒勒车。

与刚才遇上黑熊相比，老牛阿古拉勇敢极了。老牛被逼到绝境了，

必须殊死一搏。它身肩重任，还没有看到额木格和乌妮，还没有把两人安全送回蒙古包。因身上肩负着重任，老牛不能消极等待，更不能倒下，它必须活下去。

狼群发起的两次攻击，都以失败而告终，但它们并没有放弃。雌狼身手快极了，忽左忽右，围着老牛阿古拉转来转去。老牛不得不甩动大头，积极应对。可气的是，缰绳不仅限止了它的行动，还大大有碍于它发挥。雌狼也正是看中了这一点，攻击才越来越猛烈。

勒勒车随着老牛身躯的晃动而剧烈摆动着。不过，这对雄狼来说，已是轻车熟路，它不仅能稳稳地站在车上，而且展开了攻击。雄狼借住勒勒车晃动的惯性，猛地跳起，扑向老牛的后尻，锋利的獠牙切进老牛的肌肤里。

雄狼扑来的那一刻，老牛阿古拉明显感觉到了，它身子往前一蹿。这一蹿确实拉开了与雄狼的距离，却没有躲过雄狼的袭击。雄狼的前肢、大嘴齐刷刷地落下来。疼痛令老牛阿古拉做出一个不可思议的举动，猛地抬起后蹄，结结实实地撞在雄狼身上。雄狼感觉五脏六腑都被撞碎了。

雄狼一阵手忙脚乱，总算躲过了老牛阿古拉硕大的蹄子，蹲在一旁，用猩红的舌头舔舐着爪子、嘴角，那上面血淋淋的。

老牛阿古拉受伤了，被毛翻卷，鲜血染红了一大片被毛。老牛怒视着雄狼，大大的眼珠随时有滚落的危险。它已愤怒到了极点。

雄狼明显受伤了，走路一瘸一拐。

雄狼与雌狼交换位置，由雄狼从

正面牵制老牛阿古拉，雌狼从背后袭击老牛。

老牛阿古拉张开宽嘴巴，喷出一股热浪，抢先攻击雄狼。老牛这一招弄得两条狼猝不及防，雄狼赶紧跳开。雌狼反应慢了，随着勒勒车晃动，一头摔在勒勒车上。

两条狼疲于应付老牛阿古拉，没有听到小狼低沉的嗥声警告。

雌狼翻身爬起，还没有站稳脚跟，半空中横扫过一根棍子，拦腰砸在雌狼身上。雌狼惨叫一声，滚下勒勒车。

# 30. 乌妮

额木格仿佛回到了年轻时代，浑身有使不完的力气，在她身后码起了一堆堆的枯柴。额木格越干越来劲，腰不疼了，腿不酸了，行动灵活了，她好像看到一家人，围坐在蒙古包里。蒙古包里热气腾腾，每个人脸上都洋溢着笑容。

小小的乌妮身上也有着惊人的力量。一老一少，就像比赛似的，看谁捡的枯柴最多。

丛林里的枯柴太多了。

遍地的枯柴把额木格与乌妮分开了。

乌妮猛地抬起头，从头顶传来如雷的吼声，奇怪的是，丛林里却安静极了。她好奇地打量着，附近没有额木格。

"额木格，额木格……"乌妮大声喊道，"额……"

乌妮张着嘴，愣在那里，不知什么时候，附近出现了一头黑熊。

这是败给老牛阿古拉的那头黑熊。

黑熊小眼睛如炬，上上下下打量着乌妮。黑熊跟老牛阿古拉还没有战斗，就因胆怯认输了。它很恼火，输得如此窝囊，有心回去，又怕不是庞然大物的对手，到时很有可能输得更惨。黑熊越想越生气，就在这时，发现了乌妮。与老牛阿古拉相比，乌妮瘦弱多了，绝不是

黑熊的对手。

黑熊发出一声怪叫，摇摇晃晃地向乌妮走去。

乌妮尖叫一声，转身就跑。

乌妮缺少必要的格斗经验，这一跑，反倒暴露自己的胆小。

黑熊看似蠢笨，但疾走如飞，很快追上了乌妮。乌妮不得不借助树干作掩护，与黑熊周旋。黑熊灵巧着呢，反而跑得更快了。黑熊上肢抓住树干，下肢一荡，出现在乌妮眼前。乌妮赶紧又跑，使出吃奶的力气跑到第二棵树干时，黑熊借助刚才的惯性，又身轻如燕地出现了。乌妮尖叫一声，不敢再向前跑了。

乌妮既不敢跑，也不敢离开，隔着树干与黑熊对峙起来。

黑熊上肢抱着树，身子靠在树干上，呼呼地喘粗气，嘴角飘下沫子，刚才的一番跑动，让黑熊有些吃不消。

乌妮眼前一亮，以树干为中心，身子忽左忽右。黑熊误以为乌妮又要逃，身子向前一蹿，可乌妮既没有跑，也没有逃，而是回到了原点。黑熊不得不折回来。黑熊还没有站稳脚跟，乌妮向右跑去。黑熊紧紧相随，这注定是徒劳的。黑熊看看回到原点的乌妮，小而窄的三角眼瞪得吓人，喉咙里发出古怪的叫声。乌妮一点儿也不害怕，继续忽左忽右。黑熊不知是计，一阵手忙脚乱是难免的。

黑熊怔怔地打量着乌妮，它遇到了两个迥然不同的对手，一个身材庞大，一个身材瘦小，但都不能取胜。黑熊缺乏极好的耐性，再也没有心情玩下去了，扭动着肥硕的身躯走了。

这次，黑熊走得很痛快，一点儿没有犹豫，好像不愿在乌妮面前多待一分钟。那样的话，它将受到乌妮的嘲笑。

乌妮看看远去的黑熊，抚了抚胸口，去找额木格。

额木格浑身是汗，汗水打透了里面的衣服。头巾下面隐约渗出汗水来。额木格感觉腰快要断了，双腿又酸又麻，不得不坐在码好的枯柴上休息。她回头看看枯柴堆，忽然想起很长时间没有看到乌妮了，她小声嘟囔着，想要站起来。额木格用了足够长的时间，却没有站起来，全身就像瞬间僵硬住了。她试着抬了抬腿，腿却不听话了，只是象征性地动了动。额木格感到浑身发冷，眨眼间，体温被严寒剥走了。更可怕的是，身子隐隐发抖，她控制着，但身子也不听指挥了。

短暂的休息对额木格来说是可怕的，寒冷不仅夺走了她的体温，而且令她的身体僵硬得可怕。

额木格茫然地打量着丛林，没有乌妮的身影。她想喊，嗓子似乎也被冻住了，尽管使出很大的力气，但只发出若有若无的声音。额木格急了，不能把乌妮丢在丛林里，她将无法向家人交代，更无法面对额吉。额吉年轻时候就守寡，不愿意离开这个家，还不是为了木其与乌妮。

额木格一着急，不知第几次创造了奇迹，竟然站了起来，竟然能走动了。

这时，乌妮气喘吁吁地跑了过来，一头扎进额木格怀里，身子抖得可怕。

额木格笑了，轻轻拍打着乌妮。

乌妮感觉有人走近，这好像是个熟悉的人，周围散发着特殊的气

味，与黑熊身上的气味有很多相似之处。她一激灵打了个冷战，猛地推开额木格，看到了黑熊。

黑熊与乌妮的目光撞碰到一起，小三角眼一亮，气势汹汹地走了过来。

乌妮猛地伸开双臂，挡在额木格与黑熊中间，杏眼圆睁，尖叫道："你不能过来！不能过来！"

黑熊怪怪地打量着乌妮，它已经习惯了乌妮逃跑，但一时还不习惯乌妮大吼大叫。不过，它确实很听话，老老实实站在那里，抬起一个前肢，放在脑门上，毫无目标地抓着，好像有意掩饰犹豫不决，又好像是在思考对策。

额木格轻轻推开乌妮，把乌妮挡在身后，静静地注视着黑熊。

黑熊又遇到了与老牛阿古拉相似的一幕：互相凝视。

黑熊已与老牛阿古拉较量过，有了足够的心理准备与经验，可不明白的是，眼前的额木格既没有老牛庞大的身躯，更没有乌妮灵便的步伐。

"额木格，快走！"乌妮一边说，一边推动额木格。

额木格艰难地挥动了一下胳膊，把乌妮再次挡在身后。

黑熊不解地看着两人，最后，目光落在额木格身上。额木格的面孔饱经沧桑，和蔼而安详，目光明亮，透着平静与亲切。黑熊犹豫了，眼前的额木格让它无法激起斗志，与这样一个老人格斗，本身就是一件很可耻的事情。黑熊放下前肢，准备离去。

乌妮绕过额木格，出现在黑熊面前，大声喊道："快走！"

黑熊刚刚平息的怒火，刚刚恢复的好心情，因为这声大吼被抛到九霄云外，它猛地转过身，气势汹汹地扑了上来。

乌妮大惊失色，狠狠推了一下额木格："额木格，快走！"

额木格猛地搂住乌妮，把她紧紧地揽在怀里。乌妮挣扎，越挣扎，额木格搂得越紧。额木格小声嘟囔着，乌妮听清楚了：别动。

黑熊收住脚步，审视着眼前惊人的一幕，一大一小两人紧紧地拥抱在一起。她们嘴里说着什么，奇怪的是，她们并没有离开的意思。它一时摸不清两人的用意，如果她们逃跑，它会追上去，抡圆粗壮的上肢。因为连连错失机会，它身上积攒了太多的力气，一掌掴下去，如同拍西瓜，能把她们拍得稀烂。令黑熊费解的是，她们牢牢地抱在一起，站在那里，岿然不动。

黑熊彻底糊涂了。

额木格严密注视着黑熊，她们不能跑，尤其是她不能跑，一跑，反倒激怒黑熊。她将无法保证乌妮的安全，更无法保护她安全回到蒙古包。即使这样，她能保证乌妮安全吗？起码现在能！她坚信，凭自己的勇敢和信心，不，应该说是对死亡的无惧，能保证乌妮安全。她多次与死神擦肩而过，对死亡已经无畏了，那只不过是生命的尽头，只要安安静静地走过去，就是一个完美的结局。这次，她执意进入丛林，寻找燃料，早就把生死置之度外了。额木格突然面对黑熊时，曾想到用自己的死换取乌妮的生，但她不能就这样草率地结束生命，乌妮还没有安全回到蒙古包，一家人还在受冷挨饿，这样死就没有意义了！

额木格神情凝重，眼里已没有了黑熊，她的目光穿过茫茫丛林、漫天的暴风雪，深情遥望着远处的蒙古包。

时间过得如此缓慢。黑熊又将失去耐性了。

黑熊轻轻瞥了额木格和乌妮一眼，好像猜透了对方的心思，对方只不过是组合到一起，形成庞然大物，借以震慑它。想到那个让自己不战而败的庞然大物老牛阿古拉，黑熊气不打一处来，扭动着健硕的身子，举起粗壮的前肢走了过去。

突然，从天边传来轻轻的吟唱：

你那轻巧的步伐，

令人陶醉。

你那倔强的性格，

让我心碎……

黑熊侧耳倾听，吟唱好像来自头顶，却比头顶的阵阵涛涛声温柔多了；吟唱又好像来自丛林外，却比丛林外的暴风雪亲切多了；它仰头侧目，终于捕捉到吟唱来自天边，如一位母亲如泣如诉。

母亲好像面对着一个顽皮的孩子，这是一个有着顽劣心理、粗鲁行为、肮脏语言的孩子，每个人都毫无掩饰对孩子的厌恶，只有这位母亲深深爱着他。虽然她多次苦口婆心地劝说，却没有起到丝毫效果，但她没有放弃，坚信早晚有一天孩子会变好的。此时，孩子之所以顽固得如同石头，是孩子原本处在一个疯狂的年龄，他没有理由不疯狂。还有众人不公平的对待，让孩子有了逆反心理，甚至自暴自弃。母亲坚信，只有给她足够多的时间，她用耐心、宽容、理解、亲情……渐渐感化孩子。或许他还未能理解母亲的一片良苦用心，可作为一个母亲，不能失去信心，更不能放弃，用歌声千百次地呼唤他。哪怕他远在千里之外，远在天边，他都能听到。最终，他浪子回头，成为一个优秀的孩子……

黑熊慢慢收回目光，惊讶地发现轻声吟唱不是来自天边，而是来自对面的老人。老人目光炯炯有神，一脸慈祥，善意地看着黑熊。在老人深情的注视下，黑熊胸中的怒火消逝了，目光中的凶狠不见了，一脸的凶怒也不知去向了。黑熊有些不好意思，它就像一个鲁莽的孩子，做错了某件事，不仅没有认识到错误，还要滑向更远。母亲知道后，并没有责备与批评，而是给予理解、宽容，知道他为什么要犯错误，为什么要滑向更远，母亲虽然没有再说什么，可她的眼神又告诉孩子：他能迷途知返，并为犯下的错误而感到深深的内疚……

黑熊静静地注视着额木格。

额木格看了一眼黑熊，闭上双眼，深情吟唱着：

你那轻巧的步伐，

令人陶醉。

你那倔强的性格，

让我心碎……

那位来自天边母亲的吟唱变得深情而又哀伤，此时，她面对的不再是一位顽劣的孩子，而是一位离家出走的孩子。孩子的离去，给母亲带来了莫大的伤痛，每天夜里都从梦中惊醒，可醒来后，眼前并没有孩子。母亲知道孩子在远处等着她，等着她的呼唤，孩子只有听到她的呼唤才会回来。母亲深情地唱着，虽然她的歌喉不美妙，歌声也不动听，但她要一直唱下去。孩子与她远之又远，中间隔着无数座山，无数条河，她的歌声，或许还没有到一条河附近就消失了。可她只要坚持唱下去，歌声马上就会联结到一起，穿过千山万水，最终让孩子听到。歌声是孩子回家的路线，孩子会循着歌声，回到母亲身边。

额木格伫立在丛林中，耳边回荡着阵阵涛声和暴风雪的怒吼声，可这无法阻止她吟唱。她的吟唱有着惊人的本领，能让涛声、暴风雪声远远走开。

整个丛林里回荡着额木格的吟唱。

黑熊看看额木格，又看看四周的丛林，似乎不忍心打扰额木格，安静地离开了。进入丛林深处后，黑熊回头频频观望，已经看不到额木格，可那深情的吟唱依然回荡在耳边。

额木格用古老的歌谣抚慰了黑熊曾受伤的心，也抚去了它胸中的怒火与不安。

额木格消耗了太多的体力，如果不是乌妮搀扶着，就已经倒下了，就再也站不起来了。

乌妮把额木格搀扶回勒勒车旁,恰好遇到雌狼从身后袭击老牛阿古拉。乌妮勇敢极了,抢开木棍,大声呼唤着:"你们不能伤害老牛,不能伤害额木格……"乌妮身上有着用不完的力气,把木棍抢得虎虎生风,狼连连躲闪着。

额木格瞄了一眼远处的狼群,预感到她们的麻烦不是结束了,而是刚刚开始。

额木格和乌妮往勒勒车上装枯柴。三条狼一脸疑惑,本以为额木格和乌妮要逃离,它们的一路追杀也就水到渠成了,可没有想到,两人冷静极了,不慌不忙地往车上搬运枯柴,好像她们身上有着惊人的胆量,完全没有把狼放在眼里;又好像附近有她们的同伴,一旦狼擅自行动,他们就会立刻出现,把狼打得落花流水。

狼群被额木格和乌妮震慑住了。

额木格把勒勒车装得足够宽,这样不仅能装下更多的枯柴,还是很好的保护伞。很快,保护伞就发挥作用了。

最终,装满枯柴的勒勒车像一座山,老牛阿古拉只露出大头。

额木格犯愁了,还有两根枯木无法弄到勒勒车上。每根枯木能烧两三天。额木格很快有主意了,用绳子拴住枯木,把绳子的一端拴在勒勒车上。

老牛阿古拉喷出一股热浪,缓缓迈开了硕大的蹄子。

其实,狼一直好奇地打量着,它们的注意力完全被额木格吸引了过去。额木格走走停停,大口大口喘息着,剧烈咳嗽着,如果不是把枯柴搬上勒勒车,她很有可能躺在雪地上,再也站不起来了。她身上有着惊人的毅力,咳嗽一阵,相当于休息,又匆匆忙碌起来,随后更剧烈的咳嗽接踵而来。咳嗽声令狼都难以忍受。

到底是什么力量支撑着额木格？狼不可思议地打量着额木格。勒勒车一动，雄狼幡然醒悟，扑了上来。雄狼懊恼极了，弄不好横生的坚硬的树枝就有可能扎伤狼眼。唯一可攻击之处就是老牛，可它只露出大头，硕大的犄角像利剑，让狼群望而却步。

狼群无奈地走了。

老牛阿古拉抬起大头，茫然地打量着，天地间被暴风雪侵占了，到处都是雾蒙蒙的。老牛哞叫一声了，一时没有找到来路。

额木格爬上勒勒车，感到手脚麻麻的。很快，这种微妙的感觉也消失了。这是一种不祥的感觉，但她再也坚持不住了，只是想睡一会儿，一小会儿……额木格想着，想着，睡着了。

乌妮推了推额木格。额木格没有任何反应，乌妮吓了一跳，赶紧凑到额木格面前，没有看到亲切的笑容，也没有感觉到温暖的呼吸，冰冷的寒气源源不断地从额木格身上喷发出来，侵袭着乌妮。

"额木格，额木格，醒醒。"

乌妮的哭喊声惊动了老牛阿古拉，它回头观望，却什么也看不见。老牛似乎知道发生了什么，此时，它唯一能做的就是奔跑，早一点儿回到蒙古包，或是把额木格从梦中惊醒。

额木格艰难地睁开了眼睛，看见哭成泪人的乌妮，小声嘟囔着，好像是告诉乌妮，她只不过是太累了，休息一下；又好像是告诉乌妮，她坚强着呢，不要害怕，她还没有把乌妮送回家呢，她不可能抛下乌妮……额木格嘟囔着，又要睡着了。

"额木格，唱一首歌谣吧。"乌妮推了推额木格，"我冷得厉害，只有听你唱歌谣，身子才能暖和。"

额木格笑了，开心地笑了，她坐直身子，深情地唱了起来：

多想那迷雾中若隐若现的美景，
是母亲温柔的眼神；
多想那散发在空气中的淡香，

是母亲甘甜的乳汁；

多想那越过高山峻岭的流云，

是母亲寻子心切的步伐……

乌妮倚靠在额木格怀里，静静地睡着了。她不再害怕，也不再感到寒冷，额木格能给予她一切。

额木格一边轻轻吟唱，一边打量着乌妮。乌妮只露着一双眼睛，鼻子和嘴巴的位置上挂着一层厚厚的霜花，虽然看不见她的面孔，可不难想象，她安静地睡着了，嘴角上挂着微笑。这是一个多么坚强的孩子，执意陪着额木格来到丛林。如果没有乌妮，额木格身上不可能一次又一次地创造奇迹，不可能捡回如山的枯柴，更不可能坐在勒勒车上……

额木格紧紧搂抱着乌妮，用宽大的身子尽量挡住肆意的暴风雪，尽量让乌妮不感到一丝寒意，更不会让乌妮从噩梦中惊醒。额木格望了一眼浑浊不堪的天空，又看了看老牛阿古拉，动情地唱了起来：

多想那天空中千回百转的风，

是母亲满载着牵挂的呼唤；

多想那脑海中常常浮现的嘶鸣，

不是梦幻而是母亲长长的思念；

多想那耳边常常响起的驼铃，

不是幻觉而是母亲久久的期待……

恍惚中，额木格听到了熟悉的声音，她之所以坚持到现在，就是等待着它的出现。它终于出现了，她的任务也就完成了，但她仍不放心，依然挺直腰背，吟唱着……额木格嘴角微微翕动着，仔细听，仍能听到若有若无的声息……额木格神情安静，面带笑容，好像看到一家人围着红彤彤的铁皮炉子，品尝着奶茶……

及时出现的是牧羊犬乌和尔。

老牛阿古拉看到乌和尔那一刻，发出强有力的哞叫，迈开大蹄，迎着它奔跑起来。牧羊犬乌和尔来不及与老牛亲热，前肢搭在勒勒车上，仰望着车上的额木格和乌妮。乌妮躺在额木格怀里，安静地睡着了。额木格笔直地坐着，即使勒勒车晃动，她也一动不动……

乌和尔收回目光，一脸深思，总感觉有什么不对劲儿的地方。它不放心，再次把前肢搭在勒勒车上，注视着额木格，感觉又没有什么不一样的地方。

更大的暴风雪袭来了，卷起巨大的雪雾，吞噬了这支小小的队伍。

# 31. 额木格

额木格开朗活泼，话语多，可随着失去爱子，她一夜之间就失语了。不知道的，还以为她从小就失语了。

失去爱子，德班和额木格有着啮噬之痛。

也正是失去爱子，额木格第一次走进暴风雪。

暴风雪席卷了整个草地，那是几乎令生命绝迹的恶劣天气。额木格执意要进入暴风雪。如果不是家人死死相拦，她早就进入暴风雪了。她无法安静，眼前老是浮现出爱子在暴风雪中匆匆奔走的一幕，他伸着手，似乎要抓住什么，最终他什么也没有抓住，摇摇晃晃地倒下了。额木格再也坐不住了，趁家人不注意，匆匆离开了蒙古包，甚至来不及穿上过多的衣服，只身闯进暴风雪中。

额木格急切地行走着，大声呼喊着爱子的名字。额木格摔倒了，顾不得疼痛，爬起来，向前走去，她再次摔倒了。因雪太厚，路太滑，她几乎是手脚并用着爬行，但这丝毫阻挡不了她。

暴风雪很快吞噬了她的声音，也淹没了她瘦小的身体。

额木格变成了雪人。她瘦小的身子里有着充足的力气，不知道饥

饿，不知道疲倦。她脚下一滑，掉进了雪窝里。掉进雪窝非常危险，将很快被积雪吞噬。这一刻，额木格似乎看到爱子掉进了雪窝，只要稍有犹豫，爱子就将与她失之交臂。

额木格疯了，大声喊着，手刨脚蹬，从雪窝的一边找到另一边，又从另一边回到原来的位置，可惜，还是没有爱子。她呆呆地看着雪窝上凌乱的痕迹，来不及喘息一口，又匆匆地折了回来，仍手脚并用，一面寻找，一面呼唤着。

额木格把雪窝从上翻到下，确信爱子没有掉进雪窝，才长长地喘了口气。她再也站不起来了，不仅仅是劳累，可怕的严寒夺走了她的体温，手脚僵硬得如同木棍。如果不是德班及时赶到，额木格很有可能回不到蒙古包。

德班把额木格背回蒙古包。

额木格呼吸均匀，目光明亮，呆呆地望着暴风雪，隐约看到了爱子的身影，就在她转身之际，爱子向她伸出了手。她猛地坐起来，疯狂地向外跑去。

德班心疼极了，额木格的双手和双脚已经青紫乌黑，那是长时间暴露在严寒中的结果，如果不及时抢救将永远失去。德班用积雪揉搓着额木格的双手和双脚，刺骨的凉意几乎把德班击倒了，可他不能停下来，直到她的双手和双脚如同红萝卜似的，隐约看到鲜血流动，德班才长长舒了口气，瘫软在地上。

清晨，额木格仍要去寻找爱子。

德班答应额木格，由他和大家一起去寻找爱子，但她必须老老实实地待在蒙古包里。额木格爽快地答应了，这超出了德班的意料。德班深知额木格的性格，命令一条牧羊犬看着她。

果然，德班一走，额木格就坐不住了，走出蒙古包。牧羊犬当头拦下，额木格置之不理。牧羊犬急了，死死咬住额木格的蒙古袍。额木格急了，大声吼叫着，用拳头捶打着牧羊犬。

额木格性情温和、乐观、开朗，从来没有见她生气过，也从来没

有见她冲谁诅咒过，可今天，她的行为不仅仅是过激，甚至是偏执发狂。仿佛伤害爱子的不是暴风雪，而是眼前的牧羊犬。额木格愤怒极了，全身的力量都使了出来。让人吃惊的是，她瘦弱的身体，竟然爆发出奇迹般的力量，硬是把五六十斤重的牧羊犬高高举过头顶，重重地摔在雪地上。牧羊犬畏惧地看着额木格，它坚信，如果再阻止额木格，额木格极有可能活活掐死它。牧羊犬胆怯了，跑去寻找德班。

牧羊犬被吓坏了，才做出了错误的决定。它应该及时跟上额木格，哪怕远远地跟在后面。它的错误决定，给一头大狼提供了可乘之机。暴风雪后，狼群肆意，常常攻击人与牲畜。

额木格走进暴风雪没有多久，就遭遇了一头大狼。大狼跟踪了额木格足够长的时间，却不敢攻击额木格。这是一条饥饿到极点的大狼，柔软的腹部甩过来甩过去。可额木格怪异的行为，令它感到畏惧与恐怖。

一路上，额木格的行为犹如鬼魂附体，她奔跑的姿势怪怪的，好像脚下不稳，身子左右摇摆，但是却没有倒下去。本以为过一段时间，额木格能够改变这种奇怪的姿势，哪知道，她一直保持着这种姿势：身体前倾，手拼命地伸向前方，脚下踉踉跄跄，随时随地都要倒下，但始终都没有倒下。仿佛额木格从小就用这种姿势走路，几十年过去了，练成了摇而不倒的绝技。

一天一夜过去了，没有爱子的任何消息。额木格有种错觉，不远处就站着爱子，当她走近时，爱子又离她远去了。她是那么渴望看到爱子，哪怕仅仅是看上一眼，可就是这个简单的愿望也得不到满足。爱子总是与她保持着若即若离的距离。幻想是美好的，可现实又是残

酷的。在幻想与现实中奔走的额木格体会到的不仅仅有撕心裂肺般的伤痛，还有惨绝人寰的悲伤与无奈。

大狼感到不可思议。大狼的不可思议还有来自额木格的呼唤。

额木格始终呼唤着，就像没有停下奔跑一样。她大声呼喊爱子的乳名，声音清晰洪亮，但也悲悲切切。奔跑，呼喊，耗费了她太多的体力，临到后来，呼喊嘶哑难听，声嘶力竭，既有对暴风雪的愤恨与抱怨，又有对爱子杳无音信的如泣如诉。伴随着暴风雪的怒吼，额木格给人的感觉不像是呼唤爱子，倒像是呼唤死亡。死亡夺走了爱子，她要向死亡讨个说法，讨回公道。

大狼虽然勇猛，但还没有达到不怕死亡的境地。但额木格做到了，自从爱子在暴风雪中失踪后，她的心已经死掉了。

大狼跟踪了额木格足够长的时间，才渐渐地适应了。大狼识破真相，有种上当受骗的感觉，额木格的行为不过如此，大狼因愤怒，扑咬异常凶猛。

额木格早就注意到了大狼，在那一刻，她误以为是爱子的身影，以至有几次停下来，怔怔地打量着大狼。大狼扑上来时，发出嗥叫，她又误以为是爱子的回答。她猛地转过身，怔怔地直视着大狼，不是爱子！只不过是那条跟踪了她很长时间的大狼！

额木格再次被欺骗了！因思念爱子，她恍惚间看到了爱子，一次次错把大狼当成爱子，当她稍稍冷静下来时，才发现上当了。不对！额木格很快否定了这个想法，她之所以一次又一次地把大狼当作爱子，绝不是幻影，也不是错觉，分明是一种暗示：爱子很有可能倒在大狼爪下了。

额木格头"嗡"的一下，

这个想法来得太突然，太意外了，也太迟了，她怎么能轻易放过大狼呢！那一刻，额木格感到自己无比强大，猛地伸出双手。双手有千斤力量，仿佛一把大铁钳，狠狠地箍在大狼的脖颈上。额木格愤怒了，喉咙里迸发出可怕的吼声，身上爆发出惊人的力量，犹如火山爆发一般，身子重重地砸在大狼身上。同时，双手越来越紧。大狼拼命挣扎着，喉咙里发出浑浊不清、断断续续的噪声。很快，大狼身体发软，眼睛无光，嘴角下垂……

额木格轻轻喘了口气，终于替儿子讨回了公道，让大狼倒在了暴风雪中。她看看倒地的大狼，说了一句莫名其妙的话："你还不走吗？"

大狼好像听懂了，知道额木格向它发出命令，不敢怠慢，翻身爬起，消失在暴风雪中。

整整一个冬天，草地人总能看到一个瘦小、孤独的身影，在一望无际的雪野上奔走着，那就是额木格。与之前的行为相比，额木格安静多了，她知道爱子不会回来了，永远留在暴风雪中了。现在，她的任务就是沿着爱子留下的足迹，重新走一遍。她一边走，一边说着，仿佛爱子就在身边，尽管爱子已经是成年人了，有了妻子，有了孩子，可在额木格的眼里，他仍是没有长大的孩子。额木格从他的第一次啼哭，第一次开怀大笑，第一次走夜路，第一次被狼侵袭……说起，无一遗漏。额木格讲得声情并茂，讲到精彩处，满脸泪水……

直到冰雪融化，找到爱子的尸体，额木格再也没有走进过草地。从此以后，额木格几乎不说话了。她要说的话，整整一个冬季都说完了，没有什么可说的了。至亲的人已经不在了，没有人再听她絮絮叨叨地说话了，她也没有必要说话了。

从此，额木格失语了。

春天，母牛产下一头牛犊。

这是一头可爱的牛犊，一双明亮、有神的大眼好奇地打量着这个世界。一身短短的、油黑的绒毛，配上雪白的四蹄和嘴唇，让人顿生

爱怜之意。

牛犊总是静静地注视着额木格，好像知道额木格为什么总是一脸忧郁，为什么行动那么迟缓……它除了更多地关注额木格外，不知能做什么。它太小了，刚刚来到这个世界上，对一切都是陌生的。

失去爱子后，额木格苍老了许多，大脑不好使了，思维不好使了，眼睛也不好使了，看什么都模模糊糊的。她最大的爱好是睡觉，即使坐一会儿，也很快就能进入梦乡。

额木格被一阵摩挲声弄醒了，她半睁开双眼，瞄了一眼，又要沉入梦乡中。这时，感觉有一双手轻轻摩挲着她的身子，似乎嫌她没有醒来，摩挲逐渐变成了有力的拱动。额木格仔细一看，竟然是牛犊。

牛犊有着十足的耐性，用嘴巴轻轻拱动着额木格。它的动作掌握得恰到好处，既不至于莽撞，把额木格顶倒在地，又不至于让额木格酣睡不止。额木格瞥了一眼牛犊，推开它的嘴巴。牛犊顺势咬住额木格的大手，含在嘴里，轻轻咬动着。额木格顿时有种微妙的感觉，手麻酥酥的，似乎有一股电流在身体里流过。她曾有过相似的感觉，那

是爱子留给她的美好回忆，那时，爱子还小，喜欢把她的手指放在嘴里吮吸。

就是这种奇妙的感觉激活了额木格麻木的神经和美好的回忆。

额木格仔细打量着牛犊。牛犊也好奇地注视着额木格。四目相对，额木格看到了熟悉的目光——与爱子的目光是那么相似。看到这双眼睛，仿佛就看到了爱子站在眼前。额木格站起来，走到牛犊面前，轻轻拍打着牛犊。牛犊乖巧极了，张开嘴巴，咬额木格的衣服，用头、脖子蹭额木格的身子……

额木格开始关注牛犊。牛犊成了额木格的尾巴，不管她出现在哪里，它都像影子一样追随着她。额木格出现在蒙古包里，它跟进蒙古包，好奇地打量着蒙古包。蒙古包里有那么多有别于野外的东西，它略显不安，快步走到额木格身边。额木格伸出大手，拍了一下头，嘴里嘟囔着，好像是在告诉它，不必惊慌，有额木格呢！它心领神会，很快就适应了。

额木格做奶制品时，它尾随在身后，捡食掉在地上的奶渣。有时，趁额木格不注意，偷吃奶制品。它似乎知道，即使被额木格发现了，也不会遭到惩罚，甚至还能得到奖励。果然，额木格发现它偷吃奶制品，在它脑门上重重拍了一下，反倒递给它一大块奶豆腐。

额木格常去野外捡牛粪与枯柴，时间久了，它认出了这些燃料，有意替额木格寻找。找到了，它站在那里，冲额木格发出奶声奶气的吟叫。额木格累了，坐下来休息，它有意做给额木格看，抬头、伸腿、龇牙。这时，附近有某个不明飞行物（对它来说）吸引了它，它歪着头打量着，跑动起来。很快，它失去了兴趣，又回到额木格身边，抬起前蹄，甩出后蹄，笨拙地跳起……表演够了，它与额木格一番亲昵，直到额木格脸上露出笑容，才算告一段落。

它的到来拯救了额木格，让额木格忘掉悲伤，恢复了正常生活。

它长大了，依然对额木格充满了深深的依恋。清晨，它随着牛群去野外之前，总是站在蒙古包前，耐心等待着额木格的出现。只有等

额木格看上它一眼，才肯转身离去。这不仅仅是简单的一眼相望，对它来说是一种命令，也是一种爱意，只要得到这一眼，它才心安理得地离开。黄昏，它要早早回到蒙古包。额木格已经给它准备了足够多的牛奶，她的手搭在额头，翘首盼望，等着它归来。它不急着饮用牛奶，总是与额木格亲昵一番，才奔向食盆。

它与额木格形影不离。

无论是额木格，还是它，只有看到了彼此，才去做属于自己的事情。夜幕降临，额木格只有看到那双亮晶晶的大眼睛，才算结束了一天的劳作。

一天黄昏，额木格没有看到它的身影。额木格有些不安，眺望着远处。远处已被夜幕笼罩，天马上就要黑了。

额木格放下手里的工作，匆匆走进夜幕，就像当年走进暴风雪寻找爱子一样。一路上，额木格心急如焚，呼唤着它的名字。它有个恰当的名字"阿古拉"，是额木格给起的。这是额木格唯一给牲畜起的名字，而且寄予了很高的希望，希望它长得像山一样高大，一样茁壮。它不负额木格的厚望，身子比同龄的伙伴高出一大截。

额木格在一块凹地里找到了它。它被狼袭击了，腹部豁开了一个大口子，能清晰地看见五脏六腑。它已奄奄一息，慢慢地闭上了眼睛。就在这时，它听到了额木格的呼唤，缓缓地抬起头，冲着夜空哞叫了一声。

额木格看到眼前的一幕，惊呆了，手足无措，一条大狼张开血盆大嘴正要冲过去。狼看到了额木格，发出一声嗥叫，生怕有人打扰了它的晚餐。也正是大狼的嗥叫，提醒了额木格。额木格以惊人的速度奔了过去，抢起木棍，狠狠地砸向大狼。大狼嘴角上翘，龇着牙，目露凶光，可紧随其后的频频击打，让大狼吃尽了苦头。大狼不得不跳开，躲避着飞舞的木棍。

额木格大吼大叫，一路追打着大狼。额木格仿佛又回到了暴风雪中，又遇到了那条大狼，爱子倒在大狼的利爪下了。她要惩罚大狼，让大狼还她的爱子。额木格一口气把大狼追出数百米，才停下来。

忽然，额木格想起生命垂危的阿古拉，扔下大狼，匆匆跑了回来。大狼呆望着夜幕下的额木格，没敢跟上去。刚才，额木格一阵翻江倒海般的攻击，大大震慑住了大狼。

额木格身子战栗，手脚哆嗦，脸色苍白，阿古拉身上的伤远比刚才看到的要严重得多。额木格不知如何施救，拖起它，向蒙古包走去。它发出一声痛苦的吟叫。额木格的拖曳无疑增加了它的痛苦。

额木格脱下棉衣，一阵手忙脚乱，把它弄到棉衣上。用绳子系住棉衣，绳子的一端拴在身上，硬是把它拖回了蒙古包。

当时已是初冬，但额木格还是拖曳得大汗淋漓。她大病了一场。

德班看见了受伤的阿古拉，摇了摇头，它活不过当天晚上。

额木格固执极了，嘴里嘟囔着："它能活下来，而且还能活得好好的。"自从失去爱子后，额木格又得了这个怪毛病，想表达时，不是说

话，而是嘟囔。她的声音含糊不清，只有德班能听懂。

额木格紧张地忙碌起来，端来一盆清水。水里放了少许的盐，给阿古拉清洗伤口。微微的刺痛激醒了它。它试图抬起头，可连抬头的力气都没有了，它的头歪在一边，一只眼睛怔怔地看着额木格。额木格从没有宰杀过牲畜，哪怕是一只鸡，再加上心绪慌乱，手上没了轻重，总是弄疼它。有时，它狠狠划动后蹄，似提醒，又像反抗。可在额木格眼里，这是它起死回生的征兆，因这个意外惊喜，额木格手上再次没了轻重。

德班不得不接过额木格的工作。德班清洗完伤口，面临着一个无法绕开的问题，如何缝合它的腹部。德班有的是办法，他找来大针、麻绳，浸泡在酒里，像缝衣服似的要把它的腹部缝合起来。

额木格不敢看了，转过头。额木格更担心的是，它是否能承受针扎般的疼痛，尽管它已是奄奄一息，但那突如其来的疼痛，令它将有意外的举动，这不仅不利于恢复伤势，很有可能再次对它造成新的伤害。

额木格轻轻呢喃着，守护的不再是一头牛犊，而是一个孩子，它受了致命的伤害，额木格没有放弃，轻轻召唤着它醒来。只要它能睁开眼睛，就能活过来。不，现在不是让它醒来，而是让它安静地睡着。只要睡着，它就会忘掉疼痛，也忘掉痛苦。

果然，在额木格的轻轻呢喃中，它安静地闭上了眼睛，睡着了。

德班的工作异常顺利。

德班看了看几乎没有生命体征的阿古拉，叹息一声，摇了摇头。

额木格又忙碌开了，端来牛奶，可牛奶无法送到它嘴里。额木格不得不找来一个羊角，通过羊角，把牛奶送到它嘴里。

额木格一晚没有合眼。

它竟然奇迹般地活了过来。清晨，它慢慢地睁开眼睛，急切寻找着，看到额木格，略显疲惫的眼神里泛着明亮与喜悦，久久地落在额木格身上，好像是在感激她救了它。

在额木格的精心照顾下，它的伤情越来越好，伤口处长出了嫩嫩

的肉芽，用力地聚拢。它越来越有力气，能趴着，能站立，最终能慢慢行走。额木格把它从鬼门关里硬是拉了回来。如果没有良好的耐心，不付出巨大的心血，它不可能活过来。

那个冬季，它没有离开蒙古包。这对一头牛来说，是破天荒的。

它成年了，身子如山一样庞大，再也不可能像小时候那样追随着额木格。它变得安静、稳重，每当看到额木格时，眼神总是那么亲切与自然，久久注视着额木格。草地上，牛是最不擅长表达感情的，它们的感情又是那么简单和单一，就像它们的行走一样，终年一成不变。但它例外，感情异常丰富，而且有着很强的表现欲。它总是抬起头，张开宽嘴巴，打出粗大的响鼻，嘴巴里发出若有若无的声音。如果额木格不予理睬，它会一直表现下去，直到额木格看上它一眼，才算满意。

整整十一年过去了，它一如既往地向额木格，向这个家庭里的所有人表达感激之情。至今，它的腹部下面有一条明显的伤疤，上面没有被毛，光秃秃的。

它就是老牛阿古拉。

草地人从来不溺爱孩子。

额木格失去爱子后，才想起以前没有过多关注爱子，作为弥补，她把爱全都给了木其与乌妮。她总是深情地看着木其，渐渐地，站在

眼前的不是木其，而是爱子。那时她还年轻，有很多事情要做，不擅长表达感情。现在，她有时间了，知道如何表达了。她慢慢走过去，猛地抱起木其，紧紧地把他搂在怀里，生怕被谁抢走了。

额木格的行为总是惹哭木其。她不允许木其哭，木其的哭泣让她的心颤抖。

额木格对木其的溺爱又扩大到乌妮身上。她在乌妮身上找到爱子的身影，对乌妮百般呵护。

额木格得了"暴风雪症"，每当进入冬季，她不允许木其和乌妮离开视线。哪怕是转身之际，如果没有看到兄妹二人，就会立刻大吼大叫。额木格的大吼大叫，只不过是大声嘟囔。那一刻，她表现得非常可怕，似乎木其和乌妮被暴风雪卷走了，就像当年卷走爱子一样，没有留下任何一点线索。

随着木其和乌妮长大了，额木格的"暴风雪症"渐渐消失了。同时，她身上呈现出另一种可怕的行为——不让兄妹两人接触水。水是像暴风雪一样可怕的魔鬼，能瞬间掳走生命。

草地孩子大都是"自由"长大的。这种"自由"不仅表现在他们成长的过程中很少有过多的成年人来干预；还表现在他们从小就像大人一样参加劳动，接触大自然……不知不觉中，他们也掌握了生存本领。

尽管额木格一再向木其强调不要涉水，可木其还是学会了游泳，而且游泳本领极高。

一次，木其邀上伙伴，去水泡里畅游。同行的还有乌妮。

额木格很快发现木其不见了，正四处张望时，从附近水泡里传来孩子们的打闹声。额木格一愣，疯了似的向水泡处跑去，似乎跑慢了木其就不在了。额木格跑得太急，跌倒在地上。她顾不得疼痛，爬起来就向前跑去，可没几步，再次跌倒，她的脸被枯柴划伤了。她感觉不到疼痛，就这样跌跌撞撞地来到水泡。

额木格头发凌乱，脸上有几道伤痕，衣服上沾满了泥土。

伙伴们不安地看着满脸怒容的额木格。

木其猛地想起额木格的警告，知道额木格为什么生气，目光躲躲闪闪，不敢看额木格。额木格二话没说，伸手抓过木其，把他摁在膝盖上，抽打木其的屁股。

额木格虽数次跌倒，但手里的木棍却没有丢掉。额木格极其认真，一下接一下抽打着，耳边传来有节奏的响声。给人的感觉，她不是抽打木其，而是抽打附在木其身上的恶魔，是它一直纠缠着木其，让木其远离她的视线，让木其进入水泡，让木其在伙伴们面前炫耀高超的游泳技术……现在，她要把这个恶魔斩草除根。

伙伴们害怕了，跑远了。

乌妮恐慌极了，眼泪在眼眶里转来转去，不敢接近额木格。额木格的行为在让她感到陌生、害怕的同时，又让她感到深深疑惑，额木格是那么疼爱他们，从来没有打骂过他们。今天，额木格是怎么了？

乌妮胆战心惊地走了过去：“额木格……”

额木格抬头，看见哭成泪人的乌妮，一脸惊诧，马上明白乌妮为什么哭得这么伤心。额木格呆呆地看着趴在膝盖上的木其，不敢相信是她惩罚了木其，而且下手如此重。她张开双手，一遍又一遍审视着，仿佛惩罚木其的不是眼前这双手，而是背后还有一双手。她左右环顾，寻找那双可恶的手。最后，她不得不承认是自己惩罚了木其。可木其为什么没有反抗呢？哪怕是一声啜泣。

额木格一阵心悸。

木其咬着牙，满脸通红，额头上渗出汗珠。

额木格大声嘟囔着，这次嘟囔有别于任何一次，接近于诅咒，诅咒木其为什么硬撑着，为什么不哭喊，为什么不反抗……额木格的嘟囔一声接着一声，就像刚才抽打木其一样连绵不断。

夜里，额木格没有睡，静静注视着木其。小小的木其像爱子一样坚强，知道自己闯祸了，更知道额木格心疼他。一旦他反抗、哭泣，额木格会更伤心。他宁可咬牙坚持着，也不去伤害额木格。

额木格一边用黄油涂抹木其身上的瘀伤，一边暗自流泪。

　　木其趴在毛毡上，也暗自流泪，他发誓不再让额木格生气、伤心。

　　孩子的记性总是很差，很快忘掉了刚刚发生过的事情。这是独属于孩子的特点。正是这一点，充分说明了他们的可爱与天真。

　　额木格在木其身上看到了太多爱子的身影，随着年龄增长，对木其的溺爱有增无减。这也是额木格为什么宁肯让乌妮陪着她去丛林，却固执地拒绝木其的原因。

　　夏季的游泳总是深深吸引着木其，那种感觉就像能洗去一身的疲劳，从里往外地舒坦。

　　木其总是趁额木格不注意，悄悄溜进水泡，躲进芦苇中，游上半天。尽管木其做得很隐蔽，可还是被额木格察觉到了。

　　额木格不能像年轻时那样奔跑了，只能缓慢行走。她的身体，尤其是风湿病，不允许她奔波。额木格的视线始终落在水泡中的某个地方，目光中闪过不安与惊慌。

　　木其看到额木格魂不守舍的样子，害怕了，躲在芦苇丛中，不敢出来。

　　额木格站在岸边，一脸焦急，水阻止了她的行动。可木其迟迟没有出现，让额木格难以站住，颤巍巍地迈开脚步向水里走去。

　　木其大吃一惊，大声喊着，出现了。

　　额木格在看到木其的那一刻，一脸惊喜，木其安然无恙，她放心了。可随后，额木格失声痛哭起来，满脸泪水，面对着偌大的水泡，无声哭泣着。额木格老了，没有能力给木其更多的关心与爱护。失去她的关爱，木其能否安全呢？额木格为这个问题苦恼着。

　　这件事给木其留下了难以磨灭的印象。额木格真的老了，面对顽皮的他，只能用哭泣表达。不能再伤害额木格了，不能让额木格再为他操心了。他要为额木格做些事情，为家里人做些事情。

　　经历了这件事，木其长大了。

　　额木格对木其的溺爱要远远多于乌妮，这应该是她的偏见吧。可当面对危险，甚至死亡威胁时，额木格却毫不犹豫地把生的机会留给了乌妮。暴风雪中，如果不是有乌妮，额木格或许走不到大栏山脚下；如果不是有乌妮，她不可能捡到如山的枯柴，更不可能奇迹般地把枯柴运回蒙古包；如果不是有乌妮，她不可能表现得那么沉着与冷静，最终驱离黑熊；如果不是有乌妮，额木格身上不会一次又一次地创造奇迹，她的生命不会一再延续；如果不是对乌妮有深沉的爱，这种爱更包括额木格认识到自己的偏见，没有公平地把爱分享给乌妮，而是更多地给予了木其。但自始至终，乌妮都没有怨言，乌妮始终认为木其理应得到额木格更多的关爱。如果没有这些，额木格不会陪着乌妮走完艰难的归程，确信乌妮能安全地回到蒙古包，她才安心地合上双眼，离开了心爱的草地，离开了心爱的亲人。

# 32. 火光

大雪下了三天三夜，风停，雪驻。一望无际的草地变成了茫茫雪野，到处都是令所有生命畏惧的白色。

冬季昼短夜长。太阳刚偏离头顶，暮色就笼罩了雪野。

牧羊犬乌和尔冲着天空吼叫了一声，提醒主人。

德班顺着乌和尔的目光望去，远处天边出现了火光。火光明亮，浓烟翻滚，在苍茫暮色的衬托下尤为显眼。

德班惴惴不安，有人滞留在暴风雪中，点燃篝火取暖。暴风雪结束了，篝火也失控了。德班猛地想起三天前，额木格与乌妮走进暴风雪，或许是她们点燃了篝火。不过，额木格有着丰富的野外生存经验，即使为了取暖点燃篝火，离开时，一定会熄灭篝火的。这是个异常天气，风大雪疾，狂风极有可能带走火种，最终引发丛林大火。

德班向乌妮求证。

乌妮很认真地回答了德班，她们没有点燃篝火。

不管是谁点燃篝火，已经不重要了，重要的是篝火已经失控了，将要引发丛林大火。每年，草地上都会发生人为因素的大火，给草地生态带来了重大灾难。

德班紧张地观察着远处的火光，很快否定了刚才的想法，从火光上空久久不散的浓烟可以看出，这应该是某种化学品燃烧的结果。草地上哪来的化学品呢？这让德班很费解。

火光惊动了草地上的所有人。暴风雪后，草地上突然冒出火光，这让富有责任心的草地人紧张而又忙碌起来，他们不能眼睁睁地看着火光引发丛林大火，更何况这股不明之火位于大栏山脚下。

木其一直观察着火光，他似乎去过那里，那里发生了很多不愉快的事情。木其心里"咯噔"一下，低头看了一眼牧羊犬乌和尔，目光里有征求的意思。乌和尔一直仰着头，注视着木其，一时不知道他的用意。四目相对，乌和尔似乎知道木其是在问什么，很响地冲他吼叫了一声。

"镜子！"木其失声喊了出来。

木其来不及向德班解释，健步如飞，冲向雪野。地上的积雪太厚了，没过了木其的膝盖。木其狼狈地倒在雪地上，他翻身爬起，再次向前跑去。

德班知道发生了什么，向雪野走去。他又回来了，拉起老牛阿古

拉。老牛看看远处木其的背影，又看看神色慌张的德班，迈开硕大的蹄子，匆匆走进雪野。

暴风雪后，积雪松软，无法承载人的重量，行走异常艰难。

牧羊犬乌和尔抢先一步，跑到木其前面，它知道哪里积雪薄，哪里积雪坚硬，寻找着落脚点，向火光跑去。木其和德班精神高度集中，眼睛紧盯着残留着乌和尔爪印的落脚点，随后踏上去。强劲的风卷起的积雪很快就能淹没那些似有似无的落脚点，他们稍有偏差，就有可能滑入雪窝，那将是十分危险的。

火光旁边确实蹲着一个人。他身上裹了太多的衣服，显得无比庞大，也无比可怕，蓬头垢面，面容枯槁，嘴角青紫。他听到牧羊犬乌和尔的吼声，哆哆嗦嗦地抬起头，看到远处走来的木其和德班，再也坚持不住了，一头栽倒在雪地上。

"镜子！"德班若有所思地喊了出来。

镜子醒来，浑身像散了架般疼痛难忍，他试了多次才坐起来。他茫然地打量着眼前，此时，他仍没有忘记逃脱的两只狍子。可他糊涂了，不清楚自己是怎么滚下土丘的。接下来，他用了很长的时间，才弄明白发生了什么，一拳重重地砸在地上，翻身爬起，但眼前一阵眩晕，又坐在地上。

原来，当镜子启动摩托车时，摩托车发出了沉闷的响声，赖在原地不动。他仔细一看，后车胎瘪了，上面有一个豁口。他没有多想，误以为是车轮撞到利石上的结果。

这时，天空开始飘下雪花。

镜子并没有往心里去，耐心等待着大雪停下，继续围捕狍子。他眼前老是晃动着狍子的身影。大雪下了整整一夜，仍没有停的意思。镜子看看天色，知道大雪一时半会儿不会停，就准备离开大栏山。

同样，大货车也发出了相似的响声，只不过，响声巨大。

镜子一惊，下车察看，头"嗡"的一下，后轮胎也瘪了。大货车遭遇了与摩托车相同的命运。这是谁干的？镜子把认识的草地人在大

脑中过滤了一遍，最终也没有确定出是谁。最后，他不得不多次联想到嘎拉德。他比较了解嘎拉德，虽然现在他们好得跟个连体人似的，可嘎拉德心胸狭窄，不可能轻易忘掉过去的事情。但这又不像嘎拉德干的，这纯是一种孩子气的行为，知道不能与他当面锣对面鼓地干，就使用见不得人的手段，从背后下黑手。怎么看都与嘎拉德联系不到一起。

镜子苦恼极了！

镜子做梦也没有想到，他的行为激怒了有正义感、有良知的少年木其。木其与他根本就没有利害关系。如果有，顶多也只能算是认识吧。

镜子有心离开草地，又退缩了。镜子虽然生活在苏木，但从小在草地长大，没有远离过草地。他深知这个时候进入暴风雪中意味着什么，极有可能迷失方向，最终被暴风雪夺去生命。可作为草地上长大的他，应该更清楚，此时，守在大货车里虽然安全，可最终仍逃不掉葬送在暴风雪中的危险。镜子自以为是的做法，只不过是把危险往后推迟了几天。

镜子躲在驾驶室里，把能穿的衣服都穿在身上了，仍无法挡住侵入骨髓的寒意。严寒侵蚀身体，身体需要更多的食物提供足够多的热能。可惜，镜子准备的食物非常有限，一天一夜后，就弹尽粮绝了。

这一天，暴风雪刚刚拉开帷幕。此前，只不过是暴风雪的一个小小序幕。序幕有些拖沓冗长，骗过了所有的草地人。

镜子不得不启动发动机，靠机器发热来取暖。两天两夜后，油箱空了，发动机也不能发热了。

严寒不仅束缚了镜子的手脚，也把他的大脑冻僵了，他的思维变得一片空白。不远处就是丛林，丛林里有取之不尽的枯柴。幸运的是，镜子没有走进丛林，以他不负责任的态度，极有可能引燃丛林大火，那将罄竹难书，十恶不赦。

驾驶室里冷如冰窖。镜子如坐针毡，手脚冰凉，身子打冷战，万

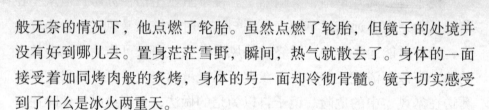

般无奈的情况下，他点燃了轮胎。虽然点燃了轮胎，但镜子的处境并没有好到哪儿去。置身茫茫雪野，瞬间，热气就散去了。身体的一面接受着如同烤肉般的炙烤，身体的另一面却冷彻骨髓。镜子切实感受到了什么是冰火两重天。

寒冷与饥饿，犹如两条绞索，把镜子死死地绞了起来，随时都有窒息的危险。现在，他已经感觉不到寒冷，感觉不到饥饿，如果不是畏惧眼前的熊熊之火，他马上就能倒卧在火堆上，舒舒服服地睡上一觉。渐渐地，镜子意识模糊，双眼迷离。

这时，从天边传来一连串的怒吼声，镜子勉强睁开眼，模模糊糊看到了人影，终于可以放心地睡着了。

德班和木其把镜子弄到老牛阿古拉身上。镜子身上散发出刺鼻的浓烟味，引起老牛的极度不安，它频频回头观望着镜子。如果不是德班和木其在场，它早就甩下这个不祥之物，远远躲开了。

镜子已经失去了知觉，整个人像口袋似的横趴在老牛背上。随着老牛的走动，镜子无声地滑落到雪地上。

德班一惊，镜子的身体状况远比看到的还要糟糕，不等走到蒙古包，就冻成肉坨了。德班找来两个轮胎，把它们绑在一起。把镜子放

在轮胎上。

老牛阿古拉见身上没有了镜子，大有眉开眼笑之意，拖着轮胎轰隆隆地向前跑去。

德班仍不敢大意，察看镜子的手脚。他的手脚乌青发紫，血液几乎停止了流动。德班大吃一惊，如果不及时施救，镜子将失去双手和双脚。德班吩咐木其用积雪揉搓他的手脚。

木其见到镜子的那一刻，后悔极了，虽然他出于正义，扎坏了车轮，可他不知道，在灾难面前，尤其是天灾暴风雪面前，镜子简直是个白痴。无意中，木其的举动让镜子走向死亡。镜子虽然有不可饶恕的罪行，可他毕竟是条生命。木其为一时的鲁莽而后悔，他要为自己的错误行为负责。

木其摘掉手套，顿时，双手麻麻的。他捧起积雪，揉搓着镜子的双手。镜子的双手冰凉刺骨，硬如坚铁。他不停地搓动着，双手感觉不到微胀了，也感觉不到寒冷了。长时间高强度的动作，再加上心情急切，木其的额头上渗出了汗珠。

德班看见了，吓了一跳，木其的十根手指冻得像红萝卜，亮晶晶的。傻孩子！德班赶紧命令木其戴上手套。木其不敢停下来，继续揉搓着镜子的双手和双脚。不一会儿，木其感觉自己的十根手指肿胀且酸痛。

木其为了救镜子险些丢掉十根手指。

镜子的双手、双脚微微发红了，德班吩咐木其不要停下来，有序地揉搓。随后他马不停蹄地用积雪搓镜子的脸。镜子的脸就像一夜间偷吃了太多的东西，整张脸大得出奇，而且金光闪闪。积雪落在镜子脸上，就像落在冰块上，簌簌地滑落。渐渐的，镜子的脸有了血色。

德班一边揉搓，一边大声呼喊镜子。镜子就像喝了太多的酒，又像经历了一次不胜体力的长途跋涉，睡意正浓，叫也叫不醒。德班不得不狠狠抽了镜子一巴掌，他才勉强睁开眼睛。镜子双眼迷离，微微睁开眼睛，看了德班一眼，又重重地把眼睛合上了。

德班又给了镜子两巴掌，他再次睁开眼睛。镜子睁着大眼，痴呆地看着德班。看来，严寒确实冻坏了他的大脑。

木其被这一幕吓呆了，不知所措地看着德班。

"扎他的手！"德班甩出腰带。

腰带上有锃亮的如粗针状的硬铁。

木其犹豫了。

"快点！"德语吼道，"用力！"

木其攥紧腰带，不敢看镜子，用力地扎向他的手掌。镜子就像被猛地电击了似的，手掌剧烈抽动，发出尖利的惨叫。

德班如同全身虚脱了一般，蹲了下来，谢天谢地，镜子总算脱离了危险。

老牛阿古拉猛地停下大蹄，在镜子的惨叫让它感到不安的同时，它还感到愤怒，当看到瘫软在一旁的德班和吓呆的木其时，目光里闪过更多的愤怒，凌厉的眼神长时落在倒卧的镜子身上。德班站起身，大声吆喝着老牛。老牛似乎从德班有别于往日的吆喝声中察觉到了细微的变化——略显惊喜与疲惫。随后，他的目光转向木其，得以求证。结果，它看到了木其与德班相似的表情，而且木其的吆喝声与德班也是那么相似——略显惊喜与疲惫。它放心了，收回目光，迈开大蹄，加快脚步向蒙古包走去。

德班和木其对镜子施救时，老牛阿古拉一直匆匆行走着。

镜子看看眼前的德班，又看看木其，知道是谁救了他，放声大哭。哭声响彻茫茫雪原。

夜很快黑了，呼啸的西北风打着尖哨刮过雪原。

# 33. 天葬

老牛阿古拉总是深情地注视着蒙古包，自从大栏山回来，它再也没有看见过额木格。老牛向蒙古包走去，猛地停下来，发出了沉闷的哞叫——它没有闻到额木格的气息。老牛阿古拉走向德班，大大的牛眼注视着德班。德班忙得团团转，无暇顾及老牛。老牛又转向木其，好像是在向木其求证，木其的脸上挂着泪痕。老牛又向额吉和乌妮求证，她们的脸上也挂着泪痕。

老牛阿古拉似乎明白发生了什么，眼泪汪汪的。

老牛阿古拉猛地抬起大头，闻到了额木格若有若无的气息。可接下来发生的一幕，大大超出了它的承受能力和理解能力：德班抱着额木格，向勒勒车走去，轻轻地把额木格放在勒勒车上。额木格像睡着了，即使在冰天雪地中，也能沉沉地睡着。老牛的目光中充满了疑惑：额木格身体虽虚弱，但从来不麻烦别人。额木格也从来没有这样过，更没有以这种姿势躺在勒勒车上过。

老牛阿古拉的目光久久地落在勒勒车上。

德班向老牛发出指令，它竟然没有听到，痴痴地望着额木格。德班提高了声音，老牛阿古拉反应了过来，倒退进勒勒车，随后迈开大蹄，冲向远处。额木格要出趟远门，由于它的犹豫，大大耽误了行程。现在，它要把耽误的行程抢回来。

德班再次向老牛阿古拉发出指令，用手指了指某个方向——远离人烟的荒野。

德班手指的方向与老牛阿古拉要行走的方向截然相反。

老牛阿古拉茫然地看着远处，那里是一望无际，闪动着耀眼白光的雪野。老牛还发现，那里没有蒙古包，也没有人烟。在冬季，那里不仅仅有可怕的危险，还有死亡的气息。老牛疑惑地看着德班，德班

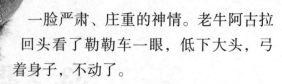

一脸严肃、庄重的神情。老牛阿古拉回头看了勒勒车一眼，低下大头，弓着身子，不动了。

德班恼了，狠狠地拍了老牛阿古拉一掌。老牛很不情愿地迈开大蹄，巨大的车轮碾轧开厚厚的积雪，发出痛苦的呻吟声。

德班稳稳地坐在勒勒车上，身子随着勒勒车有节奏地摆动。这次，他没有进入梦乡。他要把额木格送到草地深处荒无人烟的天台上，那里有成群的秃鹫与狼。它们将很快分食额木格。它们分食得越快，额木格就越幸福。

至今，在草地深处仍保持着游牧民族这一古老的习俗——天葬。

德班头垂在胸前，刺骨的寒风打透了厚厚的衣服，可他感觉不到一丝的寒意。德班送走了两位至亲的人，每一次踏上去往天台的路，都感觉自己已经死了。尤其是第一次送爱子去天台，天底下再也没有比这痛苦的事情了——白发人送黑发人。他不知道自己是怎么离开蒙古包的，更不知道大牛是如何行走的，他的整个心已经随着爱子去了天边。

德班只记得那是冬末春初，陪伴他的是一头大犍牛。大牛看到众人一脸肃穆，沉闷的气氛令它感到压抑。大牛又看到很多人泪雨滂沱，慌了。德班心里痛苦极了，忘了指挥大牛，也忘了执行任务的是大牛，只是僵硬地爬上勒勒车，像没了灵魂。在众人的指挥下，才把大牛送到通往草地深处的土路上。

大牛第一次执行这种任务，感到不安、恐慌，可随后，感到的是死亡的气息。

　　大牛突然停了下来。德班抬起头，看看四周，他们已经远离了蒙古包，远离了人烟。前面是一望无际的草地，天是那么蓝，蓝得让人无法接受；云是那么白，白得夺人魂魄。德班一个激灵醒了，这才明白自己是在做什么，眼泪顿时下来了。

　　大牛迟迟不动。

　　德班发怒了，狠狠抽打着大牛。自从失去爱子后，原本话就不多的他，话越来越少，做事总是丢三落四。这头不听话的大牛彻底惹怒了德班，他疯狂地抽打大牛，连连诅咒。此前，他之所以表现得沉默寡言，好像是在特意隐瞒掩盖。现在，他爆发了，就像瞬间迸裂的火山一样，迸射出巨大的能量——用力抽打，大声诅咒。

　　大牛先是一愣，它这一愣，迎来了更凶猛的抽打。大牛反抗，转头向来路跑去。

　　德班怒吼一声，跳下勒勒车，频频抽打大牛。大牛大头左右摇摆，躲避着。它越是躲避，德班抽打得越厉害。最终，大牛意识到，它之所以惹怒德班，是没有很好地执行命令。与蛮荒的原野相比，德班更可怕。大牛回到原路上，疯狂地跑起来。巨大的车轮织出模糊的光影，眼前的景物迅速地向后退去。

　　德班长长舒了口气，他怎么拿大牛撒气呢？他胸中积郁了太多的痛苦与重荷，不知说给谁听，爱子不在了，额木格精神恍惚，木其和乌妮还小，他只有默默承受。虽然他坚强，他勇敢，但他也有脆弱之时，好比眼下，只能拿大牛撒气。德班怜爱地看了一眼大牛，隐隐不安起来。

　　大牛再次停住了，他们已置身荒野，四周静得可怕。天边有不明的身影向这里飞来，那应该是秃鹫的身影吧。它们喜欢异常肃静，甚至带着恐怖色彩的环境。草浪随风起舞，在风的作用下，草浪翻滚地涌向天边。其间夹杂着可怕的飒飒之声，那不仅是风的响声，更多的是其他的响声。这响声应该来自草地王者——狼吧。狼给人留下勇敢、坚强印象的同时，更多的应该是恐惧与死亡。

死亡的气息紧紧包裹了大牛与德班。

德班多次与死神擦肩而过，他不怕死亡。如果能用他的死亡换回爱子，他眼睛都不眨一下，可世上没有这么简单的交换。爱子不在了，他还有至亲的人。德班不能抛下他们，随着爱子离去。他还要活下来，而且要坚强地活下来，看着他们长大，看着他们幸福，他才有资格踏上去往天台的路。

德班深情地望了一眼勒勒车，走吧，走吧，安心地走吧……

大牛再也坚持不住了，迈开硕大的蹄子，庞大的身躯向前滑去。大牛的身材是如此庞大，竟然跑出草地骄子——马的速度。勒勒车无法配合大牛的脚步，上下颠簸，车体好像无法承受迅速的移动，发出可怕而痛苦的呻吟声，不，是哭泣声。

德班泪如雨下，泣不成声。

大牛疯狂了，发出巨大的哞叫声，似乎不这样，身上的力量就不能完全爆发出来，就不能跑出惊人的速度。它要哞叫，它要奔跑，冲散扑面而来的死亡气息。

大牛终于跑不动了，浑身湿漉漉的，嘴巴下挂着乳白色的沫子。

德班安静地坐在勒勒车上，身后空空的。

从草地深处回来，德班大病了一场，半年后，身体才渐渐恢复。

事隔十几年后，德班又一次要去往天台了，这次他要亲手送走与他生活了几十年，相濡以沫的妻子。这是一次痛苦、悲伤、绝望的旅程，眼睁睁地看着至亲的人从眼前消失。

老牛阿古拉的脚步是那么缓慢，它表情凝重，目光哀伤，一脸回忆的神情，仿佛回到了过去，它跟在额木格身后，嘴里咬着额木格的袍子，身体虽然康复了，但还不能快走，腹部伤口随时都有迸裂的危险。额木格停下来，等着它。额木格从袖口里拿出一块奶豆腐，伸进它的嘴巴里，它匆匆咀嚼着。像它这么大的牛犊很难再享受这一待遇了。即使没有这么严重的伤情，主人也早就不会如此待它们了。但在额木格的眼里，它不仅仅是一头牛犊，而是一条像人一样鲜活的生命。

草地人总是用心地对待每一头牲畜。

它身上的伤势完全康复后，仍跟在额木格身后讨要奶豆腐。很多时候，它是故意装出来的，讨要一块奶豆腐，亲近额木格。这件事早就被木其揭穿了，揭穿它的还有乌妮。每次额木格听到兄妹两人的声讨，总是小声嘟囔着，好像没有足够的理由说服他们，才不得不说得这么含糊。

现在，它变成了一头老牛，年龄足够大的老牛。额木格也老了，老得比它还可怕。不过，它仍在乎额木格的关注，哪怕是拍打，哪怕是小声嘟囔，在它看来都尤为亲切。

老牛阿古拉回眸深望了一眼勒勒车，缓缓行走着。它沉浸在美好的回忆中，更怕惊醒额木格。

蒙古包远去了，眼前是令人畏惧的白色。白色上闪动着耀眼的金光。四周静极了，只有风吹过雪原发出的凌厉的响声。那是强硬的风，以极快的速度，在最短的时间内，与坚硬的积雪相撞发出的。虽然微弱，但风声聚集到一起，响声却是惊人的。尤其是置身这蛮荒的，毫无生气的雪原，风声带着死亡的气息，让人不寒而栗。

老牛阿古拉回头望望德班。

德班身子稳稳地坐在勒勒车上，神情肃穆庄重，目光明亮有神，嘴角向里凹进。德班把巨大的悲伤埋进了心底，他不能让老牛感到一丝畏惧，不能打乱它的脚步，也不能让额木格从梦中惊醒。

老牛阿古拉迈开大蹄，稳稳地向前走去。远处是天与地的交界线，那里闪动的不再是夺目的白光，而是灰蒙蒙的雾气。雾气下面隐藏着不明的物体，不知是它们太多了，还是原本只有一个，只是感到无形地大，几乎占据了天与地的空间。近处光秃秃的，唯有风与雪制造出毛骨悚然的吼声。

老牛阿古拉再次不安起来。

不知什么时候，天空出现了秃鹫。它们似乎因等待的时间太长而显得迫不及待，远远而来。但它们又缺少足够的勇气与胆量，盘

旋多时，不肯落下来。尽管下面只有一头老牛和一位瘦小的老头儿，可它们还是不敢胡来。

一只秃鹫一路俯冲，带着一股寒风，一股腐朽的异味迎面扑来。它似乎有意考验人与老牛的胆量，故意在空中停留了一下。他们连头都没有抬，连眼皮都没有睁开。秃鹫不得不爬升，再不爬升，很有可能就撞到德班身上了。弄不好，它就有可能成为伙伴纷抢的一具尸体。秃鹫留下了一串哀鸣，飞走了。

不一会儿，天空涌现了大量秃鹫，密密麻麻的，盘旋在他们上空。巨大的翅膀和众多的身影，弄出了巨大的气浪，与风融合到一起，形成了惊涛骇浪般的风声和令人窒息的腐朽气息。

远远而来的不仅有秃鹫，还有从灰蒙蒙的天边交界线而来的狼群。狼群的嗥声已抢先秃鹫来临了，骤响而紧迫。

老牛阿古拉不安地回头看德班。

德班仍稳稳地坐在勒勒车上，对眼前的秃鹫，临近的狼嗥充耳不闻，视而不见。

老牛阿古拉似乎明白了，他们为什么来荒野，德班为什么如此沉着与冷静，为什么不催促它，德班是等待，等待着……老牛一惊，它不能失去额木格，不能把额木格丢弃在这里，它必须保护额木格。此时，它唯一能做的就是奔跑，把秃鹫，把狼群远远地抛在身后。

老牛阿古拉晃动着如山的一身子，一声哞叫，惊得秃鹫纷纷爬升。老牛从鼻孔里喷出巨大的气流，形成巨大的气浪，随后整个身子如闪电划过。老牛硕大的四蹄用力磕打着积雪，巨大的车轮飞转，轰隆隆地碾轧开积雪，带起一团团雪雾。看不到车轮了，也看不到勒勒车了，茫茫雪原上只有一头老牛风驰电掣般地一路狂奔，它身后荡起一股股雪雾，久久不散去。

老牛阿古拉只有一个想法，保护好额木格，不能让秃鹫和狼群伤害她。老牛如流星一样划过天边，冲进越来越浓的暮色中。

不知什么时候，勒勒车上只有稳稳端坐着的德班。

# 34. 雪路

食物短缺，燃料短缺，夏季营地的草地人必须回到定居点。

百年牧道消失了，放眼望去，雪原上到处都是牧道，又都不是。牲畜都有识路的本领，尤其是马和牛，有着惊人的识路本领，一眼就能认出被埋在积雪下面的牧道。可积雪太厚了，需要大量的马和牛，用坚硬、硕大的四蹄踏碎牧道上的积雪，踏出一条雪路。

每天，德班带着木其与牧羊犬乌和尔去牧道附近，看看有没有马群、牛群经过。

从雪丘的另一侧隐约传来响声。那应该是惊雷的响声，空旷、响亮，由于离得太远，传到这里已是若有若无。

德班看看天空，天气晴朗，阳光明媚，暖烘烘的。空气中一丝风也没有。这是冬季里难得的好天气。

响声渐渐清晰起来，与惊雷的响声又不相同：惊雷的响声短暂，间隔时间长。此时的响声却有些莫名其妙，紧锣密鼓，持续不断，一声接着一声，仿佛众多鼓手一起敲响了大鼓，密如爆豆，响似惊雷。

暴风雪之后，又有谁有如此闲情逸致奏出这样的鼓点呢？这是茫茫雪原，人烟稀少，没有那么多的人聚集在一起奏出如此洪亮的鼓声。哪怕把夏季营地上的所有人集中到一起，也不可能奏出这么巨大

的声音。

响声越来越近，清晰可闻，如同闷雷发出排山倒海般的咆哮声，由天边滚滚而来，气势恢宏，震人心魄。

响声呼啸而来，有着无比巨大的能量，奏出如雷贯耳的响声的同时，也卷起了漫天雪花。仿佛有一台巨大的扬雪机，把地上的雪统统卷上了天空——雪丘的另一侧，隐约看到一片雪雾。雪雾随着响声一路翻腾、跳跃。雪雾升起的高度十分有限，它们升到一定高度，似乎没有能力爬升了，随后降落，可紧随其后的雪雾再次把原来的雪雾掀起，形成有梯度、有层次的雪雾。远远望去，就像堆积得有模有样的云层向这里飘移。

德班惊呆了，活了这么大，从来没有看到过这么奇异的景象。

木其仰头观望，一脸痴迷，被美景吸引了。

牧羊犬乌和尔仰头吼叫。

德班怪怪地看了乌和尔一眼，与它四目相对，它似乎有意提醒德班，又吼叫了一声。德班一惊，来不及弄明白乌和尔的意思，只见雪丘上突然冒出一匹骏马。

它高昂着大头，全身被毛通红，在阳光的映照下，仿佛一团火向前滚动。长长的马鬃如旗帜一般随风飞舞。硕大的马蹄磕打着积雪，蹄下升起一团团雪末，掩盖了四肢，掩盖了腹部。雪末飞舞中，红马显得更威武，更英俊。

它是马王，有着极强的识路本领，只要轻轻瞥上一眼，就能辨别出淹没在积雪下面的牧道。

马王后面是清一色的几十匹高大骏马。它们精神饱满，高昂着大头，仰天嘶鸣，硕大的蹄子有力地磕打着积雪，积雪发出脆弱的响声，被强有力的"嘚嘚嘚"的马蹄声揉碎、撕裂。几十匹骏马就像庞大的整体，齐头并进，以摧枯拉朽之势滚滚而来。马蹄下荡起的积雪纷纷扬扬飞上天空，无奈又被庞大的身躯、坚硬的四蹄阻挡。马蹄带起积雪的同时，也带起了强风。强风再次把雪末卷上天空，最终形成雪雾。

马王滑动四蹄，冲下雪丘。

几十匹大马如影相随，如一阵风似的下了雪丘。它们身后，是成群结队的马群，滚滚而来，又滚滚而下。站在另一座雪丘上望去，苍茫天地间，一支只有头没有尾的马队，在茫茫雪原上逶迤而行，跌宕起伏，蔚为壮观。

马群的出现，给生命绝迹的茫茫雪原带来了生气与活力。

雪灾可畏，生命可敬。

前面的大马踏碎了积雪。后面的马群把积雪碾成了粉末。马群过后，一条雪路隐约可见。

马群两翼有十几个马倌，他们紧紧控制着马群的队形，把众多的骏马控制在十几米宽的范围内，这是一项艰巨的任务。这些草地骄子习惯了无拘无束的奔跑。突然把它们聚集在有限的空间内，一时还无法适应。一路上，总有骏马伺机冲出马群，与其说是在马群里乱舞，不如说是展示个体的力量与速度。草地骄子更喜欢自由式的奔跑，那往往代表着自由，不受约束。它们终于等来了机会，一匹黑马甩动大头，冲出马群。黑马来不及甩开四蹄，一个模糊的身影出现在眼前，套马杆上下飞舞，逼着黑马回归队伍。

其他马也遭遇了相似的窘况。

虽然回到了队伍中，它们仍不甘心，侧目而视，寻找机会，再次兴风作浪。当它们看到威严的马倌频频挥动套马杆时，识趣地打消了不切实际的想法，一心一意地跟着马群驰骋。

暴风雪不仅袭击了淖尔，也袭击了整个草地。面对巨大的灾难，草地人想到的不仅仅是自己，而是所有的草地人。马群能在茫茫雪原上随意踏出一条雪路，但它们必须为后面即将启程的羊群着想，必须把百年牧道呈现出来。

这样一来，可苦了马倌，一路颠簸、疲惫不说，还要经受严寒的考验，虽然他们穿了足够多的衣服，脚上穿了足够厚的毡靴，仍无法抵挡严寒侵入，脸部挂了一层厚厚的霜花，手脚冻得像猫咬似的。他们不得不离开马背，随着马群跑上一段路程，暖和暖和身子。

虽然少了马倌的管理，这些草地骄子有着人一样的灵性，很快明白了为什么要把它们聚集在有限的空间里。它们要做的就是狂飙猛进，把积雪踏成齑粉。马群呼啸而过，踏碎了积雪，也踏碎了光影。阳光在马群上跳动着，犹如一条金光闪闪的河向前流动。

马群后面跟着多辆马车。马车上装载着各种物资。十匹马拉着一辆马车。它们呈倒置的等腰三角形，轰隆隆地向前滚动着。刚刚踏出来的雪路不仅凹凸不平，而且异常光滑。庞大的马车就像狂风骇浪中的小船，左右摇摆，上下颠簸，随时随地都有被掀翻的可能。不过，它们虽有千难万险，总是稳稳地向前飘去，就像一枚树叶，在狂风中，不能左右自己的命运，只有任风裹挟着一路向前。此时，马车就是这种感觉。这得感谢十匹马整齐划一的动作，整齐划一的速度。哪怕有一匹马配合不好，哪怕就是稍微慢了一拍，都将无法保证马车的安全，人仰车翻是难免的，造成一场灾难也是有可能的。

马车上的人充分相信这些草地骄子。他们的任务就是穿得厚厚的，稳稳地坐在马车上。如果想睡觉也可以，只不过得像绑东西似的把身

子绑牢了，千万不能掉下来。

马群过后是牛群。

论奔跑，牛群比马群逊色多了；可论力气，牛群要远胜于马群。或许是受马群的影响，或许在灾难面前，它们认识到，只有团结协作，才能战胜灾难。庞大的牛群沿着马群踏出的雪路滚滚向前。

前面是几十头清一色被毛漆黑的大牛。黑白两色巨大的色彩反差，不仅让人耳目一新，更给人一种温暖的感觉。的确，在这令人畏惧的白色世界里，任何一种有别于白色的色彩都令人感到亲切与舒适。

几十头大牛平伸着大头，目视着远去的马群，甩动着硕大的蹄子，晃动着如山的身子，扑簌簌地碾轧过去。

牛群紧随其后，身子挨着身子，大蹄挨着大蹄，如同轧路机似的，把雪路轧平轧实。每头大牛的四蹄、腹部、胸前、嘴巴上都挂着一层厚厚的霜花，不仅仅是呼吸的结果，也是大面积雪被扬起的结果。大牛几乎变成了雪牛。大牛一边匆匆行走，一边把伴随着积雪的牧草卷进嘴巴里，匆匆咀嚼着。

此时，大牛身上表现出有别于马群的顽强生命力，它们更能适应异常艰难的环境。

牛群后面跟着勒勒车，主角是清一色的大牛。

勒勒车与庞大的马车相比，就逊色多了。驾车的只有一头大牛，尽管身后是一辆如山的勒勒车，装载的物质丝毫不比马车少。与马车相比，勒勒车更稳重，这得益于大牛稳重的性格。

大牛平举着大头，目光如炬，迈动四蹄，稳步如飞。大牛虽身肩重任，牛群却无法甩下它。巨大的车轮配合着大牛的步伐，匀速向前滚动。即使雪路光滑，也没有关系，除了车轮大而宽，有着极好的稳定性外，还依赖于大牛一身蛮力，只要大牛稍稍一用力，就能稳稳拖住滑向一侧的勒勒车。

坐在勒勒车上的是一个中年男子，他悠闲地抽着烟嘴，偶尔看一眼牛群，再迅速闭上眼睛。大雪过后，强烈的阳光极容易导致雪盲，尤其是长时间暴露在野外。不过，当他看到德班时，惊喜极了，热情地与德班打着招呼。草地人的打招呼也只限于挥舞手势，睁大眼睛，一脸惊喜，语言却少得可怜。常年孤寂的草地生活，每个人的语言功能都退化了，当他们面对突发事件时，肢体语言反而比语言要丰富得多。

德班和木其向过往的草地人大声问候，他们的声音很快淹没在惊人的响声中。最后，他们不得不使出肢体语言。的确，无论是德班，还是木其，肢体语言都丰富极了。

牧羊犬乌和尔兴奋得摇头摆尾，喉咙里发出一连串的吼叫。它的吼声惊动了同行的牧羊犬。其实，它们早就相见了，聚集到一起，彼此嗅闻着对方的大嘴、爪子、四肢、身子、颈部……一番嗅闻后，纷纷转身，奔向各自的队伍。它们身肩重任，不可能卿卿我我，更不可能儿女情长。不过，短暂的相聚就像给它们体内注入勇敢与力量，更注入信心与坚韧，在严寒的世界里保护着主人与畜群。

多支马群和牛群走过后，一条雪路——百年牧道，赫然出现在茫茫雪原上。

德班他们可以启程，回定居点了。

# 35. 启程

　　一件突如其来的事情打乱了草地人的行程，麻烦的制造者又是嘎拉德。

　　暴风雪后，嘎拉德无所事事，又开始嗜酒。最初，他表现得还有节制，但喝酒的同时，眼前老是晃动着黄羊的身影，大脑里仍念念不忘黄羊。当他看到茫茫雪野，最后的一线希望最终化为了泡影，他整个人都颓废了，整日酗酒，烂醉如泥。嘎拉德喝了太多的酒，出去方便，就再也没有起来。巴特发现他时，他已在雪地上昏睡了一个多小时，冻坏了脚趾。

　　就在这个节骨眼儿上，草地人要准备启程了。

　　嘎拉德的妻子哭哭啼啼地来找德班，行程被迫往后推迟，多少年了，转场不是一家的事情，而是一个整体。面对雪灾，更不可能把一个人、一户家庭滞留在雪地上。

　　嘎拉德看见走进蒙古包的德班，意气风发地说："你们走吧，我留下来。我与大自然斗，与雪灾斗……"

　　酒精确实烧坏了嘎拉德的大脑，这绝不是逞匹夫之勇的时候，大雪过后，燃料、食物、严寒……每一样都能夺取鲜活的生命。还有，雪灾之后往往伴随着狼灾，这是草地上特有的现象。一旦被狼群纠缠上，那才是真正的麻烦，甩也甩不掉。

　　嘎拉德愣眉愣眼地看着德班。德班一脸少有的严肃，一言不发，向嘎拉德走了过去。嘎拉德有些紧张，不敢直视德班，目光躲躲闪闪。德班一把抓住嘎拉德的脚，嘎拉德一脸难堪："没事，没事，过两天就能站起来！"

　　德班暗暗吃惊，嘎拉德的冻伤远比想象的可怕，四根脚趾乌黑发紫，有向上蔓延的趋势，必须马上手术。稍有耽搁，就有可能失去两条腿，甚至殃及生命。可这是在冰天雪地里，缺医少药不说，根本就无法做手术。

嘎拉德脸色通红，眼睛半睁半合，额头上渗出细小的汗珠，这不仅仅是醉酒状态，而是由冻伤引起的高烧。他必须马上接受手术，切掉坏死的肌肉组织。

嘎拉德双眉紧锁，打量着嘎拉德。

"我陪你喝酒。"德班像自言自语，又像是对嘎拉德说。

嘎拉德一脸的受宠若惊，一时不敢相信德班的话，见德班是认真的，立刻眉开眼笑。

"好啊，我早就等着这一天了。"嘎拉德的话出奇的多，"在酒量上，我一定能打败你。别说一个德班，就是十个德班绑在一起，也不是我的对手。我让你输得一败涂地……"

众人吃惊地看着德班。

德班不动声色，坐下来，与嘎拉德面对面对饮起来。

看来，嘎拉德的豪言也只能说给小孩子听听，来不及与德班摆开阵势，"咕咚"一声，倒在毛毡上，打起如雷的鼾声。

德班命令众人绑住嘎拉德的手脚，往他嘴巴里塞了毛巾。他从毡靴里抽出蒙古弯刀，伸进熊熊燃烧的铁皮炉子里。嘎拉德的妻子和巴特一脸惊诧，疑惑了。

"额不格，千万不能伤害阿爸。"巴特抱住德班，失声痛哭。

"孩子，我怎么能伤害你阿爸呢！"德班指着嘎拉德的脚趾，"如果不马上手术，他很有可能失去两条腿，甚至生命。"

这个问题太严重了，绝不是巴特所能承受的，也是不能理解的，他的目光一会儿停在德班身上，一会儿停在额吉身上。

嘎拉德的妻子什么话也没有说，冲德班点了点头，目光中充满了感激与信任。

德班把另一把蒙古弯刀也插进火炉里。

德班从火里抽出蒙古弯刀，弯刀红彤彤的，像炭火一样可爱。他

喝了一大口酒，举着蒙古弯刀，走向嘎拉德。嘎拉德的妻子和巴特不敢看，转过身去。众人牢牢控制着嘎拉德。德班看了一眼睡意蒙眬的嘎拉德，"噗"，冲蒙古弯刀喷出酒，顿时生起一团雾气。德班猛地挥动蒙古弯刀，伴随着嘎拉德一声撕心裂肺般的尖叫，空气中弥漫着腐肉的异味。

突如其来的疼痛，让嘎拉德身上爆发出不可思议的力量，他疯狂地扭动着。

"摁住他！"德班大声吼道。

众人紧紧地把嘎拉德压在身下。嘎拉德发出了杀猪般的惨叫，但身子瘫软着，全身被汗水打透了。德班不理会嘎拉德，他从火里抽出另一把蒙古弯刀，稳步走了过去，喷出酒，挥动蒙古弯刀，红光一闪，快刀斩乱麻般地落了下去。

嘎拉德发出一声惨叫，昏死了过去。

蒙古包里静极了。

空气中弥漫着令人窒息的腐烂味儿。

众人看看倒在一边的嘎拉德，又看看德班。德班不慌不忙，瞥了一眼倒在毛毡上的嘎拉德，顺势把蒙古弯刀插进炭火里，擦了擦额头上的汗珠，目光落在伤口上。伤口往外渗着发乌的血水。众人暗暗吃惊，多亏德班行动果敢，晚一天，嘎拉德的双腿就保不住了。

有人忙着要给嘎拉德包扎伤口，德班制止了，用眼神命令众人控制住嘎拉德。

德班第三次举起蒙古弯刀。德班就像技艺娴熟的能工巧匠，蒙古弯刀紧贴着伤口滑了过去，伴随着一股浓烟升起，伤口上仿佛贴了一剂良药，血立刻止住了。

嘎拉德再一次从梦中惊醒。这一次或许是太疼痛了，他竟然坐了起来，猛然看见站在眼前，手握蒙古弯刀的德班，似乎什么都明白了，叫嚣着："好啊，德班，你乘人之危，我饶不了你……"

德班一挥手，众人摁住嘎拉德。德班眼疾手快，随手一扬，红彤彤的蒙古弯刀紧擦着另一处伤口飞了过去。

嘎拉德再次昏死了过去。

两天后，伤口上长出了新的肉芽。嘎拉德茫然地坐在毛毡上，嘴里始终叨咕着一句话，"我的脚……黄羊……"。没有人能理解嘎拉德的话，大概也只有他心里最清楚，不能像过去一样，行走如飞地围捕黄羊了。

一连多日都是难得的好天气，温暖的阳光洒在雪原上，暖烘烘的。如果不是即将启程，草地人将好好享受这段时光。

原本是要轻车简从的，可从淖尔到定居点有千里之遥，又遭遇了特大雪灾，蒙古包、食物、燃料……一样都不能少。每辆勒勒车都装载得满满的。

德班特意腾出一辆勒勒车，那原本是属于他和额木格的。额木格留在雪原上了，德班需要的地方有限。德班有条不紊地忙碌着，确信所有的东西都装上了勒勒车，招呼一声木其，走到某个雪堆下面。雪堆下面因埋藏了太多的东西，而显得过于臃肿、庞大。两人一阵手忙脚乱，从雪堆下面挖出了羊羔的尸体。

暴风雪后，一些体弱多病的羊羔被夺去了生命。

德班把羊尸埋在积雪下面。积雪是天然的冷冻剂和保鲜剂，即使羊尸埋上整整一个冬季，也不会走味儿。每年冬季，德班都用这种方法贮存肉类。

德班把羊羔有序地装上勒勒车。装了整整一车，随后用积雪盖好。

暴风雪后，德班向草地人吩咐过，把羊尸保存好了，轻易不能丢弃。现在，他又命人把羊尸装上勒勒车，并且吩咐，路上一旦有羊倒下，千万不能丢弃。

有经验的草地人都知道，一旦丢下羊尸，狼群循着羊尸就能很快追上转场队伍。那将是令人头疼的麻烦。

众人很快见证了这些羊尸发挥的巨大作用。

队伍启程了。茫茫天地间，一支长长的队伍，沿着马群和牛群踏出的百年牧道，缓缓行进。至于什么时候能到达定居点，其间会有什么样的困难，谁也不清楚。不过，能离开淖尔，回到定居点，就是一件令人很高兴的事。

　　草地人豪爽且乐观，也正是有了这种可贵的品质，草地人能从容地面对各式各样的困难。面对茫茫雪灾，他们依然表现得豁达与豪放。

嘎拉德倚靠在勒勒车上，忧郁地打量着身后，身后是一支羊群。嘎拉德收回目光，呆呆地望着晴朗的天空，心里很不是滋味，半年前，他还是人人羡慕的嘎拉德，可仅仅过了半年，他不仅失去了一支庞大的羊群，还失去了众人对他的尊重与羡慕。此时，他不是反思自己的所作所为，而是仇视德班。

这次，他彻底输了，输得彻头彻尾，再也没有资本向德班挑战了。嘎拉德长叹一声，他之所以输得这么惨，都是德班从中作梗，故意与他作对，从最初的转场，就与他明争暗斗；看他搞旅游点，就心生妒忌，破坏他的名声。后来，他输得精光时，德班仍不放过他，硬是活生生切掉了他的四根脚趾，让他变成了残废……嘎拉德越想越生气，仰头看着天，不知什么时候，晴朗的天空变得阴暗了，落下了雪花。

"我说不转场，你们非逼得我转场！"嘎拉德大声吼叫着，"送我回去！我死也不离开淖尔！"

嘎拉德怒视着德班。

德班久久不语，嘎拉德确实变了，变成了一个十足的懦夫。德班曾对他寄予很高的期望，希望他能重新振作起来，开始新的生活。现在看来，嘎拉德不是回到原来的生活轨道上，而是远离生活的轨道，越滑越远。

德班审视着嘎拉德，手指着他的妻子和巴特："你想过他们没有？"

"我管不了那么多了！"嘎拉德脱口而出。

这是一个毫无责任感、毫无家庭感的男人，在他的大脑里没有义务，也没有责任，更没有担当，有的只是享用与权力。

德班心灰意冷，他万万没有想到草地上还有这种人，把草地人的脸都丢尽了。德班把蒙古弯刀掷到嘎拉德面前，转身离去。

嘎拉德看看蒙古弯刀，又看看远去的德班，沉默了。

雪越下越大，刮起了寒风。寒风裹挟着雪花，占据了天与地。

队伍停止了前行，大家聚集到一起，商讨对策，有人提议就地扎营，还有人提议回到原来的住址……谁也说服不了谁，场面乱哄哄的。

就地扎营，谈何容易，如何搭建蒙古包，羊群怎么办……看天气，夜里将有更大的暴风雪，狂风像卷起树叶一样把蒙古包卷上天空，到时，哭都来不及。回到原来的住地，那已经不可能了。即使回去，他们也将遭遇同样的问题，大地被冰成了一个大冰坨，移动蒙古包容易，再想把蒙古包固定住就难了。现在，只有一个办法，那就是昼夜兼程地赶路。

德班提出了自己的想法，众人都惊呆了。不过，他们坚信，此时，只有德班最有办法，他们也坚信，德班能给他们找到一个理想的休息之地。

队伍继续前行。

狂风如同魔鬼，一路横扫了过来，它使出浑身力气，吼叫着，撕扯着，摔打着……暴雪是另一个魔鬼，它的任务就是配合着狂风，想方设法阻止队伍行进，绞尽脑汁地把队伍掩埋在积雪中。夜色也不放过这支队伍，早早赶来，迅速吞噬了队伍。狂风、暴雪、寒夜轰隆隆地碾轧过来，恨不得眨眼间抹杀掉这支队伍。

队伍艰难地行进着……

# 36. 相处

德班找到了较为理想的暂时居住地——高速公路下的隧道，再也没有比这更理想的地方了。

老牛阿古拉远远地看到了高速公路，抬起大头，用力哞叫一声，迈开四蹄，疾走如飞。近一天一夜的急行军，老牛浑身被积雪覆盖了，变成了一头"雪牛"。

老牛阿古拉能承受得住严寒的侵扰，人就受不了，双手、双腿越来越僵硬，跟木棍似的。那是严寒把毡靴冻成了冰棍。木其和乌妮不得不跳下车，跟着老牛奔跑一阵，身子才稍稍暖和一些。

所有人都遭遇了相似的一幕。

唯独嘎拉德对严寒一点儿反应都没有，仿佛一副钢筋铁骨，不知道寒冷似的。他睡一会儿，醒一会儿，只有他最清楚，全身疼痛难忍，伤口处像针扎一样疼。一天一夜过去了，他已经感觉到不到疼痛，感觉不到寒冷了。嘎拉德表现出让人难以置信的平静，没有抱怨，也没有喊叫。

如果没有牧羊犬一路恩威并重，羊群早就赖在雪地上了。它们宁肯倒卧在雪地上，被严寒慢慢冻成肉坨，也不愿意行走了。饥饿、疲惫、寒冷……把羊群折磨得奄奄一息。走得好好的羊羔，突然一头栽倒在地，再也站不起来了——严寒夺走了它们的生命，被活生生冻死了。

德班指挥众人，把倒地的羊尸装上勒勒车。

暴风雪一直伴随着转场队伍，凌晨时，狂风又变大了，风大雪疾，形成了草地上极为罕见的恶劣天气——白毛风。

老牛阿古拉重重喘息一口，停下脚步。无论是人，还是牲畜，都停下来了，茫然地看着远处，"白毛风"飞舞着，恨不得把整个雪原搬上天空，把天与地交换位置。

幸运的是，队伍抢在"白毛风"到来之前，进入了高速路下的隧

道。高速路下除了有一条长而宽的隧道外，两侧还有很多房间。高速路的设计者为转场的草地人着想，特意修建的。半年后，这些设施就发挥了重要作用。

隧道里虽然冷如冰窖，但却比雪原上的蒙古包安全多了。

呼啸的寒风打着尖哨源源不断地灌进隧道里。隧道就像一个巨大的通风口，吹得人与牲畜站都站不住。

德班指挥着众人，先是把老弱病残的草地人安排下来，然后组织妇女点燃篝火，煮奶茶，组织男人迅速封死隧道口。

封死隧道口的物质是积雪。积雪较为松软，难以承担重任。德班有的是办法，把积雪化成雪水。雪水是上好的融合剂，牢牢地把积雪融合到一起。不到半天的工夫，隧道口被封死了。

德班忙完一切，来看嘎拉德。一天一夜的急行军，嘎拉德吃尽了苦头，脸色苍白，昏睡不醒。嘎拉德看见德班，勉强睁开眼睛，由衷地说道："谢谢你……"不知他还要说什么，嘴角翕动了半天，什么也没有说，眼泪扑簌簌地落了下来。

德班把手搭在嘎拉德额头上，嘎拉德的额头烫得吓人，他发烧了，还没有痊愈的伤口，极度的严寒，就是一个铁人也难以承受。嘎拉德留在淖尔的想法或许是对的，德班内疚极了。他吩咐巴特照顾好嘎拉德，匆匆离开了。

"白毛风"一时半会儿没有停的意思。

草地人又回到了近似原始的生活：共同劳动，共同享受劳动成果。提出这一建议的是德高望重的德班，组织实施的也是他。危难时刻，需要有这样一个人站出来，这不仅仅是地位和权力的象征，而且是有能力、有信心带领大家走出困境的表现。

妇女带着孩子去丛林里寻找枯柴。丛林里有着取之不尽、用之不竭的枯柴，彻底解决了困扰草地人的一大难题——燃料。有了这些枯柴，才能保证隧道里温暖如春。

位于阴面的隧道口被封死之前，德班特意观察了，他们是最后一支转场的队伍，他们去了草地深处，路程也就最遥远。现在看来，没有转场队伍经过这里了。为了防风取暖，德班又吩咐众人，用积雪封死了另一个隧道口——只留下了一个窄窄的出口，供人与畜群出入。

德班的行动总是具有预见性，封死隧道口不仅有利于防风防寒，还防着危险。三天后，这项工程的作用立竿见影。

虽然天寒地冻，但牲畜必须去丛林里寻找食物。寒冷，尤其是极寒天气，牲畜需要靠运动和草料提供热能，抵御严寒。一路上，牲畜缺衣少食，因饥饿、寒冷、疲惫……总有牲畜倒下来。现在，牲畜迫切需要补充草料。

这项重任落在身强力壮的男人身上。他们将陪着羊群和牛群进入丛林。当然，陪伴他们的还有忠于职守的牧羊犬。它们寸步不离，严密防范随时都有可能发生的险情。

牛群用硕大的蹄子砸碎积雪，把伴随着积雪的牧草卷进宽嘴巴里，匆匆咀嚼着。牛是大牲畜，对牧草的要求没有像羊那么苛刻，尤其是在这种情况下，牛更显得迫不及待了，只要能填饱胃囊，统统送进嘴巴里。

牛表现出始终如一的乐观的态度，发出惊人的进食声。它们偶尔抬头看一眼，发现有人，或是有牧羊犬，立刻轻轻哞叫，像是感谢在这冰天雪地间，有人、有牧羊犬为它们站岗放哨，保证安全。

与牛相比，羊就没有那么多的优越性了。

羊用小巧的蹄子刨开积雪，积雪只露出浅浅的雪窝。它们不得不频频挥动蹄子，才能露出牧草。即使在这种情况下，羊依然对牧草有着较为严格的要求，总是挑三拣四。丛林里的牧草原本就少，羊很快

转移了注意力，开始对丛林里的灌木丛感兴趣。即使雪再大，仍有大片灌木丛裸露在积雪外面。几只或是十几只羊围住一簇灌木丛，引颈抬头，匆匆啃食着。

羊的进食有别于牛的进食。牛进食时，用舌头把牧草卷进嘴巴里。牛的进食，不是把牧草斩尽杀绝，总是留下一截，让牧草得以迅速恢复。而羊的进食大有把牧草斩草除根之嫌，它们凭借着整齐的牙齿，贴着牧草的根部，齐刷刷地咬断。此时，羊把这一本领发挥到极致，眨眼间，把灌木丛咬得所剩无几。

羊的挑剔性越来越大，在即将填饱胃囊的这一刻，开始有选择性地进食。选择性的进食势必扩大范围，无论是给人，还是给牧羊犬，都带来了不可想象的麻烦——羊很容易走失。走失的羊不断地尖叫。万籁俱寂的丛林响起接连不断的叫声就是危险，不仅暴露了自己，也会很快引来麻烦。尽管此时，狼还躲在洞穴里，但丛林里的豹、黑熊都有可能大摇大摆地出现。

有人和牧羊犬的管理，羊的愿望很快化成了泡影。与牛相比，羊绝对缺少牛身上良好的品质，它们清一色地抬起头，冲着人与牧羊犬发出喋喋不休的咩叫，像是抱怨，更像是诉苦。

这些令人讨厌的家伙，不想想是什么时候了，总是表现出自私的一面。

牛群和羊群面临着诸多困难，人也面临着不可想象的困难。

德班虽然把食物统一收集起来，再统一配给，可食物还是越来越少。

德班有着充足的准备，随着他们一路辗转而来的羊尸终于可以派上了用场。剥去羊尸的皮，在上面撒上盐，再放在篝火上烘烤。不一会儿，传来"嗞嗞嗞"的响声，那是脂肪在火剧烈的烘烤下迸裂的结果。很快，空气中弥漫着肉的醇香。在冰天雪地里，在异常艰难的环境中，能吃到香喷喷的烤肉，得益于德班周密的考虑和丰富的野外生存经验。

德班选了一块较好的羊肉，递给嘎拉德。最近几天，嘎拉德就像变了一个人似的，静静地坐在那里，目光一动不动地注视着眼前发生的一切。嘎拉德感激地看了德班一眼，刚想要说话，德班挥了挥手："多吃些，身体好得快。"嘎拉德接过羊肉，大口大口地吞咽着。

尽管有很多羊尸，也有羊不停地倒下去，但每天烧烤的羊尸非常有限。一些人开始有怨言。

德班有着更深的考虑，白毛风一时没有停的意思。即使白毛风结束了，雪灾只是刚刚开始，被马群和牛群踏出来的百年牧道又被积雪掩埋了。不会再有马群和牛群经过这里了，百年牧道或许得等到春天积雪消融才能显现出来。艰难的日子还在后面呢！

还有，分吃羊尸的不仅仅有人，还有更多的不速之客。用不了多久，一天，或许也就两天吧，它们将如约而至。如果不用羊尸招待它们，它们就死死地缠住草地人，草地人的损失将是不可估量的。

白毛风结束的当天，不速之客如约出现了。很快，草地人见证了这些羊尸的重要用途。

不速之客是狼群。

雪灾之后，往往伴随着狼灾。这是草地上特有的现象。

白毛风只不过是把狼群出现的时间往后推迟了数天。

草地人理应感谢这场"白毛风",无论是人,还是牲畜,都得到了及时休整。否则的话,他们绝没有像眼下表现得这么从容与淡定。

狼群是中午出现的。

牧羊犬仰天怒吼,及时向草地人发出了危险的信号。牧羊犬一声紧似一声的高声吼叫,提醒着草地人,这次出现的可不是一只狼,也不是小股狼群,很有可能是一支庞大的狼群。

牧羊犬的吼叫不仅提醒了人,也提醒了牛群与羊群。牛群表现得不急不躁,不慌不乱。它们的这种表现不是无视于狼群的存在,而是按部就班、井然有序地撤离,安全回到住地——隧道里。

羊群与稳重的牛群相比,再次表现出急躁的性格,听到牧羊犬的吼叫,不,应该是隐约的狼嗥,紧张极了,一脸惊恐,眼珠骨碌来骨碌去。这还不是最可怕的,最可怕的是,它们会突然慌作一团,四散逃命。这样一来,反倒中了狼的诡计。

果然,一只大羊率先冲出羊群。它的逃跑不是回到隧道里,而是远离隧道。多亏牧羊犬深深领教过羊的行径,大羊冲出羊群的刹那间,立刻扑了上去,一阵拳打脚踢,把大羊打得晕头转向,最终乖乖回到羊群里。

牧羊犬的惩罚立竿见影,没有一只羊敢私自行动。羊群安静下来,在人与牧羊犬的指挥下,有序撤离。很快,羊群再次骚动起来。羊群之所以不安,仿佛狼嗥是晴天霹雳,震得它们头破血流,肚开肠流……可它们更畏惧牧羊犬的獠牙,也畏惧飞舞的布鲁,只敢在羊群内捣乱、蹿起、顶撞……这样做的道理很简单,就是给自己创造出足够大的空间,便于迅速逃离。

羊这种窝里横、窝里斗的性格长久不衰,日益鼎盛。它们不但过多地消耗了精力与体力,也大大影响了整体的撤离速度。不得已的情况下,牧羊犬再次出击,狠狠地教训麻烦的制造者,经过三番五次的教训与惩罚,羊群总算安全回到了隧道里。

羊群进入隧道后，狼群如一团旋风，从丛林里飘然而下。

狼群表情狰狞而凶狠，目光凌厉而残忍，疯狂地扑了上来。

在乌和尔的带领下，牧羊犬一字排开，张开血盆大嘴，吼声如雷，一场酣战即将上演。

德班及时唤回牧羊犬，牧羊犬摆出一副要你死我活的表情。

"乌！"德班发出清晰、严肃的命令。

乌和尔很不情愿地退回隧道里，其他牧羊犬也纷纷回到隧道里。

德班命人抛出羊尸。众人误以为是听错了，愣愣地看着德班。德班走过去，捡起一只羊尸，扔给狼群。

羊尸从天而降，狼群四散奔逃。当它们看清落地的是羊尸时，纷纷回来了，团团围住羊尸，视线清一色地集中到德班身上。目光里除了不安以外，更多的是不解。狼群有着刻骨铭心的记忆：每一次从人手里掠夺食物，都是一场你死我活的战斗。第一次遇到草地人把食物拱手相让，这一举动确实打乱了狼群的正常思维。

一条大狼试探性地走近羊尸，伸出大头，频频嗅闻着，确信没有异常，它把大嘴伸向羊尸。大狼的行动就是命令，狼群一拥而上，疯狂分食。

眨眼间，雪地上残留着一副光秃秃的骨骸。一些身体瘦弱的小狼，

254

匆匆捡食雪地上的肉渣。肉渣太少了，小狼再一次扑向骨骸，重新啃食了一遍。

德班命人抛出第二具羊尸。

狼群又很快分食了羊尸。不过，与之前相比，狼群凶狠的表情消失了，随之而来的是一脸的平静和思索，它们齐刷刷地抬起头，注视着隧道口，好像祈盼有羊尸飞出来，又好像是在思索人们为什么这样厚待它们。

狼群吃饱喝足，却没有离去，随着夜色降临，它们在附近寻了个雪窝，蜷缩成一团，进入了梦乡。

整整一夜，狼群表现得十分安静，既没有响起彻夜不绝的嗥声，也没有发起突然袭击。

德班一夜没敢入睡，担心哪怕一声微弱的狼嗥，也能招来附近其他的狼群，那将是十分可怕的。

清晨，狼群骚动不安，漫长的寒夜过早地消耗了它们胃囊里的食物，狼腹又垂了下来，随着走动可怕地甩过来甩过去。

德班命人抛出了两具羊尸。

与昨天晚上相比，狼群变得安静、温和了，像牲畜一样，不紧不慢地抢食着。它们似乎知道，这里的人主动送给它们食物，它们不用再为食物东奔西走了。

狼群进食之后，随着天气转暖，离开了隧道。

牧羊犬乌和尔抢先一步冲了出去，它深深领会了德班的用意，既没有冲着远去的狼群吼叫，也没有疯狂围剿。它与其他牧羊犬像威风凛凛的士兵，保护着牛群、羊群，向丛林里走去。

令人难以置信的一幕悄然发生了，狼群远远观望，除了一脸惊讶外，更多的是不解，他们竟然敢在光天化日之下，在它们眼皮子底下大摇大摆地走过去。但狼群更知道礼尚往来，你有情，我有义，没有袭击人与牲畜。冰天雪地间，人与狼和睦相处，不能不说是个奇迹。

奇迹缘于德班丰富的经验，靠着智慧，更缘于老人对狼有着一往情深的感情，才平息了人与狼之间你死我活的鏖战。在雪原深处，一旦被狼群纠缠上，雪原上所有的狼将聚集在这里，把人和牲畜死死地困在隧道里。

黄昏，随着牛群和羊群回到隧道，狼群也出现了。与第一天相比，它们表现得很文静，甚至有些害羞，不远不近地跟在牛群后面。似乎急于跟近，大大有损于白天它们与人的友好相处；而远远落后，又担心得不到食物。不过，狼群不必担心，德班早已给它们准备好了食物。白天狼群表现得很有礼貌，作为奖励，德班特意送给它们一具较大的羊尸。

入夜了，狼群纷纷寻找昨天的过夜之处。它们蜷缩在一起，偶尔睁开眼睛，打量一眼附近，随后目光转向丛林深处，警惕地注视一番，好像丛林里有危险临近。

第二天清晨，狼群如约得到了羊尸。

狼群有着良好的记忆力，每天黄昏的固定时刻，它们如约出现，一分不早，一分不晚，是那么准确。同时，它们表现出良好的耐性与韧性，即使抛出的羊尸晚了些，也表现得相当平静，整齐地蹲坐在雪地上，注视着隧道，耐心等待着。终究有性急的小狼沉不住气，烦躁地走来走去。它的行动很快招来同伴的抗议，它一旦置之不理，总有一条大狼走过来，抡起前爪，狠狠地惩罚它。

当然，德班是不会亏待狼群的。即使抛出羊尸的时间晚了，尽量用一只较大的羊尸来弥补。

茫茫雪原上，人与狼和睦共处。

羊尸越来越少，狼群的数量却稳步增加。雪灾后，狼被食物所困，终日奔波，也未必能填饱肚子。与其在冰天雪地中，在凛冽的寒风中游荡，不如安心地等待食物。狼也懂得不劳而获的道理。

入夜后，狼群提高了警惕，它们似乎察觉到了，只有保证这里安然无恙，才能得到更多的食物。这是它们回报草地人的最好办法。

羊尸的数量急骤下减，启程丝毫没有迹象。

德班心急如焚，带着牧羊犬乌和尔，坐上勒勒车，离开了隧道，去百年牧道上察看情况。白毛风过后，被马群、牛群踏出的百年牧道又消失了，与一望无际的雪原融为一体。天地间，连只鸟影也没有。

德班一筹莫展。

牧羊犬乌和尔冲着远处的某处雪堆吼叫了一声，颠着碎步跑了过去。雪堆下面躺着大牛。大牛身体完好，却瘦得吓人。这应该是头病牛，被疾病、寒冷、疲惫……折磨得气若游丝，最终倒在百年牧道上。这头大牛足够狼群吃两到三天的。

德班费了很大的周折，才把大牛拖回隧道附近。这次，德班没有把大牛慷慨地送给狼群，而是让人把大牛分割了，有计划地送给狼群。

德班虽然做了周密的计划，但事实远比想象的还要复杂，不能再这样等下去了，必须派人前去求援。让谁去呢？德班双眉紧锁，陷入沉思中。

# 37. 艰难归程

场面尴尬而又沉闷，每个人心里都清楚，此去千里之遥，又是暴风雪之后，困难远比想象的还多，葬身雪灾是小事，搬不来援兵却是大事，几十口人，成千上万只牲畜的生命都系于一人身上。这个任务太艰巨了！艰巨得没有人敢承担！

"我去！"嘎拉德率先打破了沉默。他一脸郑重，一瘸一拐地走出人群。只有他知道，这短短的十几步几乎要了他的命，他疼得浑身直冒冷汗，可他咬牙坚持住了。

大家吃惊地注视着嘎拉德，他说话铿锵有力，掷地有声，不再是那个整日酗酒，胡言乱语的嘎拉德了。不，与那个醉死梦生的嘎拉德相去甚远。大家热泪盈眶，不仅仅是这个时候嘎拉德敢于站出来，而是又看到了那个意志坚强、充满自信、豪爽乐观的嘎拉德了。

嘎拉德的妻子眼含热泪，转过身。她更清楚嘎拉德的身体状况，在为他的惊人之举感到惊讶的同时，也感到欣慰——嘎拉德又回来了。可她更心痛，无法阻止嘎拉德。此去，嘎拉德或许永远回不来了。

巴特挺直胸膛，拳头攥得紧紧的，骄傲地注视着嘎拉德。嘎拉德变了以后，巴特始终在伙伴面前抬不起头来，现在，他终于有勇气，可以趾高气扬地在伙伴面前大声说话了。

"我熟悉百年牧道上的情况，知道哪里危险，哪里安全。只有我才是最好的人选！"嘎拉德振振有词，"我认识很多草地人，我会请求他们帮忙。这个时候，大家早一点儿离开隧道，就多一分安全……"

嘎拉德很自信地说着。

"我陪你去！"努日木重重地拍了一下嘎拉德的肩膀，"没有比我们两人再适合的了。"

德班决定让嘎拉德和努日木前去求援。

嘎拉德的妻子静静地注视着嘎拉德，有许多话想说，却一时又说不出来。嘎拉德转过身，心里像刀割一样难受，想对妻子说声对不起，让你受累了，可每次话到嘴边，又羞于启齿，离开隧道后，或许再也没有相见的机会了。

德班默默地给两人准备东西，足够多的火种，烤好的食物……想了想，又准备了马棒，那是对付狼的工具。

嘎拉德和努日木在众人殷切的目光中出发了，很快消失在冰天雪地间。

天太冷了，寒风很快打透了衣服，嘎拉德浑身冰凉。最初，嘎拉

德还能感觉双脚像猫咬似的疼；渐渐地，疼痛消失了，双肢肿胀麻木；后来，肿胀酸痛的感觉也消失了，双腿没了知觉。可怕的是，这种状况正向上身转移。嘎拉德身子一哆嗦，险些从马背上掉下来。

嘎拉德想暖和暖和，从马背上溜了下来，双腿像木棍一样僵硬，站也站不住，整个人倒在雪地上。

努日木吓了一跳，翻身下马，搀扶起嘎拉德。

"你走吧，"嘎拉德对努日木说，"我不行了。"

"别胡说！"努日木打断他的话，"我陪着你。"

"不行！"嘎拉德推开努日木，"不能因为我一个人，耽误了重要任务，那里有几十口人，千万只牲畜等着你呢！"

努日木为难了，环顾四周，空荡荡的雪原上，连个鸟影也没有，到处都是令生命畏惧的白色。

"我缓过来了……"嘎拉德一边说着，一边艰难地爬上马背，"我们必须把……耽误的时间抢回来……"

嘎拉德的声音淹没在寒风中。

嘎拉德浑身像针扎似的疼。尤其是坐骑的颠簸，他感觉五脏六腑都被震碎了。他实在坚持不住了，趴在马背上，双手紧紧抱住马脖子。即便这样，糟糕的情况不仅没有好转，而且越来越严重，他的额头上渗出豆大的汗珠。嘎拉德慢慢闭上眼睛，感觉有人向他走来，慢慢睁开眼睛，眼前确实有两个身影，不知什么原因，看上去模模糊糊的。他眨了眨眼，费了很大的劲儿，终于看清了，向他走来的是妻子和巴特。两人微笑地看着他，好像欢迎他载誉归来。不好，坐骑直奔两人而去，嘎拉德伸出一只手，阻止坐骑……"咕咚"一声，嘎拉德滚下马背。

响声惊动了努日木，回头一看，吓得差点从马背上掉下来。嘎拉德坠入了雪窝，以惊人的速度被积雪吞噬着。

"嘎拉德……"努日木扑了过去。

"别过来！"嘎拉德思维异常清晰，声音洪亮有力。

努日木试着接近嘎拉德，雪窝太深了，足足有五六米的落差。雪壁光滑，人根本站不住。努日木从腰上解下绳子，抛给嘎拉德，大声吩咐："抓住绳子！"

嘎拉德无力地摆了摆手。

"你不能就这样放弃！你的妻子和孩子等着你呢！"努日木大声吼道，"几十口人，成千上万只牲畜等着你呢！"

"我知道……我什么都知道……"嘎拉德凄然一笑，用手指了指自己，"……可我的身子已经不允许我站起来了……我是多么想替大家做点儿事啊，可我太不争气了……"

努日木静静地注视着嘎拉德，隐约感觉到，嘎拉德从出发那一刻起，就没有想着回去。

嘎拉德似乎知道努日木在想什么："我的身体我最清楚……即使我不坠入雪窝……我也活不了多久了……我只想着，在临死之前，替大家做些事情，回报大家……尤其是德班……"

嘎拉德泣不成声。

风打着尖哨吹过雪窝上空，卷起漫天雪雾。嘎拉德随着积雪缓缓下沉，积雪已没过了胸口。努日木焦急地走来走去，眼睁睁地看着嘎拉德被积雪吞噬，却束手无策。

"你告诉我的妻子，我对不起她！"嘎拉德表情凝重，目光深沉，"我没有照顾过她，关心过她，疼爱过她……请求她原谅我！我们来世还是夫妻！"

狂风减弱了，阳光洒在雪窝上。雪窝上亮晶晶的。

嘎拉德注视着努日木，等待他的回答。努日木眼睛里含着泪水，郑重地点了一下头。

嘎拉德笑了："告诉巴特，我最惦记的就是他。因为我，他在伙伴面前抬不起头。现在，他完全可以挺起胸膛，毫无愧疚地站在伙伴面前。还要告诉他，做人要正直，有良知，有正义感……像德班那样，做一个受人尊敬的男子汉……"

　　弥留之际，嘎拉德有着太多要说的话，可他没有机会了。狂风骤起，一股巨大的雪雾平地生起，就像从天空垂落下来的雪布，把雪窝严严实实地包裹了。雪雾渐渐散去，雪窝又恢复了原有的形状，平坦光滑，上面残留着风与阳光作用留下的痕迹——就像什么也没有发生过。不过，雪窝中那个略显凹圆的形状，述说着刚刚发生的不幸。

　　"嘎拉德……"努日木惊呆了，嘎拉德被积雪吞噬了。

　　突然，雪窝上下起伏，波波折折，好像下面有个大力士，正捉弄着积雪，一旦捉弄够了，失去兴趣了，立刻跳出雪窝，大摇大摆地走出来。努日木惊喜交加，嘎拉德露出了头，努日木刚要纵身跳进雪窝，嘎拉德猛地挥动手臂："拿好！"嘎拉德的声音还没有落地，整个人又消失了。

　　雪窝变得异常平静。

　　嘎拉德扔出的是食物和火种。这个时候，嘎拉德考虑的是努日木，这需要多么坚强的意志，需要多么宽广的心胸，尽管那只是轻轻一抛。

　　努日木手捧着火种和食物，心潮起伏，难以平静。

　　嘎拉德用生命赎回犯下的错误，他无愧于草地人，是个堂堂正正的汉子。

　　努日木在嘎拉德遇难的地方做了明显标志，无论是他的亲人，还是草地人，都需要来祭拜他。嘎拉德理应受到草地人的尊敬。

　　努日木擦干眼泪，翻身上马，沿着百年牧道，昼夜兼程。陪伴努日木的是两匹坐骑，坐骑可以休息，但人不能休息，饿了就啃硬邦邦的食物，渴了就抓一把积雪，累了就在马背上趴一会儿。他不能睡得太死，严寒、意外，甚至酣睡，都有可能夺去他的生命。

　　最初，努日木还能感觉到寒冷，寒冷像虫子一样啃噬着身体，令人坐立不安，想死的心情都有。后来，疼痛逐渐被麻木取代了。后来，连麻木的感觉也没有了。他心里只有一个想法，赶往牧点，去求援……

　　远处传来轰鸣。

　　努日木微微睁开眼睛，附近有一台庞大的清雪车，车上冒出滚滚浓烟，在清雪车的作用下，像小山一样的积雪纷纷倒向两边。跟在清雪车后面的是一排大货车。每辆车上面都插着一面红旗，显得那么扎眼，又是那么亲切。努日木稳稳地端坐在马背上，举起手臂，手臂就像被冻住了，努力了半天，也没有举起来。努日木亮开嗓门，大声喊着，可惜，没有一点儿声音……努日木急火攻心，眼前一黑，滚落马下。

两匹坐骑仰天嘶鸣，紧紧守护着努日木。

有人看到了，艰难地走了过来。

雪灾之后，民政人员走村入户，了解雪灾给草地人带来的损失。工作人员来到定居点，定居点是空的。工作人员马不停蹄，组织人员前往夏季营地救援。积雪太厚了，再加上缺少大型清雪车，耽误了行程。

清雪车一路畅通无阻，轰隆隆地驶向隧道。

隧道里人声鼎沸，像过节一样热闹。

大货车数量有限，只能先转移一部分。

德班忙碌着，首先转移的是老人、孩子和身体虚弱的人。当然，还有大部分牲畜。大家纷纷要求德班先转移，他摆摆手，他要亲眼看着最后一只牲畜离开，才放心。

清雪车开道，大货车紧随其后，轰隆隆地离开了隧道。羊群发出咩咩叫声，好像是在庆祝劫后余生，又好像是在安慰留下来的伙伴：过不了多久，你们也将坐上安全、温暖的大货车。

雪上的羊群发出一连串的尖叫，尖叫声里总有一丝不满与抱怨。倒是牛群一脸平静，平伸着粗壮的脖颈，好奇地打量着大货车上的羊群，一脸不解的神情，它们无法想象自己站在大货车上是一种什么样的感觉，但肯定没有在雪地上那么自由与舒坦。牛群发出长短不一的哞叫，算是给朝夕相处的伙伴送行吧！

牧羊犬注视着远去的大货车，一脸思虑，没有了它们的陪伴，羊群是否安然无恙。它们不愧是草地上最忠诚的牧羊犬，替自己想得少，为他人想得多。

　　大货车的出现，确实吓坏了狼群。它们躲进丛林里，一时不敢出来。但它们又禁不住诱惑——隧道里从来没有这么喧嚣与热闹过，它们小心翼翼地走出丛林窥探。当它们看清庞大的货车时，目光中闪过一丝恐慌，随后被更多的不解所取代了。接下来发生的一幕，更令狼群感到瞠目结舌，人、羊群纷纷上了大货车。大货车吼叫一声，很快消失在白茫茫的雪野上。即使它们使出浑身的本领与力气，也追不上大货车。

　　狼群呆呆地望着远去的大货车，又看看留下的牛群与人，顿时感到无比的亲切，它们依依不舍地注视着隧道。在这几乎令生命绝迹的灾难面前，每一个生命的出现，都令其他的生命备受鼓舞，备感亲切。哪怕是曾经的天敌，此时都有可能化敌为友，化干戈为玉帛。

　　隧道里又恢复了原有的生活秩序，一边放牧，一边耐心等待。德班他们不用犯愁了，民政工作人员带来了充足的食物、燃料、药品……羊尸都属于狼群了。

　　每天，德班的工作除了安排日常生活外，就是赶着老牛阿古拉，带上木其与牧羊犬乌和尔去雪野上转转，幸运的话，他们能捡到一两具牲畜的尸体。每当看到牲畜尸体时，德班一脸兴奋，脸上挂着孩子般的笑容，仿佛看到狼群扑在牲畜尸体上津津有味地进食。

　　暴风雪后，能像德班设身处地为狼群着想的人不是很少，而是很多。在他们眼里，动物不仅仅是动物，还是人类的伙伴和朋友，失去它们，就等于失去了朋友，失去了伙伴。浩瀚宇宙间，若是只有人，那不仅仅是孤独与寂寞，单调与乏味，那是可怕，是这一物种也将濒临灭绝的前兆。

　　感谢德班，感谢像德班一样爱护动物，致力于保护生态平衡的人，他们不仅勇于承担自身的困难，还用孱弱的肩膀承担起更多的重任。

　　德班每天日出而作，日落而息，紧张忙碌着，当他们踏上归程时，能让狼群生活得更舒适些。

# 中国动物小说名家经典

## 斑羚飞渡

　　一群老斑羚从容迈向深渊，心甘情愿地用生命为下一代开通一条生存的道路；一只美丽的红奶羊竟做了黑狼家的奶羊，做了小狼崽的奶妈；一头老鹿王拒绝浑浑噩噩，决心要有尊严地活着……一个个饱满、充满灵性、可爱又温暖的动物形象跃然纸上，纠结的母性、伟大的母爱，充溢在心田，散发出润泽的光辉。

## 獒王归来

　　西结古草原上发生了百年不遇的特大雪灾。不寻常的是，多弥草原和上阿妈草原的狼群也都悄悄集结到了西结古草原，饥饿的狼群随时准备向受灾的牧民发起攻击。使命催动着藏獒勇敢忠诚的天性，为了保护人类的利益，西结古草原的领地狗群在獒王冈日森格的率领下，扑向了大雪灾中所有的狼群、豹群、猞猁群和危难……

## 狼谷牧羊犬

　　蒙古牧羊犬，一个从传说中而来的犬种，一直守护着蒙古草原游牧人的营地和他们的羊群。本书字里行间传递出蒙古牧羊犬的勇气、忠诚、自由和爱。草原、畜群、牧羊犬、勒勒车……向我们展开了一幅灿烂的游牧画卷：深邃神秘的北方草地，与大自然融为一体的鄂温克，以及游弋在草地与山林间的生灵，荡漾出一种不可复现的童年气派的美丽。

## 马王

　　拳毛骝从马驹成长为马王，艰难、辛酸，遭遇了种种磨难。它是蒙古野马与胡尔勒家马爱情的结晶，出生的第二天，母马就死了。它靠着智慧与机智，在艰苦的环境下长大，并展现出与众不同的特质。突如其来的暴风雪、凶残的狼群、贪婪的盗马贼、匮乏的食物……一次次考验着拳毛骝。

### 大熊猫传奇 刘先平

在苍苍莽莽的森林中，一对憨态可掬的大熊猫母子欣然跃入眼帘，这个传说中的"黄龙的坐骑"，如今被视为稀世珍宝的"活化石"散发着深邃与神秘。当代大自然文学之父刘先平以精彩的故事，再现自然界生存竞争场景和生动有趣的探险经历，为小读者们带来不一样的阅读感受和视觉体验。

### 最后的虎王 叶广林

被认为早已灭绝了的野生中国虎突然出现在了百山祖原始森林！这可能是世界上最后的一只中国虎！一支考察组在特种部队的协助下极力维护中国虎的生存环境，帮助它繁衍后代，延续血脉。同时，盗猎高手彭潭、彭渊兄弟也在伺机猎杀。一场正义与邪恶、保护与破坏、盗猎与反盗猎的搏斗由此展开！

### 最后一头战象

一头老战象，在生命的最后时刻毅然走向了"百象冢"，和曾经并肩战斗过的同伴们葬在了一起；象母嫫婉慷慨为仇家小象喂奶……这些充满人性光辉的动物故事，绽放出璀璨蓬勃的生命之火，谱写了凄美高亢的丛林之歌，在善与恶、美与丑的对决中，告诉人们什么才是正义、勇气和智慧。

### 骆驼 杨志军

"大驼运"之路异常辛苦、危险。一路上，骆驼依然是受人驱使的，但它们也是有血有肉、有情有义的。它们会为了自己心爱的意中人不吃不喝，在广袤无边的大漠中寻找对方；它们会为了能让自己的孩子活下去而宁愿走过刀山火海；它们会为了保护主人而去和猛兽毒蛇较量……这就是骆驼的真情和善良。

# 中国动物小说名家经典

## 白天鹅红珊瑚　沈石溪

　　白天鹅是美的化身，高贵的代名词。一只最美的白天鹅——红珊瑚为了幼鹅而奋不顾身与水獭搏杀，变成了"丑八怪"；一只传奇的白天鹅——红弟，一生经历了七次冒险；四只哨兵天鹅用生命铸就了种群的繁荣与安宁……一部激荡唯美的天鹅传说，一首自然野性的生命赞歌。

## 云海探奇　刘先平

　　在茂密的丛林中，弥漫着"云海漂游者"的传说，它们到底是野人，还是……文章以神秘的野兽踪迹为线索，通过追寻珍稀野生动物——短尾猴的精彩刺激的探险故事，向小读者们一一展示瑰丽多姿的自然风光以及各种奇禽异兽。文中两位小主人公坚定执着、永不放弃的科学探索精神亦为小读者们带来深刻的启发。

## 第七条猎狗　沈石溪

　　一个闯荡山林四十多年的老猎人——召盘巴，先后有过七条猎狗，却唯独钟爱这条名叫"赤利"的第七条猎狗。然而，那年的泼水节前的一次狩猎，却改变了赤利的命运……狡黠的狐狸还能再骗"我"一次吗？刀疤豺母和强巴可以"一笑泯恩仇"吗？"六指头"和虎娃金叶子之间又有怎样感人的故事？翻开这本《第七条猎狗（影像青少版）》，就可以找到答案哟！

## 罗杰阿雅　黑鹤

　　黑鹤事无巨细地记录着他的两条牧羊犬——罗杰与阿雅的成长。为罗杰去除狼趾的过程；罗杰和阿雅第一次在家里吃饭的场景；罗杰在路上奔跑的速度；罗杰望向窗外专注的眼神；罗杰迎接黑鹤时巨大的热情；罗杰以破坏的方式证明自己的存在……黑鹤用每一个细节强调罗杰对人的热情和依赖，罗杰和阿雅们是和我们一起共同栖居在钢筋水泥丛林中的生命。

## 狼国女王 沈石溪

一个特别寒冷的冬天，肆虐的暴风雪连续下了四天四夜，生活在日曲卡雪山附近的帕雅丁狼群饿得走投无路，不得已虎口夺食。结果雄性的狼王被孟加拉虎咬死，一只雌狼临危受命，登上了狼王的宝座。此后，它带领狼群出生入死，经历了各种磨难，用自己的一生造就了一个动人心弦的女王传奇，书写了一部雄浑博大的母爱史诗。

## 百年牧道 许廷旺

草地人自古以来就注重草地生态平衡，转场主要是为了让草地休养生息，永久保持水草丰美。在转场路上，有回肠荡气的悲壮故事，也有催人泪下的感人故事，一路辗转奔放，有难以预测的困难甚至灾难。不过，只有经历数次转场，草地人才变得异常坚强，从容面对各种困难。百年牧道，场面波澜壮阔，故事情节生动曲折，非常有吸引力。

## 蒙古细犬 黑鹤

神秘的荒野中隐藏着一幅幅震撼人心的场面：猎人德子与野猪的搏斗，蒙古细犬特日克的猎杀和护主，芒来和父亲给特日克举办的满怀敬意的葬礼……还有蒙古细犬萨合乐为保护草原勇斗整个獾家族，以及守护者哈执信的传奇故事……

## 千鸟谷追踪 刘先平

瞧，它的嘴晶莹水灵，宝石般红；喉咙、下颏黄色，像初熟的橘子；眼圈像是两片花瓣，金黄金黄的；前胸像是落了片朝霞；它还挺起胸来炫耀哩，肚子上像围了个淡黄的兜兜；红斑点缀在橄榄色的两个膀子上，格外鲜艳……它会是两位小主人公苦苦追寻的红嘴玉吗？让我们跟随他们一起进入五彩斑斓的鸟类世界，看那一只只艳丽多彩的飞翔精灵，赏那一场场惊险刺激的搏斗场面。

责任编辑：王　巍
装帧设计：巢倩慧
责任校对：朱晓波
责任印制：汪立峰

**图书在版编目（ＣＩＰ）数据**

百年牧道 / 许廷旺著． -- 杭州 ： 浙江摄影出版
社，2016.4（2020.9 重印）
（中国动物小说名家经典）
ISBN 978-7-5514-1390-9

Ⅰ．①百… Ⅱ．①许… Ⅲ．①长篇小说－中国－
当代 Ⅳ．① I247.5

中国版本图书馆 CIP 数据核字 (2016) 第 044718 号

## 中国动物小说名家经典·百年牧道

许廷旺　著

全国百佳图书出版单位
浙江摄影出版社出版发行
　　地址：杭州市体育场路 347 号
　　邮编：310006
　　网址：www.photo.zjcb.com
　　电话：0571-85170614
经销：全国新华书店
制版：杭州林智广告有限公司
印刷：三河市兴国印务有限公司
开本：710mm×1000mm　1/16
印张：17
2016 年 4 月第 1 版　2020 年 9 月第 3 次印刷
ISBN 978-7-5514-1390-9
定价：36.80 元